新大唐二十皇朝

四 旋乾轉坤 完

許嘯天 著

大唐二十皇朝

目錄

第七十四回　宮闈秘艷

這一晚，適值元擢在官衙中值宿，春英小姐回到家中，便時時對她母親哭泣；元老夫人便拉她一被窩兒睡，母女二人在枕上談說心事。元老夫人無意中伸手，去撫著春英小姐的粉臂，只覺得她滑膩的肌膚上，如魚鱗似的起了無數傷疤；頓覺詫異起來，忙問：「我的兒，妳好好似玉雪一般的皮膚，怎的弄了許多傷疤？怎由得我做母親的不痛心呢！」

春英小姐見問，又不由得那眼淚撲簌簌的落在枕兒上；元老夫人不放心，忙霍地坐起身來，一手拿著燭臺，向春英小姐身上照時，只見她粉也似的肌膚上，青一塊、紫一塊的，渾身佈滿了傷疤。那頸脖子上和兩條腿兒，更是傷得厲害，再細細看時，盡是牙齒咬傷、指爪抓傷的痕跡；元老夫人用指尖兒撫按著，見春英小姐表情十分痛楚。

元老夫人心中萬分不忍，便一把摟住春英小姐的嬌軀，一聲兒一聲肉的喚著；又問：「妳怎麼弄成這許多傷疤呢？」

春英小姐到此時，也顧不得羞了，一邊抹著淚，嗚咽著說道：「這都是那老厭物給我弄成的傷！他也不想想自己是一個沒用的人了，還是每夜不饒人的；待睡上床去，便逼著我把上下衣脫去，由他抱著、摟著、揉著、搓著、抓著、咬著，直纏擾到天明，不得安睡。便是在白天，也是不肯罷休，每日必得要弄出幾處傷疤來才罷手；任妳喊著痛，哭著求著饒，他總得要玩個盡興。」

春英小姐說一句，元老夫人便說一句：「可憐！」春英小姐說到傷心時候，便摟住她母親的肩頭，痛哭一陣，又低低的說道：「他還不管人死活，拿著手指，儘把孩兒的下體弄壞了！」

元老夫人急解開春英小姐的下體來看時，只見血跡模糊；元老夫人咬著牙，不住的說：「該死！該死！這老禽獸，他險些要了我女兒的命去！這都是妳父親老糊塗了，多少富貴公子來求親卻不肯，偏偏把我的寶貝葬送在這老禽獸手裏；如今我也不要性命了，明日定不放我兒回去，待那老禽獸來時，我和他拚命去。」元老夫人說著，已氣得喘不過氣來；春英小姐急伸手替她母親拍著胸脯，一夜無話。

第二天，元擢散值回家來，元老夫人便上去，一把揪住她老爺的鬍子，哭著嚷著說：「賠我女兒來！」元擢一時摸不著頭路，一時性起，兩老夫婦竟是揪打起來；春英小姐在中間勸著父親，又拉著母親。

正鬧得馬仰人翻的時候，那尚書府中，又打發香輿來迎接主母；被元老夫人一頓臭罵，又喝令把香輿打爛。那班隨從婢僕見不是路，忙擁著空車兒回去，把這情形一長二短的，上覆與李尚書知道；李輔國如何能省得他夫人的，便親自來元府，要接他新夫人回去。

這元擢和春英小姐弟兄們的一身祿位，都是仗著李輔國的照拂，才有今日；見李輔國親自勞駕，如何不趨奉，他父子幾人便在外院擺筵席款待，裝著諂媚的樣子，討李輔國的好兒。李輔國一心只在春英小姐身上，也無心參坐，只一疊連聲的催春英小姐回府去。

可憐這春英小姐，見了李輔國，好似見了山中的母大蟲，躲在深閨中不敢出來；元擢見女兒不肯跟李輔國回去，便趕進內院來頓足大罵，春英小姐給她父親罵得十分氣苦。這元老夫人卻也不弱，她見女兒被逼得無路可走，便上去扭住她老爺的衣帶，厮打起來；元擢怕被李輔國見了不雅，急轉身避到外院去。

這元老夫人竟趕出外院來，一手指著元擢，滿嘴罵著李輔國，說他是禽獸、老厭物，淫惡之徒；又說：「把我好好粉裝玉琢的女孩兒，滿身弄成紫一塊、青一塊的，沒有好肉。」李輔國聽了，一半惱怒，一半羞慚，自己也知道春英小姐受了委屈；當下也不說話，氣憤憤的起身回府去了，慌得元擢父子三人，忙躬身送出大門。

這李輔國每日和春英小姐廝纏慣了，一連十多日不見春英小姐回來，只把個李輔國急得坐立不安；他明知道春英小姐吃了他的虧，一時不肯回家來了，便想得一條討春英小姐好兒的法子。他進宮的時候，便在張娘娘跟前，替春英小姐求彩；他說：「春英小姐承萬歲爺和娘娘的大恩，收她做女兒，那春英小姐便是當朝的公主了；堂堂公主下嫁，豈能不賜她一方彩邑？在姊妹中，也得光彩光彩。」

張娘娘原是和李輔國相投的，巴不得他有這一句話，便去和肅宗皇帝說知；張皇后的話，肅宗皇帝沒有不依的，第二日聖旨下來，便把京師西面二十里一座章城小地方，賜給春英小姐做了彩邑。李輔國接了聖旨，便興沖沖地跑到元擢家中來，來春英小姐跟前獻殷勤。

春英小姐原不肯回家去，只因今聖旨下來，在面子上，夫婦二人不能不雙雙的進宮去謝恩；便是元老夫人，也再三勸說：「夫婦終究是夫婦，好孩兒！跟著回家去委屈過幾天，再回娘家來休養。」又替她想了一條主意，說：「妳如今既做了當朝的公主，便可時時進宮去朝見母后；一來藉此可與娘娘親近，二來，也避了這老厭物的折磨。」

一句話提醒了春英小姐，便跟著李輔國回到府中，夫妻二人按品大裝起來，一對兒進宮去謝恩；春英小姐長得美麗面貌，嬝娜身材，那張嘴又能說會話，進宮去不到半天，把個張皇后說得情投意合，當夜便留她住在宮中，不放她回去。

李輔國冷清清一個人退出宮來，這是皇后的主意，他又不好說什麼，只有一天一天的在家中守著；那春英小姐在宮中，早晚伴著娘娘，有說有笑。張皇后也很是喜歡她，索性替她在宮中，收拾起一間臥房；在張娘娘的意思，李輔國是一個殘廢的人，原不用女人的，把他妻子長留在宮中，諒來也是不妨事的。

這李輔國因沒有春英小姐陪伴，心中說不出的寂寞；他自出娘胎，到這四十三歲，才知道女人的妙處。眼前沒有春英小姐，便拿府中的丫鬟、女僕出氣，每夜便選幾個有姿色的女人上床去玩弄；那班女人真是遭殃，個個被他捉弄得不死不活。

李輔國的性情非常奇怪，他越是見了肌膚白淨的女子，越是不肯饒她；不是拿口咬，便是拿手抓，在這雪也似的皮肉上，淌出鮮紅的血來，他看了心中才覺痛快。有時他突然興起，便把那般美貌的樂妓喚到房中來，剝得身上一絲不留，喝令家奴拿著皮鞭，盡力向白嫩的肌膚上抽去；一鞭一條血痕，打得皮開肉綻，個個把精赤的身體縮做一堆，宛轉嬌啼。

李輔國坐在一旁看了，不禁呵呵大笑，心中一痛快，便拿金錠彩緞賞她們；這綢緞稱做「遮羞緞」，那金錠稱做「養傷錢」。李輔國在家中如此淫惡胡鬧，消息傳進宮去，嚇得那春英小姐越發不敢

回家去了；宮中的一班妃嬪，見春英小姐得張娘娘的歡心，這春英小姐做人又和氣、又有趣，大家便拿著她玩笑，春英小姐住在宮中倒也不寂寞。

只是一個年輕女子，遭遇如此的身世，綺年玉貌，盡付與落花流水；聰明女子，沒有不善感的，春英小姐每當花前月下，幽悶無聊的時候，便不免灑下幾點傷心之淚。那宮女們見春英小姐傷心，大家便上來圍著她竭力勸解，又拉著她到御苑各處，風景幽雅的地方去遊玩解悶；春英小姐原是最愛花鳥的，她走到花叢深處，耳中只聽得樹頭鳥啼婉轉，便不覺信步走去，愈走愈遠。

花枝愈密，只把春英小姐一個身體裹住了，真是花影不離人左右，鳥聲莫辨耳東西；春英小姐正十分有趣的時候，忽聽得空中「颼」的一聲響，一支金鈚箭從樹外飛來，早射中在春英小姐的肩窩上，把個春英小姐痛得直沁心脾，早已支撐不住，啊唷一聲，暈倒在花下。

後面那班宮女，各人只貪著玩，誰也不曾留心到春英小姐；過了半晌，只見一個少年王爺跳進花樹叢中來，找尋他的箭兒。一眼見一個絕色佳人被他射倒在花下，再看時，美人已痛得暈厥過去了；這王爺也顧不得了，上去把春英小姐的嬌軀一把抱起，摟在懷裏，用力把那支箭兒拔下來。

只聽得嚶的一聲，那春英小姐又痛醒過來；只見自己的身軀，被一個少年哥兒抱在懷裏，那少年正伸手替她在那裏解開衣襟來。春英小姐這一羞，把痛也忘了，急欲掙脫身子逃去；那王爺見她雪也似的肩窩上，那鮮紅的血正如潮水一般的直淌出來，忙低低的對她說道：「姐姐莫動！」他一時找不到東西，便嗤的一聲，把自己左手上一截嶄新的袍袖撕了下來，按住箭創；才輕輕的替她掩上衣襟，放她站起身來。

春英小姐這時痛得實在站不住身子了，這王爺伸過一個臂兒來，掖住春英小姐；一面回過頭去，向樹林外高聲嚷道：「你們快來哇！」喊了半天，只見走來四五個宮女，見春英小姐血淌得過多，幾乎又要暈厥過去，這才慌張起來，手忙腳亂的上去，把春英小姐的身體抱住；又向著這王爺喚千歲爺，問李家公主是誰射傷了肩窩？

那王爺一邊連連向春英小姐賠罪，一面又向眾宮女解說，自己在花叢外的草地上練習騎射，不提防一支流箭，射中了這位姐姐，叫我心中如何過得去！說著，又再三囑咐宮女，好好的把這位姐姐扶回房去，好生請御醫調理養傷。

春英小姐聽了宮女喚著千歲爺，才知道他是一位太子；又聽太子滿口說著抱歉的話，他的神情又和氣又多情，看他面貌又長得俊秀，年紀也很輕，不覺把她看住了，肩窩上的痛也忘了。

便是這位太子，抱過春英小姐的嬌軀，親過春英小姐的香澤，又見春英小姐長成這般絕色，他如何不動情；見宮女扶著春英小姐走遠了，還是默默的望著，不肯離開，又看看自己撕斷的袍袖，不覺一縷

痴魂，又飛到春英小姐身邊去了。

這位王爺，原久已看上了春英小姐的美色；你道他是誰？他便是從前的廣平王！

這廣平王，自從那天在李輔國家中見了這春英小姐，便替春英小姐抱屈；他當時情不自禁的，便對著新娘子說了幾句多情的話，從此以後，他便時時想著春英小姐。只因自己是一位王爺，那李輔國也是當朝第一個擅權的大臣；雖說自己和他作對，但越是作對，就越不便到李輔國家中去。

這李輔國自從那天在家中，碰了廣平王幾個釘子以後，暗暗的探聽皇帝的心意，他日免不了要立廣平王做太子的；他為討好廣平王起見，樂得做一個順水人情，便自己領頭兒，上了一道奏章，說廣平王豫，仁孝聖武，堪為儲君。肅宗皇帝一身多病，看看自己的病又是一天深似一天，原也要立一位太子的，以早定人心；心中所慮的，只怕內有張皇后，外有李輔國，他兩人都是一心一意要立王子佋為太子的。

恰巧不多幾天，那王子佋已一病去世，張皇后心中失了一個依靠；如今又見李輔國上了這道奏章，便覺放心，立刻下旨立廣平王豫為太子，又為父子親近起見，特令太子還居內宮，以便太子晨昏定省。這位太子果然純孝天成，見父皇時時臥病在床，便日夜在寢宮料理湯藥，衣不解帶。

難得這幾天父皇病勢轉輕，他便偷空到御苑中練習騎射去；恰巧一支流箭，射中在春英小姐的肩窩上，這冥冥之中，似有天意。春英小姐中了這一箭，雖說是痛入骨髓，但她心中也覺得十分詫異：太子這一箭，為何不射中在別的宮女身上，卻巧射中在我身上？莫非我與太子有前緣嗎？因著這個念頭，便把痛也忘記了。

御醫天天替她敷藥醫治，她病勢到危險的時候，渾身燒熱的厲害，昏昏沉沉的；只見那太子站在自己面前，有時和她說笑著，有時竟上前來摟抱她的身軀。春英小姐在睡夢中呻吟著，醒來睜眼一看，那裏有什麼太子？只是幾個宮女站立在床前伺候著。

你們也不要笑春英小姐害了相思病兒，好好一個女孩兒，有名無實的嫁了一個太監做丈夫，葬送了她的終身；她年紀輕輕，如何耐得這凄涼？每當花月良辰，便不免有身世之感。她在平日，雖滿肚子傷感，卻沒有一個人兒可以寄託她的痴情；如今見了這位年少貌美，又是多情多義的太子，叫她如何不想？況且她的想，也不全是落空的；她在這裏想著太子，太子也在那裏想著她呢。

這位太子每日侍奉父皇的湯藥，偷空出來，便到春英小姐的房門口，偷偷的問著宮女：「今天姐姐的病勢如何？」

宮女對他說病勢有起色，他便十分高興；若對他說病勢沉重，便急得他雙眉緊鎖，不住的嘆氣。他每次來，手中總拿著花枝兒，問過了話以後，便把花枝兒交給宮女，叮囑她悄悄的拿進房去，供養在春

英小姐床前，給她看著玩；又再三囑咐宮女：「若姐姐問時，千萬莫說是我送來的。」

宮女問：「千歲爺為什麼天天要送花來？」

那太子笑說道：「妳們有所不知，我知道李家那位姐姐是愛花的；她因貪在花樹下遊玩，便吃了我這一箭的虧。如今我心中實在過意不去，又不便到姐姐床前，去親自對她說抱歉的話，只得每天親自去採這花枝來，送與姐姐在病中玩賞；也是略盡我的心意，我只圖姐姐看了花枝兒歡喜，卻不願姐姐知道是我採來送她的，免得她心中多起一番不安。」

宮女聽了太子一番話，忍不住吃吃的笑著，接過花枝兒進去了。

隔了幾天，太子打聽得李夫人的傷勢痊癒了，已能在屋中起坐；他再也忍不住了，便趁著宮中午後閒靜，欲前去探望。原來肅宗皇帝因身體衰弱，照例用過午膳以後，便須入睡片時，休養精神；全宮的人，上自妃嬪下至宮女，都趁這時候偷一刻懶，有回屋去午睡的，也有找伴兒去閒談的。

太子便在這時候，悄悄的走進李夫人房中來，那左右侍女恰巧一個也不在跟前；太子一腳踏進房來，滿屋子靜悄悄的，只覺得一陣甜膩膩的香氣送入鼻管來，不由得心中跳動起來。一眼見屋子中間，帳幔齊垂地，側耳一聽，不覺有絲毫聲息；太子這時心中卻躊躇起來，那兩腳跨進一步，又退了下來。

正在惶惑的時候，忽聽一縷嬌脆的聲音兒，從帳幔中傳出來；道：「好悶損人也！」太子聽了，便得了主意，趁那鏡臺上有玉杯兒、湯壺兒排列著，太子便過去倒了一杯茶湯，端在手中，一手揭起那帳幔；只見李夫人斜倚著坐在床沿上，看她雲髻蓬鬆，脂粉不施，儘低著脖子在那裏出神。

太子挨身上前，放低了聲兒道：「夫人！飲一杯湯兒解解悶吧！」那李夫人正出神的時候，以為是平時宮女送茶來，也不抬起頭來，伸手去便把太子手中的玉杯兒接過來；她也不飲，依舊是捧著茶杯出神兒，把個太子倒弄怔了，只得屏息靜聲的站在一旁，偷眼看著李夫人的面龐。

見她那面貌俊俏，自然嬌艷，說不出的一肚子憐愛；他幾次要想上去握住李夫人的手，訴說衷腸，卻只是個不敢。忽然見李夫人的玉頸兒直垂到酥胸前，那一點一滴的情淚，正落在玉杯兒裏面；太子看了萬分動情，他也顧不得了，一縱身搶上前去，一屈膝跪倒在李夫人懷中。

那李夫人見一個男子撲入懷中來，不覺大驚，一鬆手，把手中的玉杯直滾下地去，那茶汁倒得太子一身淋淋漓漓的；虧得太子搶得快，把那玉杯兒搶在手中，見還有半杯茶汁留著，太子一仰脖子，把那半杯茶汁和著李夫人的眼淚，一齊吃下肚去，把個李夫人羞得急欲立起身來掙脫。

誰知那兩隻纖手，卻早已被太子的兩手緊緊的握住不放，休想掙得脫；看那太子抬起臉，軟貼在胸前，乜斜著兩眼，只是望著自己的臉。從來說的，自古嫦娥愛少年；況且這李夫人長著如花般的容貌，

似錦般的流年，想著紅顏薄命，正多身世之感。

如今這太子的一番深情已非一日，她在病中，也時時聽宮女背地裏，說起太子每日在院門外問候，又每日送著花兒在屋中供養，人非木石，誰能無情？只是自己已是有夫的羅敷，雖說遇人不淑，也只得自安薄命；又在宮女跟前不肯自失身價，因此雖有一言半語落在耳中，卻也裝做不知，但是一寸芳心，已把太子的一段痴情深深嵌入。

不料，今日太子趁著室內無人的時候，竟是斬關直入，緊緊的伏在懷中，又做出那副可憐的樣子來；太子的面貌又長得俊美，這李夫人便是要反抗，也不忍得反抗了。只是默默的坐著不動，一任太子的兩手捧住她的纖手，不住的搓弄著；後來那太子漸漸的不老實起來，竟摸索到身上來了。

正在這時候，聽得廊下有一陣宮女的說笑聲兒，李夫人急推著太子，低聲勸他快出去；那太子卻延挨著不肯，緊拉住李夫人的臂兒，要她答應那心事。李夫人沒奈何，只得點點頭兒，又湊著太子的耳根，低低的叮囑了幾句；冷不防頭被太子在朱唇上親了一個吻去。

這李夫人在家中的時候，是一個何等幽嫻貞靜的閨房小姐，如今被太子接了吻去，她便一心向著太子；這太子依著李夫人的囑咐，捱到黃昏人靜的時候，扮作宮女模樣，偷偷的混在眾宮女隊中，摸進李夫人房去，如了他二人的心願。可憐這李夫人，嫁了那殘廢的李輔國以後，幸得太子多情，直到今日才解得男女之好；一時，他二人迷戀著，真是如漆似膠。

太子住在東宮，只礙著妃嬪的眼，不能每日和李夫人歡會，心中正想不出個好主意來；太子有一個弟弟，名倓，現封建寧王，生性極是熱烈，和太子弟兄二人卻是情投意合，無話不說的。這建寧王眼看著張皇后和李輔國二人內外勾通，攬權行奸，心中久已不平；他常和太子說起，父皇身旁有二大害，不可不除，太子便再三勸慰他，說：「此非人子所宜，望吾弟忍耐為是。」

到這時候，建寧王又暗地裏打聽得，張皇后和李輔國在背地裏，設法要謀害太子，改立張皇后的親子侗為太子；這皇子侗原是張皇后與肅宗皇帝在靈武時所生，不知怎的，這肅宗皇帝在諸位皇子中，獨鍾愛這個皇子。從來說的，母以子貴，那時，張皇后是一位良娣，因生了這個兒子，便陞做皇后；張皇后的野心，便一天大似一天。

第七十五回　郭子儀

張皇后和李輔國內外勾通，招權納賄的事情，也不知做了多少；叫這性情暴烈的建寧王，在一旁如何看得過。他幾次要去面奏父皇，每次都被太子攔阻住；勸他說：「事不干己，徒然招人怨恨。」建寧王勉強把性子按納下去。如今聽說他們要謀死太子，另立皇子侗為太子，他與太子手足之情甚厚，不由他不惱怒起來；怒氣沖沖的趕進宮來，打聽得父皇在御苑中向陽。

肅宗身體一天衰弱似一天，每到冬令，太醫奏勸皇上，每日須向陽一個時辰，得些天地之和氣；每遇肅宗皇帝在御花園中向陽，那張皇后總陪侍在一旁。今日建寧王進宮來，見有張皇后坐在一旁，他上去依禮朝見了父皇，也不便說什麼；這張皇后是何等機警的人，她見建寧王滿面怒色，心知有異，便假託更衣，退出園來，一面便指使她的心腹，去躲在御苑走廊深處，偷聽他父子說話。

誰知這建寧王是一個率直的人，竟不曾預料到此；他見張皇后退去了，便把張皇后如何與李輔國勾通，招權納賄，現在又如何密謀陷害太子的情形，一五一十的說了出來。末後，他又懇懇切切的說

道：「陛下若再相信婦人小子，那天下雖由陛下得之，亦將由陛下失之！其有何面目見祖宗於地下乎？」

幾句話說得肅宗皇帝不覺勃然大怒起來，況且張皇后和李輔國二人，每日不離肅宗左右，時進讒言；肅宗正親信張皇后和李輔國二人的時候，如何肯聽信建寧王的一番忠言？早已忍不住一疊連聲的喝罵：「逆子有意離間骨肉！」也不聽建寧王話說完，便喚內侍，把建寧王逐出御花園去。

建寧王懷了一肚子冤屈來見太子，弟兄二人一見面，便抱頭大哭了一場；太子勸住了建寧王的哭，建寧王便把方才進諫父皇的話，和被父皇申斥的話說了。太子聽了不覺大驚，說：「我的弟弟，你這事不是闖下禍來了嗎！」

建寧王問：「怎見得這事闖了禍？」

太子說道：「吾弟今天受父皇一番訓斥，還是小事；只怕父皇回宮去，對張皇后說了，再經張皇后一番讒言，又經李輔國一番搬弄，他二人見吾弟揭穿了他們的奸謀，他們非置吾弟於死地不可。依愚兄之見，吾弟連晚速速逃命，逃出京城去，躲在民間，這是最好的辦法兒。」

建寧王聽了太子的一番話，細心一想，覺得自己的處境果然危險；但事已至此，懼怕也是無益，便慨然對太子說道：「從來說的，君要臣死，臣不得不死；父要子亡，子不得不亡。如今依哥哥的話，人子獲罪於父，不得骨肉的原諒，便活在世上也毫無趣味；我便回家去等死罷了！」建寧王說罷，站起身來便走；這太子如何捨得，便上去一把拉住他，又苦苦的勸他出京去躲避幾時，再作道理。

那建寧王只是搖著頭，嗚咽著出去了；這裏太子究竟放心不下，便偷偷的來見李夫人。因為李夫人是張皇后親信的人，又是李輔國的妻子，自然不疑心她的；便和李夫人商量，求她到張皇后跟前去探聽消息。這李夫人愛上了太子，豈有不願意的；當晚便假定省為由，去朝見張皇后。

那皇后已由她派去偷聽說話的心腹人，把建寧王在皇帝跟前的說話偷聽來，統統告訴皇后；張皇后立刻去把李輔國宣進宮來，商量對付建寧王的法子。李輔國便勸張皇后，在皇帝跟前竭力進讒，務要取了建寧王的性命才罷；又勸皇后，這機密事既被建寧王在萬歲跟前說破了，咱們索性一不做二不休，趁此機會，便說建寧王是太子指使他來離間骨肉的，求萬歲爺廢去了太子，立皇子侗為太子，這才是一勞永逸之計。

張皇后當李夫人是自己的心腹，便把她和李輔國二人商量的話，仔仔細細的告訴她；李夫人聽說要取建寧王的性命，尚不動心，但聽說要廢去皇太子，卻不覺動了她的私情，十分慌張起來，便急急回自己院子去。

那太子正躲在自己房中候著信，李夫人便把探聽得來的話說了；那太子手足情深，聽說要廢去自己

太子的地位，並不動心，聽說要取建寧王的性命，卻十分慌張起來，急欲打發一個人，去建寧王府中報一個信。

其時已是深夜，左右又沒人可以遣使；這一夜工夫，急得這位皇太子，只是在屋子中間打著旋兒。好不容易捱到天明，又怕打發別人去走漏了消息，便自己喬扮作內侍模樣混出宮去；趕到建寧王府中，一腳跨進門去，只聽得人聲鼎沸。趕進內院去一看，只見闔府中男女都圍住了建寧王，齊聲哭喊著；大家見太子進來了，只得停住了哭聲，讓太子擠進人叢中來。

太子抬眼一看，只見那建寧王直挺挺地躺在逍遙椅上，滿臉鐵青，兩眼翻白；太子只喚得一聲弟弟，撲上身去抱頭大哭，可憐這建寧王，便在太子的一陣哭聲裏死去了。許多王妃姬妾圍著屍身，大哭一場；哭罷了，太子問起情由。

原來，昨夜建寧王從宮中回府，便在自己書房裏長吁短嘆，直到天明，還不見王爺回內院來；是王妃情急了，急急走進書房去一看，原來王爺早已服了毒，只剩下一絲氣息，急傳府中大夫施救，已是來不及了。

皇太子聽這情形十分淒慘，由不得又摟著建寧王的屍身哭了一場；還是王妃上去勸住，又勸太子快回宮去。只因太子和建寧王手足情重，如今私自出宮來探望建寧王，給張皇后知道了，又要無事生風，在皇帝跟前搬弄許多閒話，於太子實在有大不利的地方；皇太子聽了眾妃嬪的勸，便也只得含著一肚子悲哀，悄悄的回宮去。

這裏，建寧王死去不上兩三個時辰，果然，肅宗皇帝的聖旨下來，便要賜建寧王自盡；這原是張皇后在皇帝前進了讒言，才有這骨肉間的慘禍。從此，張皇后便派了幾個心腹宮婢，在東宮裏留心太子的舉動；李夫人得知了這個消息，又暗暗的去對太子說知，勸他平日在宮中的一切言語舉動要謹慎些，便是兩下裏的私情，也須少來往為是，免得破了這風流案，把好事弄壞了。

太子聽了李夫人的話，嚇得在宮中不敢胡行，也不敢亂道；看看半年下來，甚是苦悶。便是那李輔國，娶了這位李夫人，如今久住在宮中，夫妻不得親近；雖說家中有不少婢妾姬妓，可以供他的玩弄，但如何趕得上李夫人這般美貌，這般白膩。

愈是太監不講床第之私的，愈是愛賞鑑美麗的女人；愈是不在淫慾上用工夫的，愈是玩弄得婦女厲害。這一年多下來，李輔國全府中的婢妾，也被他玩弄得人人害怕，個個叫苦了；那李輔國也玩厭了，便又想起他宮中的這位夫人。

在李夫人住在宮中的意思，一半是要避著李輔國玩弄她身體的災難，一半也是迷戀著太子的痴情；因此，李輔國幾次進宮來接李夫人回府去，這李夫人總推著皇后不許，李輔國也沒得話說。後來李輔國

在家中，實在想得這位夫人厲害；便進宮去，當面求著張皇后，說要接李夫人回家去。

張皇后很愛李夫人，留在宮中早晚說笑著，做著伴兒，因此也捨不得放她出宮去；又想：李輔國是一個殘廢的身子，要夫人回家去亦無用，便又留住了她。李夫人巴不得張皇后這一留，一來免得遭災，二來也貪與太子多見幾回；後來經李輔國再三懇求，張皇后才答應留李夫人在宮中過了新年回去。這時候，正是臘月裏，離新年已沒有多少日子；李夫人聽了皇后這句話，心中萬分著急，忙悄悄的去與太子商量，兩人也想不出一條妙計來。

恰巧這時候，天下兵馬副元帥郭子儀回朝，奏陳軍事；此番郭元帥殺賊立功，肅宗皇帝甚是歡喜，特在延曦殿賜見。郭子儀見過聖駕，奏報軍情，說如今大敵已除；惟有史思明孽子史朝義，負隅頑抗，請萬歲爺別遣知兵大臣，與臣協力共討之。肅宗甚是嘉許，便留郭子儀在殿上領宴；又大賜金帛與隨征諸將。

郭子儀領過了宴，謝恩出來，自有當朝一班文武大臣，替他接風洗塵；便是李輔國，也在府中擺下盛大的筵席，又用家妓歌舞勸酒。郭子儀四處應酬，忙了一天，回到行轅中，已是黃昏向盡，便在私室中休養一會；正朦朧欲睡時，忽家院進來報稱，外面有一少年官員求見。

郭子儀看這夜靜更深，那賓客來得十分突兀，忙問：「可知來人名姓？問他夤夜求見，有何事情？」

家院回說：「那官員只說有緊急公事，須與元帥商量。小人問他名姓，卻不肯說；只說你家元帥見了我，自會認識的。」

郭子儀是一個正直的君子，便也不疑，立命傳見；待那少年官員走進屋子來一看，不覺把郭子儀嚇了一跳，忙回頭喝退家院，上去拜見，口稱千歲。

原來這位少年官員，正是當朝的東宮太子；這太子是輕易不出宮門的，如今半夜來此，必是有機密事情。當時，郭子儀便上去拉住太子的袍袖，一同進了後院幽密的所在，動問太子的來意；那太子便把近日，張皇后勾通李輔國謀廢太子的事情說了，又把建寧王被逼自盡的情形也說了，便與郭子儀商量一條免禍之計。

郭子儀聽到李輔國專權作惡的情形，也是切齒痛恨；聽到太子問他免禍之計，便低頭半晌，忽然得了一條妙計，說：「今天小臣朝見聖上之時，奏稱賊勢猖獗，求皇上別遣知兵大臣，協力討賊；明日我去朝見聖上時，便把千歲保舉上去，求聖上立拜千歲為天下兵馬大元帥，率各路人馬前去討賊。這一來，千歲離了宮廷，免了許多是非；二來，千歲爺手握重兵在外，那張皇后和李輔國也有個懼憚，不敢起謀廢之念。」

太子聽了，也不覺大喜，連說：「妙計！妙計！」當夜辭退出來，悄悄的回宮去。

第二天，郭子儀上朝，便把請太子親自統兵討賊，拜為天下兵馬大元帥的話，奏明聖上；肅宗皇帝這幾天，聽張皇后在耳根上，儘說太子不好之處。如今聽了郭子儀的話，樂得藉一件事打發太子出去，免得宮廷之中多鬧意見；當下便准了郭子儀的奏章，立刻下旨，拜太子為天下兵馬大元帥，與副元帥郭子儀統率六路大兵，征討史朝義賊寇。

這史朝義，負固在江淮一帶，聲勢十分浩大，兵力亦是十分雄厚，肅宗時時憂慮；當時大子得了聖旨，便又上一道表章，請調集朔方西域等軍大舉出征，以厚兵力。這個話，深合肅宗的心意，當下，太子一共調齊了二十萬大軍；正待出發，忽然那回紇可汗磨延啜，遣使太子葉護等，到唐朝來講和，並率領精兵四千人，來助唐皇殺賊。肅宗大喜，立傳葉護上殿朝見，並令與大子拜為兄弟。

這回紇的兵馬，十分驍勇；唐太子得了他的幫助，聲勢更是浩大起來，在宮中耽擱不久便要起程。在太子心中，獨捨不下這個李夫人；便是李夫人在宮中，一聽說太子要統兵出京，一寸芳心也是難捨難分。況且一到臘盡春回，自己便要出宮，回李輔國府中去；從此一別，二人不知何日方得相會。

她日夜盼望太子來和她敘別，這太子因怕在宮女跟前露出破綻來，便也不敢去見李夫人；但看看分別的日子，一天近似一天，李夫人十分焦急。她心中的事，又不好對宮女說得；只是每日在黃昏人靜的時候，獨自一人走在庭院裏，花前月下，盼望一回，嘆息一回。

這夜正是天上月圓，宮廷寂靜，李夫人也不帶一個宮女，獨自倚欄望月；一陣北風，刮得肌膚生寒，猛覺得衣衫單薄，便欲回到屋中去添衣，遠遠見一個侍女走來，便命她到房中，去取一件外衣來添上。那侍女勸李夫人到庭心裏去步月，李夫人見天心裏，果然一片皓月，十分可愛；只是一個人怯生生的，在這夜靜時候不敢去得，便命那侍女伴著同行。

那侍女隨在身後，默默走去；待走到庭心裏，又說：「那西院裏月臺上望月，更是有精神。」李夫人聽了她的話，便也從花徑中曲折走去。走到那月臺上一看，果然見閒階如水，萬籟無聲；當頭一輪滿月，圓圓的分外光明。李夫人看了，想起天上團圓，人間別離的心事，不覺發了一聲長嘆；嘆聲未息，猛見那侍女上來，伸著兩臂，把李夫人的纖腰緊緊抱住，向懷中摟著。

李夫人出其不意，十分驚詫；趁著月光，向那侍女臉上細細看時，不覺心花怒放，忙把粉龐兒向那侍女的臉兒貼著，兩個身體如扭股糖兒似的親熱起來。原來這個侍女不是別人，竟又是那太子改扮的！如此良夜，他二人真是你貪我愛，說不盡的別離心情、相思滋味。

那李夫人因李輔國要逼著她回府去，心中已是萬分的不願意了，又見太子要統兵遠征，心中更覺得

不捨；二人說到情密之時，李夫人只把太子的頸子緊緊的摟著，那點點熱淚落在太子的肩頭；太子一面替李夫人拭著淚，又打疊起千百般溫存勸慰著。

這李夫人只是口口聲聲，要隨著太子離開京師，雙宿雙飛的享樂去；太子聽了只是搖頭，說：「這千軍萬馬之中，耳目眾多，如何使得？」無奈這李夫人一心向著這太子，又因回到李府去，實在受不起這李輔國的磨折；當時他兩人直談到三更向盡，又怕給宮女太監們發現，只得硬著心腸分開了。

第二日，太子忙著檢點兵士，準備起程；這位太子從前在靈武地方，也很立過一番戰功，那時還不過是一個王爺，如今已是一位太子，聲勢自然比從前大不相同。肅宗皇帝又許他假天子旌旗，建帝王節鉞，所到之處，文武百官都來朝參，一路十分威武；太子心中，卻只是想念著這位李夫人，十分苦惱。

這一日，他住在西京行宮裏，天色已晚，一個內侍送上燈來，大元帥正悶坐無聊；行宮中原有守宮侍女，很有幾個長得美麗的，此時大家打扮得花枝兒似的，各個手中執著樂器，在廊下伺候著。那內侍進去，大元帥正悶坐著長吁短嘆；這內侍悄悄的向門外招手兒，那班宮女便挨身進屋子來，各人拿著手中的樂器彈奏起來。

才奏了一曲，大元帥怕煩，連連搖著手；那班宮女便也只得停住了樂器，各個抽身退出去，只有這個內侍站在一旁。大元帥從宮中出來，一路上曉行夜宿，總是這個內侍在跟前伺候呼喚；這內侍性情聰明，面貌也甚是清秀，大元帥十分寵用他，每到寂寞時候，總得這內侍在一旁說著話解悶兒，這內侍也很是忠心地伺候大元帥。

他見大元帥時時在無人的時候，皺著眉心，不住的嘆氣；他便提著很嬌脆的嗓子唱著，逗著大元帥笑樂，解著悶兒，大元帥聽他唱得抑揚婉轉，勝於宮中的女樂，便也愛聽他唱著。這時，一班宮女退了出去，大元帥又吩咐內侍，唱一曲解悶兒；那內侍便提起了精神，學著楊貴妃，唱一闋「清平調」，又學著霓裳羽衣舞。看他腰肢軟擺，珠喉輕囀，活像是一個女孩兒；引得大元帥也不覺哈哈大笑起來。

大元帥這一笑，那內侍更是舞得有精神，那身軀轉著，如風一般的快；誰知他腳下一不留神，被靴底兒一側一個倒栽蔥，整個身子倒在地下。只聽這內侍連聲喚著：「啊唷！」這身體總是掙不起來；大元帥見他跌得可憐，便站起身來，親自上前去扶著內侍的臂兒。拿燈光一照，不覺驚詫起來；原來這內侍竟是女人改扮的。

這時，他一隻腳上的靴兒脫落了，露出六寸羅襪，一隻小腳兒來；大元帥疑心是張皇后指使她來行

刺自己的，心中一怒，便把腰間的寶劍拔下來，握在手中，喝問：「妳是何處賤婢，膽敢喬裝來欺蒙本帥？」說著，伸手去揭她的帽子，便露出一頭雲鬟來；大元帥一看，不是別人，正是他心中朝思暮想的李夫人！

這李夫人見大元帥，聲勢洶洶的要拿寶劍殺她，她索性一蹟頭，去倒在大元帥懷裏；這大元帥趁勢摟住李夫人的纖腰，連問：「夫人怎得出宮來，隨我到此？」

那李夫人笑說道：「自從那夜和千歲分別了，我心中好似失了一樣什麼寶貝，睡也不安，食也無味；那時，我也明知千軍萬馬之中，耳目眾多，妾身一女子，如何能隨著千歲出宮去？但妾身一點癡心，總要和千歲爺在一塊兒行坐不離；便是千歲爺不知道，使妾身私地裏，能常常得見千歲之面，於願也足，因此被妾身想出一個喬扮的主意來。

趁那夜東宮中，人人收拾行裝十分熱鬧的當兒，妾身便改扮成了一個內侍模樣；雜在眾人裏面，混出宮來。一路上吃盡千辛萬苦，幸得如了妾身的心願，每日得在千歲爺跟前伺候著，得千歲爺另眼相看，妾心已十分滿足了；今日天也可憐我，無意中，在千歲跟前脫下一隻靴子來，露了破綻。千歲爺見了妾身，不說動憐惜之念，反惡狠狠的要殺起妾身來。」李夫人說著，便不由得倒在元帥懷裏，嬌聲嗚咽起來。

這元帥見了李夫人，原是千依百順的，如今見李夫人為自己吃了許多辛苦，如何不心痛；當時打疊起萬種溫存，只消一夜工夫，便把他二人的相思病都治好了。從此這位多情太子，身邊因有意中人伴著，便是出去臨陣，也加倍的有精神了；連日攻城略地，十分勇猛，殺得史朝義兵敗將亡，逃去雍州城死守住，不敢出來。

這裏，接連報捷的文書申奏朝廷，肅宗皇帝看了十分歡喜。這宮中自從太子出征去了，張皇后和李輔國都好似拔去了眼中釘；一個在宮中，一個在宮外，只瞞著肅宗皇帝的耳目，招權納賄，膽大妄為。這肅宗皇帝的身體，更是衰弱不堪；每日在一間屋子裏起臥，也沒精神去坐朝，所有朝廷大事，一概交託給張皇后和李輔國二人掌握，自己在宮中養病，閒著無事，便愛讀佛經。

當時有一個三藏寺的主持和尚，名不空的，道行十分高深；肅宗每日傳不空和尚進宮去，講天竺密語，又講經說法。不空和尚勸肅宗皇帝，在佛前多做善事；肅宗皇帝便傳旨內藏大臣，把百品名香舂成粉，和著銀粉，去塗在京師地方大小廟宇的佛殿牆上。一時京師地方，各寺院牆垣都成了銀色；路人經過的，遠遠裏便聞得一陣一陣香氣，從寺院裏吹來。

這時，新羅國進貢來一方五彩寶毯；這地毯製造得十分精巧，每一方寸內都織成歌舞伎樂，與列國山川之像。每遇微風吹動，氍毹上有五色蜂蝶動搖著，又有燕雀跳躍著；蹲身下去細細的觀看，也看不

出是真是假。肅宗皇帝便把這一方寶毯，施捨在三藏寺中佛堂上鋪設著。

接著又有月氏國獻一座萬佛山，名稱萬佛；那山上何止一萬個佛，全山高約一丈。肅宗皇帝便傳諭，把萬佛山陳設在佛殿上，山下鋪設著寶毯；任一班善男信女進殿來膜拜觀看。

第七十六回　奪權密謀

這座萬佛山，是拿沉檀香木、珠玉珍寶鑲嵌雕刻而成，漫山滿谷皆塑著佛像；那佛身大的也有寸許，小的竟至二三分。佛之首，有細如黍米的，有大如赤豆的；頭部眉目口耳，螺髻毫相，無不俱備。又拿金銀精煉成細絲，織成流蘇幡蓋，又製成菴羅葡萄等樹；用百寶堆積成樓閣臺殿，間架雖微小，那檐角窗垣勢甚飛動。

佛殿前排列著僧道，不知數千百人；山下有紫金鐘一座，徑闊三寸，人拿小槌子將鐘打一下，那山上萬餘僧人，都能俯首至地，做出膜拜的形狀來。當眾僧人膜拜的時候，又有微微的一陣誦經、唱佛號的聲音兒，從鐘裏發出來。

肅宗皇帝宮中，原有一柄九光扇，映著燈光日光，便發出九色光彩來；每年四月初八浴佛之期，肅宗皇帝親率僧徒，數千人入內道場，繞著萬佛山禮佛。把九光扇插在山頂上，頓時發出九道奇光來，照耀得滿室燦爛，便稱為佛光；引動得京師地方的百姓，扶老攜幼的，都來看佛光。

肅宗皇帝又在不空和尚處學得打坐，他在宮中收拾起一間淨室，每日在屋子裏盤腳靜坐；這一天，心中忽然想起，那李輔國是朝廷中第一個奸臣，只因有張皇后從中包庇著。肅宗看在夫妻份上，也在心中隱忍住；但肅宗每想起李輔國那種驕橫跋扈的行為，也是一肚子的氣憤。

如今靜悄悄一個人靜坐著，不覺朦朧睡去；夢見高力士領著數百騎兵，各個手中拿著長戟，追趕李輔國。李輔國拍馬在前面逃去，高力士看看追上，便一戟擲去，正刺中李輔國的頭顱，那血如水一般的淌下來；那一隊騎士見李輔國已被殺，便人人歡呼，向北而去。

肅宗見了，十分詫異，忙打發內侍上去，問高力士：「為何殺李輔國？」

那高力士答辭：「是奉太上皇之命。」

正疑惑的時候，忽然醒來；內侍進來報說：李輔國求見。這李輔國原是在宮中出入慣的，當時便至淨室中朝見肅宗；李輔國奏稱：「如今春事正盛，三代后妃皆親蠶桑之事；今張娘娘德被六宮，正可行親蠶之禮。」

肅宗因體弱畏煩，不願和李輔國多說話，便也答應了他；這李輔國得了皇帝聖旨，便大弄起來，在光順門搭起高大的綵樓，沿路錦帳宮燈，直接到御花園中，十分繁盛。到了親蠶之期，所有文武官員的命婦，齊集在光順門迎候聖駕；只聽得三聲靜鞭響，那隊隊宮衛擁護著龍輿鳳輦，到光順門來，一班命婦都上前去朝見過了，跟著皇后的鳳輦，走到御花園中。

只見一片桑林，翠葉如蓋；中間搭起一座高臺，一時鼓樂齊奏，贊禮官宣讀文書。皇后盛服上臺，祭過天地，拜過蠶神；便有丞相李揆的夫人，捧過蠶筐來。皇后手執桑枝，向筐中一拋，算是親蠶了；接著一陣笙歌，皇后下臺來，在迎暉殿中賜夫人們領宴，文武大臣都在西偏殿領宴。

飲酒中間，便由李輔國領頭兒，上皇帝尊號，又上皇后尊號，稱為翊聖皇后；這原是皇后私地裏，囑咐李輔國上自己尊號的。原來唐室的規矩，皇太后上尊號的，每加一字便每月加俸十萬兩；張皇后是十分貪財的，便囑咐李輔國上自己的尊字，一來可以誇耀六宮，二來，也是欲多得錢財的意思。

誰知肅宗皇帝看了這本奏章，適值丞相李揆進宮來，肅宗問李揆：「張皇后可加尊號否？」李揆再三諫勸，說：「皇后未有盛德，前吳皇后未上尊號，張皇后豈可獨上尊號？」

肅宗聽了李丞相的一番話，便把李輔國的奏章擱起，不提上皇后尊號之事；過了幾天，張皇后見皇帝尚無動靜，便忍不住去面問皇帝。肅宗是一個最沒有擔當的人，見皇后來責問他，他便向李丞相身上一推；張皇后是一個剛愎的女子，聽了皇帝的話，如何肯依，當時大怒，便和肅宗大吵大鬧起來。足足鬧了一夜，帝后二人都不得安睡；到最後，還是肅宗皇帝答應她，明日下旨上皇后尊號才罷休。

皇帝一夜不得安眠，第二天便睡了足足一日；起來時已日落西山，早已過午朝時候，也來不及下諭了。誰知第二夜，那天上忽然月蝕，正是月望的時期；那滿滿一輪明月，遮沒得黯淡無光，滿院子漆黑，六宮中頓時驚慌起來。

這月蝕，原是皇后的責任；必是皇后有缺得，才使上天垂象，月蝕以後，皇后必得奇禍。張皇后看了，也不覺慌張起來，忙在宮中率領六宮妃嬪，排設香案，跪拜求天；直忙了大半夜，那月輪才慢慢的吐出來。第二天，張皇后上一本表章，自己認罪；這一鬧，也把個皇后上尊號的事打消了，但從此，張皇后便把個李丞相恨入骨髓，蓄意要謀害他。

便有李揆的心腹，報與李丞相知道；李丞相當夜便邀了一班心腹同僚，計議皇后的事。眾人的意思，都說張皇后弄權，皆是依著李輔國為爪牙；如今欲防止皇后的謀害，非先去說動李輔國，勸他脫離皇后不可，皇后失了李輔國，便如拔去爪牙，無能為力。

在座的幾位官員聽了這個話，便說：「計原是一個好計，只是那李輔國，是當朝的一個大奸臣；他與張皇后同流合污為日已久，怕不肯輕易和我等聯合。」

李揆便說道：「我只須以正理去勸服李輔國，又以利害曉之，便不慮他不歸我等也。」

過了幾天，李揆果然折簡，邀請李輔國到府中來，大開筵宴，又邀請百僚作陪；這一席酒備得十分豐盛，又備下女樂，在當筵歌舞著。從來說的，酒落歡腸，李輔國一歡喜，那酒便不覺喝得多了；直至夜半，酒罷歌歇，李揆便把李輔國邀到書齋中去清談。

這時左右無人，只有李輔國與李揆二人面面相對；李揆便說道：「大將軍功高望重，位極人臣，下官不勝欽敬！」

這李輔國生平最愛別人給他戴高帽子，三句好話一說，樂得他手舞足蹈；何況這位李丞相素稱剛直，平日李輔國見了他都還畏懼三分，今日居然當面奉承他，叫李輔國怎麼不要喜出望外，忙謙讓著道：「下官出身閹宦，怎及得大人簪纓世家，宰輔門第；位在一人之下，萬人之上，不由老夫不欽敬也。」

接著，李揆便促膝，低聲說道：「從來說的，持盈保泰；大將軍一生榮寵，須防人背後暗算。」一句話說得李輔國陡的變了顏色，忙站起身來，向李揆兜頭一揖，道：「不知有誰暗算下官來，還求丞相指教！」說著，他二人的聲音更是放低了。

李揆當時不慌不忙，微笑著說道：「如大將軍的勢力，還有誰敢暗算？只是聽得道路傳聞，張皇后因迎涼草和鳳首木之事，頗不滿意於將軍呢。」李輔國聽了這幾句話，愈覺事情坐實了，便不由他不信。

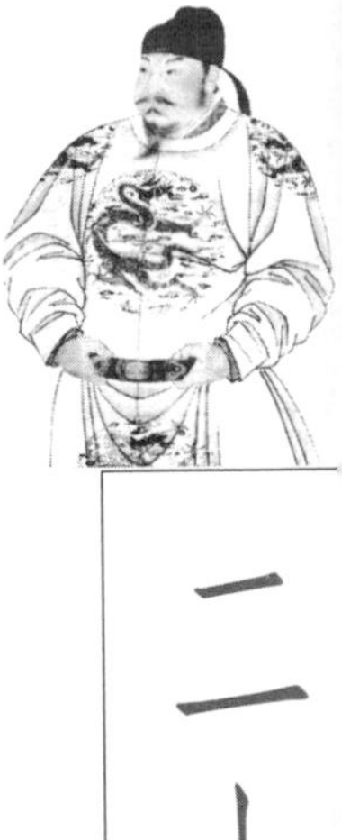

原來那迎涼草和鳳首木，是兩樣稀世的珍寶；當時回紇國出兵助太子平史思明之亂，甚是有功，回紇葛勒可汗便上書求婚。肅宗皇帝念他出兵助戰的份上，又因回紇國可汗長得品貌不凡，與自己太子約為兄弟；便把幼女寧國公主，遣嫁到回紇國去。在下嫁的時候，肅宗皇帝親自護送到咸陽地方，父女二人，自有一番惜別；肅宗再三勸慰，公主流著淚道：「國家多難，以女和番，死且不恨！」

那寧國公主到了回紇，夫婦二人倒是十分恩愛，便尊為可敦；當時，葛勒可汗便打點了五百匹名馬，貂裘五百件，白氈一千條，來獻與肅宗皇帝，算是謝禮。肅宗皇帝又下詔，冊封葛勒為英武威遠毗伽可汗，從此兩國密使往來，十分親暱；後來回紇可汗得了這迎涼草和鳳首木兩樣奇珍異寶，不敢自用，便特意打發使臣到唐朝來進貢。

這時，李輔國權傾中外，凡是外國進貢來的物品，都要先投到大將軍府中，請李輔國檢驗；那李輔國一見了這兩樣寶貝，心中甚是歡喜。恰巧這幾天，肅宗皇帝抱病在宮中，連日不坐朝；他一面打發回紇國的使臣去後，也不奏明皇帝，便把這兩件寶物，悄悄的吞沒了下來，陳設在自己府中，推說是回紇國使臣，特意拿來孝敬他的。

每到夏天，大將軍府中皆會舉行盛大的宴會；李輔國便把迎涼草拿出來，陳設在座中。那迎涼草的模樣，乾如苦竹，葉細如杉，枝葉全帶翠綠色；雖終年形如乾枯，但從不見有一葉凋落。在盛暑的時候，把這迎涼草陳列在窗戶間，便有陣陣涼風吹入屋中，滿屋生涼。鳳首木高一尺，雕成雙鳳的形狀，雖已枯槁，那毛羽脫落不盡；每到嚴冬大寒的天氣，把這鳳首木陳列在高堂大廈之間，卻有暖氣蒸發出來，滿室和煦，恍如二三月天氣。又名為常春木；雖以烈火燒之，卻不見焦灼痕跡。

這兩樣寶物藏在李輔國府中已是多日了，後來不知什麼人多嘴，把這情形去悄悄的告與張皇后知道，張皇后聽了不覺大怒；原來張皇后與李輔國私地裏約定的，不論外間收有賄賂寶物，先須報與皇后知道，然後內外平分。如今李輔國得了這兩樣寶物，他瞞著皇帝，情猶可恕，如今竟瞞起皇后來了，這豈不是令人可恨？當時李輔國進宮去，張皇后便向他索取這兩件寶物。

李輔國推說，寶物是回紇國可汗孝敬自己的，竟說與皇后不相干；那皇后如何肯干休，便大聲怒罵起來。李輔國因自己的私事，都在張皇后肚子裏，倘被張皇后一聲張出來，便是欺君大罪；當下見皇后動怒，只得忍著氣，自己認錯，又說願把此寶物送進宮來孝敬皇后。看看隔了多日，依舊不見寶物進宮來；張皇后也曾暗地裏催問過幾次，李輔國如何肯捨得這兩樣寶物，便一味的支吾著。

後來李夫人住在宮中，李輔國幾次求著皇后要接李夫人出宮去；不料，這時李夫人已悄悄的逃出宮去，跟著太子在西京行宮裏，一雙兩好的度著恩愛光陰。叫張皇后如何還得出這個李夫人？因此，一面

索夫人索得緊，一面索寶物也索得勤，成了一個騎虎之勢。

後來，張皇后索性對李輔國說：「獻了寶物，再還你夫人。」這原是張皇后見走失了李夫人，無可奈何，一時的緩兵之計；在李輔國，一見張皇后要脅得如此厲害，便不覺老羞成怒，拚著他這夫人不要了，誓不肯把這兩件寶物送進宮去。

在當時，滿朝中人都認做李輔國是張皇后的心腹爪牙；卻不知道他二人已各把性子鬧左了，一時愈鬧愈壞。從來說的，小人以共利為朋，利盡則交疏；如今張皇后和李輔國二人，不但不是心腹，竟已變成了仇家。

在張皇后心中，處處防備著李輔國；在李輔國心中，也時時想推翻張皇后，滅去了口，免得把一生的私事暴露出來。只有李丞相獨打聽得明白，當時便用話去打動他；李輔國懷著一肚子牢騷，正無處發洩，聽李揆這樣說了，便也把張皇后如何欺弄聖上，如何謀廢太子的話說了。

李揆便趁此說，願約為父子，共防張皇后，共護太子；李輔國大喜，急起立，向李揆一揖至地，說道：「所不如公言者，有如此燭！」當下他二人對燭拜認了父子，李揆稱輔國為五父；輔國欣欣得意的辭別回府去。

李輔國有一個極知己的同寅官，名程元振，原也是太監出身，現任飛龍廄內使之職；權位雖在李輔國之下，卻凶狠而又過之，滿朝文武都稱他做十郎。

第二天，李輔國在府中酒醉醒來，想起昨夜李揆拜認父子的事情，便去把程元振請來，商議大事；元振也竭力勸說：「應與李丞相結合為是，如今太子掌兵在外，立功不小；張皇后雖握宮廷重權，但聖上身體衰弱，不久便權屬太子，我們做大臣的，總當順勢識時。」幾句話說得李輔國連聲道妙，從此以後，李輔國、程元振二人，便與李丞相聯合起來，竭力與張皇后作對；張皇后看看自己孤立了，便慌張起來，天天在肅宗皇帝跟前，訴說李輔國的壞處，說李輔國如何貪贓枉法，如何欺君罔上。

肅宗皇帝原知道李輔國是一個大奸臣，在當初逼遷太上皇的時候，便已十分可惡；無奈他大權在握，羽翼已成，一時也無法翦除他。如今聽張皇后說了許多話，更覺得這李輔國奸惡日甚；但此時，肅宗每天病倒在床上，終日服藥調治，也忙不過來。

看看肅宗皇帝的病勢，一天沉重似一天；太子這時領兵在外，朝內一切大事，全交給了李輔國、李揆二人。張皇后心中十分焦急，便悄悄的打發人去通報越王係；這越王係，是肅宗皇帝的次子。據當時傳說，越王係和張皇后同避難在靈武的時候，也曾結下一段風流孽緣；後來張皇后隨著肅宗皇帝進京，便把越王封在南陽地方，兩下不能見面，這相思真是苦人。

但此時，張皇后權位一天高似一天，時時刻刻想謀害太子，好把自己的親生兒子名佋的，立為太子，不幸佋一病而死；張皇后雖還有一個親生兒子，名侗的，但因年紀太小，便是立了，張皇后也得不到他的幫助。

如今見肅宗皇帝病勢一天重似一天，那李輔國的勢力也一天逼迫一天，張皇后便想起她昔日同心合意的越王係，悄悄的打發人去催越王進京來；又許他到京之日，便立他為太子，將來同居深宮，共享快樂。越王得了這個消息，心想既可得皇帝位，又可與心愛的張皇后聚首，他如何不願意；當即星夜起程，從南陽城趕向京師來。

那太子在西京地方，一面與李夫人恩愛相守，一面監督兵馬，征討史思明；正十分勝利的時候，忽然接到李輔國和李揆二人送來的表文，說聖上病將垂危，請太子趕速回京，主持朝政。這太子是十分孝順父皇的，一聽說父皇病危，便把兵權交給郭子儀；自己帶了李夫人，星夜趕回京師。

太子進宮之日，那越王還不曾到京師；張皇后見太子先到，便和顏悅色的迎接著太子，與從前那副驕傲神氣大不相同。太子也沒有心思去對付張皇后，只問：「父皇病情如何？」張皇后領著太子到寢宮中去一看，那肅宗皇帝緊閉著兩眼，睡在床上；太子上前去連喚幾聲，肅宗已開不得口了，只是微微點著頭兒，太子一陣心酸，幾乎要哭出聲來。

張皇后邀太子到一間密室裏去，悄悄的訴說近日李輔國如何跋扈：「他久掌禁兵，朝廷制敕皆從彼出；往日擅自逼遷上皇，為罪尤大。他心中所忌，只有我與太子二人；如今主上病勢危急，李輔國連結他的死黨程元振一班奸臣，陰謀作亂。太子為將來自身威權計，不可不速將李輔國等奸賊拿下殺死。」

太子這時見父皇病勢危急，五心已亂；聽了張皇后這一番話，更急得流下淚來，道：「如今父皇抱病甚劇，不便把此事入告；若聚殺李輔國，萬一事機不密，必至震驚宮廷，此事只得從緩商議。」正說話的時候，忽見一個心腹宮女進室中來，向張皇后耳邊低低的訴說了幾句；張皇后聽了，面帶微笑，太子見了莫名其妙。只見張皇后忽然變了一種慵懶的神情，對太子說道：「太子遠路奔波，想已疲倦，且回東宮，待後再商量。」太子聽了，也只得告辭出來。

這邊太子前腳才出得宮門，那後腳，越王便攢進這密室裏來了；當時越王見了這張皇后，久別重逢，自有一番迷戀。他二人明欺著肅宗皇帝在昏沉的時候，便盡情風流了一回；事過以後，張皇后便說起李輔國謀反的事情。又說太子生性軟弱，不能誅賊臣，汝若能成大事，不愁大位不落汝手；這時，越王一心只迷戀著張皇后，凡事也不計利害，便拍著自己胸脯，滿口答應了下來。

越王在京師的時候，與內監總管段桓俊甚是親近；那段桓俊，原也是一個有大志的人，他見李輔國

的權威一天大似一天，心中原也有些不甘。如今見越王回京，他知道越王和張皇后是聯通一氣的，自己可得一個大大的幫手；當即連夜去拜見越王，告以李輔國謀變之事。

越王日間在張皇后跟前誇下海口，但一時還想不出一個辦法來；如今見段垣俊說了一大套話，又見他滿臉憤怒之色，自己往日與他也很有交情，便想把這樁大事，託付在段恆俊身上。當下他二人計議了半夜，段恆俊便擔承回宮去，挑選二百名精壯太監，授以兵器，埋伏在後殿；一面矯詔，把太子、李輔國二人召進宮來，趁其不備，伏兵齊起，把二人殺死，豈不乾淨。

越王和段恆俊二人計議的時候，左右只有一個俊俏婢女，在一旁伺候茶湯；這婢女小名秋葵，面貌長得絕頂美麗，越王愛上了她，私地裏和她勾搭上手，從此行坐不能離她。越王早願把秋葵封做第十二王妃，但這婢女卻有別的心思；她與越王約定，眼前甘願做一個貼身婢女，一旦第一王妃去世，便須把她陞做第一王妃，若第一王妃一輩子不死，她便甘心守著，一輩子不受封號。

她又與越王私地裏設下一個密誓，須終身安於王位；不做篡逆之事，更不得再與張皇后發生曖昧情事。這女孩兒考慮原是十分周密的，她怕越王篡得了帝位，自己便無皇后之分；又越王若再與張皇后重拾了舊歡，自己的勢力決敵不過張皇后，難免不把自己的寵愛奪了去。當時越王因迷戀秋葵的姿色，便一一答應著；到後來事過境遷，越王肚子裏卻早已把秋葵的話忘了，儘和段恆俊商議著謀害太子的事情。

秋葵在左右伺候著，聽在耳中，叫她如何忍耐得住；她又從小廝嘴裏打聽出，越王進宮去時，又與張皇后做了曖昧事情。從來女子的妒念最毒，她聽了這個話，氣得把個越王恨入心骨；卻巧這個小廝，也長得眉清目秀，知情識趣。他心中早已看上了這秋葵；只因秋葵已攀上高枝兒，幾次向她調戲，秋葵只是不從。

如今這小廝在屋外，秋葵在屋內，兩人伺候著主人；到夜靜更深，秋葵偶然到屋外來坐著歇息，那小廝又上來向她糾纏。秋葵這時聽了越王密議的話，心裏已變了心；見小廝的面貌也長得不錯，年紀又輕，便也甘心情願的，把這小廝多年的相思醫好了。

事過以後，她便勸他早圖個出身之計，悄悄的唆使他，到李輔國府中去告密，說越王和段恆俊如何勾通，欲謀殺太子和李輔國、程元振一干人，保你可得了富貴；可是得了富貴以後，卻莫忘記我二人今日的恩愛。那小廝聽了，便指天立誓；當夜悄悄的偷出了越王府，奔向李輔國的府第中告密去了。

那李輔國正欲就寢，忽家人進來報說：「府門口來了一個告密的人。」李輔國吩咐傳進來問話，那小廝便把秋葵教唆他的話，一五一十的說了出來。李輔國聽了，不覺大驚；連夜去把程元振、李揆二人邀進府來，密議對付的方法。還是李揆說道：「此事我們雖不可不信，卻不可全信；明日我們不如派少數飛龍廄兵役，到凌霄門口去探聽虛實，隨後由程元振帶領大隊人馬在後接應。」

第七十七回　大宦官

段恆俊辭別越王回宮，便如法炮製；在越王以為，事情做得十分機密，此次必不怕李輔國和太子二人飛上天去。當時進宮去，把越王所定的計策，對張皇后說知了；張皇后也稱妙計。

一面由段恆俊去挑選了二百名精壯的太監，各給短刀一柄，使他們埋伏在後殿門口；一面由張皇后趁著肅宗皇帝精神昏迷的時候，把玉璽偷盜出來，在假聖旨上蓋了印。那假聖旨派兩個幹練內監，分頭送與東宮和李輔國兩處；意欲候太子、李輔國二人進宮來的時候，伏兵齊起，亂刀殺死。

誰知那兩個送聖旨的太監，才走出宮門，便被程元振派兵捉住，送去空屋裏鎖閉起來；過了一會，李輔國也帶了家將們到來，看事機急迫，便帶領眾兵士直入凌霄門，探聽宮中虛實，一面分派兵士，把各處宮門把守起來，不許放一人出入。

時已天明，太子到來，李輔國便上前去攔住，說道：「宮中有變，殿下斷不可輕入！」

太子驚詫道：「宮中好好的，有什麼事變？」

李輔國便把張皇后矯旨，和段恆俊伏兵謀變的情形說了；太子聽了，不覺流下淚來，說道：「我昨日進宮時，見萬歲病勢十分沉重，我出宮來，心中十分記念；昨夜一夜無眠，今日清朝起來，意欲進宮去探聽消息。父皇病勢危急，我做人子的，難道因怕死，便不進宮去嗎？」

程元振也從旁勸道：「社稷事大，殿下還須慎重為是。」

李輔國再三勸住，這太子只因心中掛念父皇的病勢，決意要進宮去探視；程元振看攔太子不住，心中萬分焦急。他便向兵士們舉一舉手，兵士們會意，便蜂擁上前，把太子團團圍住；也不由分說，半推半讓的，把太子推進了飛龍殿，又派一隊兵士看守殿門，不放太子出來。

李輔國又逼著太子，下一道手諭給禁兵監；李輔國便帶領禁兵闖入中宮，劈面便遇見段恆俊，帶著他的二百名內監攔住路口，兩面人馬便在丹墀下吆喝著廝殺起來。可憐這二百名太監，平日既不曾教練過，臨時又欲以少敵眾，卻如何抵擋得住？看看太監已死了一半，其餘各丟下刀棍，四散逃命去；這裏禁兵一聲大喊，如潮水一般湧上殿去，把越王和段恆俊二人活活捉住。

程元振見了段恆俊，把他恨得他牙癢癢的，拔下佩刀便砍；還是李輔國攔住，說道：「且慢殺這廝，我們還有大事未了。」便吩咐把越王和段恆俊二人打入大牢去。他一轉身，手執著寶劍，向內宮中直衝；回頭大聲對程元振說道：「跟我來！」

程元振見捉了越王和段恆俊，二人便想就此罷手；今見李輔國竟大膽仗劍，衝進內宮去，卻不覺遲疑起來。李輔國見程元振不敢進去，便獨自一人，率領一隊禁兵，大腳步向內宮進來；這內宮地方，原是李輔國平日走熟的路。

這時，張皇后在內宮中，坐著守候消息；聽內侍進來報說：「李輔國已殺進宮來，越王和段恆俊已被捕。」張皇后知道大勢已去，不覺慌張起來。正窘急的時候，忽聽得內宮外，一陣一陣吶喊的聲音愈傳愈近；張皇后知道存身不住了，便起身向皇帝的寢宮中逃去。張皇后躲避得慢，李輔國追尋得快，便也追蹤趕進寢宮來；張皇后一時情急，見無有可躲避之處，便去隱身在肅宗皇帝的龍床背後。

肅宗皇帝病勢雖十分沉重，但他心神卻還清明，睡在床上不住的喘氣；耳中聽得宮門外喊殺連天，已覺十分驚慌，只苦於身體不能轉動，口中不能言語，只撐大了兩眼看著窗外。看著跟前走得一個人也不見，心中甚是惱怒，忽見那張皇后慌慌張張的從外面逃進屋子來，向龍床後面躲去；便知道大事不妙，急得要喝問時，卻苦於已開不得口了。

只見那李輔國仗劍追進屋子來，李輔國雖說是一個奸雄，但他見皇帝躺在龍床上，心中卻還有幾分懼憚；忙把手中的劍藏入衣袖中，趴下地去，口稱：「臣李輔國參見吾皇萬歲！」站起身來看時，見肅宗皇帝撐大了嘴，正喘不過氣來。

李輔國知道皇帝快要死了，便把膽放大了；心想：我如今已做出這叛逆的事來了，一不做，二不休，非把這張皇后殺死不可！他明欺肅宗皇帝開不得口了，便又大著膽起身，向龍床後追去；那張皇后見李輔國追來，急倒身，欲向龍床下攢進去。

李輔國一手仗著劍，騰出左手來，上去一把握住張皇后的手便往外拽；慌得張皇后只趴在地下，磕著頭求饒。李輔國見拖他不動，他便橫了心，發一個狠，把一柄劍咬在口內，伸出兩手，捏住張皇后的兩臂；那張皇后哭著喊著，把整個身兒倒在地上不肯走。

李輔國也顧不得了，只把個皇后著地拖出來；拖過龍床面前，張皇后一甩手，攀住那龍床的柱子，口中大聲嚷道：「萬歲爺快救我！求萬歲爺看在我十多年夫妻的分上，替我向李將軍討一個保兒！李將軍如今要殺我呢！」

可憐這肅宗皇帝病勢已到九分九，眼看著李輔國如此橫暴的情形，早氣得暈絕過去了；任憑張皇后一聲一聲萬歲的喚著，那萬歲爺只躺在龍床上不做聲兒。到底婦女的氣力，如何能敵得過男子的氣力？張皇后攀住床柱的那隻手，被李輔國奪了下來，直拖出寢宮門外去；一到了門外，自有那班如狼虎的禁衛兵上前去接住，拿一條白汗巾，把張皇后的身體綑綁起來。

李輔國領著頭，到各處後宮中去搜查；在李輔國的心意，原要搜尋他的夫人元氏，誰知把整個後宮搜尋遍著，也不見他的妻子。問各宮人時，大家都不知道，李輔國也沒法子，只得退出宮來；一面傳令，暫把張皇后打入冷宮，他和程元振合兵在一處，正要到飛龍殿去見太子。

忽見肅宗的六皇子兗王僩，帶領了幾十個王府家將闖進宮來；劈頭遇到李輔國、程元振二人，便大聲喝問：「李輔國為何帶劍入宮？」

李輔國昂著頭，向天冷冷的說道：「多因皇后謀逆，本大將軍奉東宮太子之命，進宮來保護我萬歲。」

兗王又問：「如今皇后何在？」

李輔國答稱：「已被我拿下，打入冷宮去了！」

那兗王平日雖也和張皇后不對，但如今見李輔國這樣跋扈的形狀，不由得心中惱怒；便拔下佩刀，迎頭砍去。

程元振在一旁，喝一聲：「擒下！」左右趕過兩隊禁兵來，把兗王帶進宮來的家將一齊綑下；兗王看看不是路，忙撇下李輔國向內宮逃去。程元振帶領一隊禁兵，重又趕進內宮去；看看趕到肅宗寢宮外，那兗王也顧不得了，只得逃進寢宮去躲避。

一眼見父皇直挺挺的躺在龍床上，雙目緊閉；兗王搶步到床前，雙膝跪倒，口中連喚：「父皇！快

救孩兒的性命！」喚了半晌，也不見皇帝動靜，急伸手去探著皇帝的鼻息；這肅宗皇帝不知什麼時候早已去世了。兗王見死了父親，便不禁嚎咷大哭起來；後面程元振追進寢宮來，把兗王捉住，一齊打入大牢裏去。

這裏李輔國見皇帝已死，他的膽愈大了；便親自趕到冷宮裏去，看那張皇后的身體，被那汗巾捆綁住，好似一隻死蝦一般倒在地下。那張皇后見李輔國進來，便沒嘴的討饒，連連喊著：「五公公！五爺爺！」又說：「饒了婢子一條賤命吧！」

李輔國也不去理會她，只吩咐四個禁兵上去，把張皇后的綁鬆了，解下那條汗巾來，向張皇后的頸子上一套；四個禁兵一齊用力，活活的把個張皇后勒死，這張皇后生前原有幾分姿色的，如今卻死得十分慘苦。李輔國見結果了張皇后，轉身出來，又從大牢提出越王係、兗王僩和段恆俊一班人來，一個個給他們腦袋搬家；把一座莊嚴的宮殿，殺得屍橫遍地，血污滿階。

李輔國知道張皇后尚生一幼子，年只三歲，取名為侗；肅皇在日，已封為定王。這是張皇后的親骨血，必須斬草除根，方免後患；便吩咐手下兵士，重又入宮去搜尋定王。那定王在宮中，原有乳母、保母看養著，又是張皇后的親生兒子，平日何等保養寵愛；如今那班乳母、保母，一聽說李將軍三次來搜宮，大家便把這三歲的小王爺拋在床上，各自逃生要緊。

只留一個姓趙的老宮人，她見小王爺被眾人拋棄了，睡在床上，手足亂舞，力竭聲嘶的哭著；心中不忍，便去抱在懷中，只向後殿躲去。那後殿一帶空屋，樓上只堆些簾幕幃帳之類；這趙宮人抱了小王爺，走上樓去，見屋中堆著如山一般高的簾幃，趙宮人一時無可藏躲，便把這小王爺的身軀抱去，藏在簾幃下面。那小王爺卻也知道，便也不哭嚷了；趙宮人退身走下樓來，便蹲身坐在樓梯口看守著。

這時，李輔國帶領禁兵，已在後宮一帶搜尋得家翻宅亂，卻尋不到這定王的蹤跡，心中正十分焦急；退出宮來，走過後殿門口，見一宮女在那門裏探頭兒。原來這趙宮女在樓梯上守候了半天，不聽得外面的動靜；以為李輔國已出宮去了，便走出殿門口來探看動靜。

誰知事有湊巧，正遇到李輔國退出宮來，見這宮女探頭探腦的，形跡可疑，便喝令禁軍上去，一把揪住；李輔國把劍鋒貼著宮女的脖子，逼著她說出實話來，那宮女卻是面不改色，一句話也不肯說。

李輔國說了一個搜字，那兵士便分頭向後殿搜去，直搜到後殿樓上；見那定王已被一大堆簾幃壓住，早已氣閉死了。李輔國見這小王爺已死了，便也放心，隨手拿劍鋒，向趙宮人脖子上一抹；可憐她一縷忠魂，也隨著小王爺去了！

這裏李輔國看看諸事都已辦妥，便與程元振二人同入飛龍殿，把這位太子請出來；說明皇上已崩，皇后已死等情形。太子想起父皇死得可憐，便大哭了一場，換上素服，出九仙門，與滿朝文武相見；傳佈肅宗皇帝晏駕的事，立李揆為首相，扶太子至兩儀殿祭肅宗喪，太子即位柩前。越四日，始御內殿聽政，便稱為代宗皇帝。

那時，滿朝中只有一個苗晉卿，是正直大臣；但他年已七十，素來膽小，不能有為。新任同平章事元載，由度支郎中升任，專門剝削百姓，趨奉權要，當然不敢說話；彼此唯唯諾諾，任憑李輔國處置國事，輔國竟自命為定策功臣，越加專恣起來。

一日退朝，左右無人，李輔國向代宗奏稱道：「大家但居禁中可矣，外事自有老奴處分！」

代宗聽了此話，心中十分不樂；只因此時輔國手握兵權，不便指斥，只得陽示尊重，呼輔國為尚父。事無大小，俱由尚父作主；便是群臣出入，亦必先到輔國府中請託過以後，才敢去朝見代宗皇帝。李輔國侈然自大，對百官更是呼叱任意；代宗只因李輔國盤查宮廷很嚴，他心中有一個李夫人，不能夠接她進宮來，心中十分掛念。

這時，代宗已追封生母吳氏為章敬皇太后，廢張皇后，和越王係、兗王僴皆為庶人，立長子適為魯王，次子邈為鄭王，三子迴為韓王；這長子適，原是代宗侍女沈氏所生。說起這位沈氏，代宗皇帝也和她有過一段情史；讀唐宮歷史的人，不可不知。

原來章敬皇太后身體素弱，生下代宗皇帝來，年只十六，不能撫養孩兒；宮中原有乳母十六人，輪流管養著皇子的。這代宗皇帝是肅宗的長子，又是玄宗太上皇最心愛的長孫，如何不小心看養；當時有一位姓沈的乳母，原是士人的妻子，只因家境貧寒，不得已進宮來充當乳母。她家中卻拋下一個和代宗同年的女孩兒，小名珍珍的；這乳母進宮來，日夜想念她家中的女兒。

在諸位乳母中，算這姓沈的乳母，長得最是年輕美貌；章敬皇后性情原是很仁慈的，見這沈乳母在宮中，時時愁眉不展，問起情由，原來她家中還有一個小女兒，時時在心中掛念。是章敬皇后的主意，命沈乳母把這小女兒抱進宮來，一塊兒乳著，將來也可以與皇子做一個伴兒；那珍珍面貌美麗更勝過她母親，真是雪膚花貌，我見猶憐。

這代宗皇帝自幼兒，便和珍珍性情相投，寢食與共；章敬皇后到十八歲時便短命而死，臨死的時候，便把代宗託給沈乳母。這時，肅宗皇帝寵愛上了張良娣，便也不把代宗放在心裏；只有張良娣生的兩個兒子，一個名佋，一個名侗的，肅宗皇帝常常抱在手中把玩。

這時代宗皇帝孤苦零丁，養在後宮；一切飢飽冷暖，全仗沈乳母照看。那珍珍年紀慢慢的大起來，竟出落得天仙一般；代宗和她母女二人，早晚做著伴兒，不離左右，兩小無猜，漸漸的有了私情。這珍

珍在十七歲時，便替代宗皇帝生下這個長子適來。

在代宗皇帝的意思，早願立珍珍為王妃；只因這珍珍在名義上，是一個侍女，她雖生了一個皇子，但這是私情，不好對父皇說知的。直到安祿山攻入長安，這珍珍不及出奔，被亂兵擄至東京；後來代宗親自統兵攻入東京，在民間尋覓得珍珍，二人始得見面。

代宗把她接進行宮來住下，二人相守著，不多幾天，那東京又被史思明攻破了；代宗皇帝倉皇出走，不及救得珍珍，這珍珍竟無下落。代宗皇帝也曾派人四處找尋過，始終不得蹤跡；代宗為想念這珍珍，幾至廢寢忘餐，後來幸得遇到這李夫人，總算把他的一段痴情，有了一個著落。

如今代宗即了帝位，滿朝文武大臣齊上奏章，勸皇上早立正宮；無奈這代宗皇帝心中因藏著一段私情，卻不好對眾人說得。他私意裏，頗欲把李夫人陞位正宮，只因有李輔國在朝，不好意思強佔人妻；當時便推說，因長皇子適的母親，遭安史之亂查無下落，把這后位虛留著，當時只冊立韓王迥的母親獨孤氏為貴妃。

朝廷一切大事，皆聽之李輔國一人；所有前朝舊臣和李輔國不相投的，到此時，李輔國都要藉著事故，把他們一齊排擠出去。不到一年光景，如知內省事朱光輝、內常侍啖庭瑤，及山人李唐等，一班三十多人，均被他假著聖旨，遠遠的發配到黔中去。

李輔國平日最恨的是禮部尚書蕭華，便也藉事貶蕭華為峽州司馬；那程元振因擁立有功，威權也一天一天的大起來。元振最忌的是左僕射裴冕，便在代宗皇帝跟前彈劾了一本，貶裴冕為施州刺史；那時全朝廷的文武官員，只知有李、程二大臣，卻不知有代宗。

從來說的，兩虎不並立，這時朝中既有李輔國，又有程元振；他兩人都是奸雄小人，鎮日爭權奪利，置國家大事於不顧。程元振入宮密奏代宗，說李輔國有謀反之意；代宗驚惶起來，說兵權俱在輔國手中，當以何法除之，程元振奏說：「不妨，李輔國手下有一大將，名彭體盈，久已怨恨輔國專橫；只須陛下假以辭色，不愁彭體盈不為陛下用也。」

代宗便連夜傳彭將軍進宮，用好話安慰他，說：「汝能聯絡李輔國手下兵士，便當拜汝為大將軍。」

彭體盈奉詔大喜，便暗暗的去結合一班禁軍將領；又許他們權利，令他們背叛李輔國。諸事停妥，代宗便下旨，解李輔國行軍司馬及兵部尚書兼職；又下旨，以左武衛大將軍彭體盈，代為閑廄群牧苑內營田五坊等使，以右武衛大將軍藥子昂，代判元帥行軍司馬。

李輔國得旨大怒，急親自進宮去，欲面見代宗皇帝；那朝門口已由彭體盈派兵守衛著，見李輔國進宮來，便上前去攔住，說道：「尚父已罷官，不當再入宮。」

李輔國見手下的人都背叛自己，不覺一時氣壅，雙目緊閉，暈倒在地；左右上前扶起，李輔國氣急敗壞的說道：「老奴死罪！事郎君不了，請赴地下事先帝矣！」

過了一會，裏面傳出諭旨來，賜李輔國大第在京城外；滿朝文武聞知李輔國失勢解官，便故意趕到門口來拜賀，把個李輔國氣得一句話也說不出，急回府中，寫表求解官職。第二次聖旨下來，進封博陸郡王，仍拜為司空尚父，許朔望入朝；李輔國當堂謝過恩，便收拾家具，遷至城外賜第中去住。

他原是一朝權貴，如今削職回家，只落得門庭冷落，車馬稀少；從來說的，福無雙至，禍不單行。李輔國遷居城外，不多幾天，便來了一個刺客，在半夜時候跳進屋子裏來；李輔國正左擁右抱，摟住兩個侍女安睡著，一柄鋼刀下去，人頭落地。

那兩個侍女從夢中驚醒過來，只見一片血跡，李郡主頸子上，不見了一個人頭；再看時，那右臂也砍去了。這兩個侍女被李輔國臨睡的時候，剝去上下衣服；一時穿衣也來不及，只得縮在被窩裏，滿口喊著：「黃天爺爺！」

府中人役聽得了，趕進來一看，知道郡王爺被刺，全府中上下點起燈籠火把來，四處找尋人頭；直找到毛廁中，才得了李輔國的頭，卻見已被快刀割去了面皮，一片模糊，認不出眉目來。府中人無法，只得命精巧匠人，另雕一個人頭埋藏；聖旨下來，還贈他做太傅官，一面行文各處，捉捕兇手。

這兇手原是代宗皇帝指使出來的，叫地方官向何處去捉捕；外面搜捕兇手的文書，雪片也似飛著，這真正的兇手，卻安居在程元振府中。原來這兇手姓杜名濟，原是程元振府中一名武士；今因刺死李輔國有功，便陞做了梓州刺史官。

元振自謀死了李輔國以後，又陞任了驃騎大將軍，獨攬政權；只因郭子儀是一個忠正大臣，且手握重兵，諸事頗覺不便。他便矯皇帝詔，召子儀入京，郭子儀正和史朝義交戰，連獲勝仗；一聞朝命，急急趕回京師來，欲朝見天子，那程元振便百方攔阻，宮門口滿佈著元振的兵士，總不放郭子儀進去。

那郭子儀回京十日，還不得朝見天子；心下鬱鬱不樂，後來方明白是程元振的詭計。郭子儀十分憤怒，立刻拜表，請自撤副元帥及節度使職銜；有旨准奏，便徙封魯王適為雍王，特授天下兵馬大元帥，令統兵征討史朝義。程元振怕雍王大兵在握，不易駕馭，便奏請以中使劉清潭為監軍；劉清潭是程元振的心腹，他便另帶一支人馬，向回紇去徵兵，令回紇國出兵助戰。

那雍王適卻是天生的一員戰將，他行軍至東京，與史朝義相遇，一連廝殺了幾陣；史朝義折了許多

人馬，看看抵敵不住，便退進東京城去閉關死守。又打聽得劉清潭到回紇去請兵，史朝義便想得一條反間之計，也遣發人到回紇可汗跟前去謊報；說唐室兩遇大喪，中原無主，請回紇可汗遣派人馬入關，收取府庫，可得金帛子女無數。

此時，回紇國葛勒可汗已死，傳位與牟羽可汗；這牟羽可汗，原是肅宗幼女寧國公主下嫁時所出，回紇國風俗，父親死後，兒子可娶母親為妻。

第七十八回　牟羽可汗

寧國公主在回紇國中，有美人之名；如今文君新寡，徐娘半老，她的親生兒子牟羽可汗登位以後，忽戀親母風韻，欲娶母親為后。這以子妻母，在回紇原是平常事情；但叫這寧國公主如何好意思抱子為夫，只得辭回大唐。

牟羽可汗實因愛中國女子，見母親不肯嫁他，便也打發大臣到唐朝來求婚；代宗因情面上推卻不過，便指僕固懷恩之女，嫁與牟羽可汗為妻。那僕固懷恩之女，雖也是年少美貌，但在牟羽可汗眼中看去，總不及寧國公主的風韻動人；因此夫妻二人，過不上一年光陰，便時反目。

在牟羽可汗的意思，仍欲到中國來，把他母親接去配作妻子；屢次派使臣到唐朝來，假問公主起居為名，請公主回國去。這寧國公主是一個貞靜自愛的婦人，如何肯做這亂倫的事情，便堅持不去；因而惱動了這位牟羽可汗，便想親自帶兵，打進唐室京師來，搶劫他母親回國去，硬做成親。

恰巧有史朝義來謊報，說中原無主，牟羽可汗便帶領回紇大兵，長驅入關；見沿途州縣空虛，人民

流亡，他便趁機劫奪田地，擄掠人畜，一連失陷了十幾座城池。急報到了深宮，代宗也覺驚慌；忽遣僕固懷恩前往撫慰，又命長子雍王適，統兵到陝州去，仰勞牟羽可汗的駕。

那時回紇國的兵，列營在河北；雍王與御史中丞藥子昂、兵馬使魏琚、元帥府判官韋少華、行軍司馬李進一行人，共赴回紇營中，與牟羽可汗相見。那牟羽可汗高坐胡床，逼令雍王跪拜；藥子昂在一旁看了大憤，趨前高聲說道：「雍王是大唐天子長子，兩宮在殯，禮不當拜！」

牟羽可汗不言，大將車鼻在一旁代答道：「唐天子與可汗曾約為兄弟，雍王見我可汗，如子侄之見叔伯，禮應跪拜。」

魏琚也在一旁抗聲說道：「雍王為大唐太子，他日即為華夷共主，豈能屈節拜汝外國可汗？」

牟羽可汗聽了大怒，便以目視車鼻，揮兵直上，捉住藥子昂等四人，即按在地下，各鞭背三百；越王滿面羞慚，退出營來。

當晚，韋少華與魏琚二人，因傷勢太重而死；雍王十分憤怒，意欲進兵攻打回紇營，替二人報仇，諸路節度使亦調兵相助。藥子昂便竭力勸阻，說：「賊尚未滅，不應輕啟釁端。」僕固懷恩與牟羽可汗有翁婿之誼，便從中調處；令牟羽可汗帶領回紇兵士為前驅，與各路人馬齊向東京進發，圍攻史朝義，雍王在陝中留守，史朝義領兵十萬，與唐朝諸將對陣。

諸路節度使中，惟有鎮西節度馬璘最是勇敢，領眾軍直殺入敵陣，銳不可當；史朝義被官兵殺得棄甲拋盔，自相踐踏，屍滿山谷。斬首至六萬級，捕擄二萬人；朝義退走鎮州，僕固懷恩趁勝奪回東京城。可恨那回紇兵，自河陽入東京，肆行殺掠，搶劫姦淫；東京百姓一再遭殃。待搶劫完畢，回紇兵便一把火，把一座東京城竟燒去了半座；諸路兵馬因欲追擊朝義，亦無暇顧及。

那史朝義被各路兵馬追趕得無路可走，便去投奔奚契丹部，又被范陽留守李懷仙追殺回來；看看部下七零八落，只剩得十餘騎，史朝義料難保全，便縊死在醫閭廟門口。唐朝安祿山、史思明兩次大亂，直鬧了四年，到此時才得太平。

但史朝義雖打平，而回紇卻在各州縣縱兵淫掠，人民逃散，城郭荒涼；代宗皇帝沒奈何，一面令趙城尉馬燧，私贈賄賂給回紇兵各將帥，勸阻他的強暴行為，一面又下旨，特冊立回紇可汗為英義建功毗伽可汗。自可汗至宰相，共賜實封二萬戶；又進僕固懷恩為尚書左僕射，兼中書令，坐鎮朔方，令護送回紇可汗歸國。

那牟羽可汗見唐室天子如此優待，便也不好意思再胡鬧了；只是臨走的時候，還不能忘情於寧國公主，便請公主同返回紇國去。寧國公主知道牟羽可汗淫心未死，便願選宮女四人，贈與牟羽可汗；牟羽可汗得了唐朝宮女四人，也是歡喜，帶回宮去晝夜淫樂。這且不在話下。

但這寧國公主真是紅顏薄命，不知怎麼的，因牟羽可汗如此一鬧，她這美人的名兒，直傳到吐蕃可汗的耳中；那吐蕃可汗，原也久已羨慕中國的女色，如今打聽得唐朝有一位絕色的寧國公主，又是文君新寡，便也十分羨慕，即打發使臣到唐朝來，指名要求娶寧國公主。

堂堂一位公主，豈肯做再醮婦人？代宗皇帝便也嚴辭拒絕了；誰知那吐蕃可汗竟老羞成怒，頓時邀同吐谷渾、黨項、氐、羌各部落蕃兵，二十萬人馬長驅東入。前鋒衝關陷州，轉眼已逼近邠州地界了；邠州節度使火急報與朝廷。

那邠州地方與京師相距不遠；代宗得了警報，不覺大駭，當即召集群臣商量退兵之計。那長安地方，離邠州只數百里遠近，叫代宗皇帝如何不焦急；當時在朝的都是文官，得了這個消息，彼此面面相覷，也想不出一條禦敵的計策來。

當初唐朝金城公主，嫁與吐蕃可汗，與吐蕃在赤嶺下立定界碑，仗著金城公主與吐蕃可汗以恩義結合，總算保得幾年太平；待金城公主去世以後，吐蕃又與唐朝失和，屢次覬覦唐室邊界。當時幸得河隴一帶節度使，如王忠嗣、哥舒翰、高仙芝一班將帥守禦有方，尚無大患；至安史作亂，所有邊界守兵，俱徵召入東西兩京，四境空虛。

在肅宗初年，吐蕃可汗娑悉籠獵贊，趁唐室內亂，便攻取威武、河源，並陷廓、霸、岷諸州；代宗即位時候，又攻入臨洮。那時，郭子儀雖力平安史之亂，但也頗憂慮吐蕃之禍，在前一年便上奏，勸代宗須慎防吐蕃。這時朝廷內有程元振專權，得了外人賄賂，私通吐蕃；郭子儀奏章入朝，俱被程元振扣留住。

到這年春天，吐蕃又大舉入寇，攻破大震關，連陷蘭州、廓州、河州、鄯州、洮州、岷州、秦州、成州、渭州一帶地方，盡佔了河西隴右地方；那邊關告急文書如雪片似的送進朝廷來，俱被程元振一人藏匿著，不使上聞。

到此時，吐蕃可汗打聽得寧國公主是中原第一個美人，便遣使來京求婚；若答應他的婚姻，他便願退兵出關，永遠稱臣。無奈這寧國公主貞潔自守，誓死也不肯做失節婦人；吐蕃可汗誓欲得此美人，便長驅直入到涇州地方。

那涇州刺史高暉，原是程元振的羽黨，早與吐蕃可汗暗通聲氣；一見吐蕃兵到，便開城迎接，把城也獻了。一面自願充蕃人的嚮導，又攻入邠州；邠州刺史官逃進京師來，報告吐蕃兇橫情形，代宗才得聞知。沒奈何，只得令郭子儀前去救應；那郭子儀救兵未至，吐蕃兵已浩浩蕩蕩殺奔奉天、武功，橫渡渭水而來。

那時，雍王適使判官王延昌，星夜趕進京師來，請求救兵；又被程元振攔阻，不得入見。那時渭河

北面守將呂月，率精銳二千人，與吐蕃兵奮勇搏戰；那吐蕃兵漫山遍野而來，呂月終至戰敗被擒，吐蕃兵直衝過便橋，攻至京師城下。滿朝文武俱各張皇逃命，宮廷大震；那班妃嬪都圍著代宗痛哭，代宗見勢已危急，只得帶領一班妃嬪，由雍王適率領一小隊人馬保護著，出奔陝州。

郭子儀聞得京師危急，忙從咸陽領兵趕回；一入京師，只見百官逃散，人民流離，打聽得皇帝已出亡在外，便急急追蹤出城。才到開遠門口，遠遠見將軍王獻忠，帶領騎士五百人，擁了豐王珙，後面跟隨著幾個官員；又另備花車一輛，車中卻是空的，前面一對紅旗，伕役百餘人，個個扛抬著豬羊牲口，臉上各有得意之色，洋洋而來。

郭子儀一看，知是投順吐蕃去的，便橫刀躍馬趕上前去，攔住去路，大聲喝問：「汝等欲何往？」王獻忠見是郭子儀，先有幾分膽寒，忙下馬，躬身說道：「今主上東遷，社稷無主；公身為元帥，何不行廢君立君之事，以副民望？」

獻忠話未說完，那豐王珙也上前來說道：「元帥為國家重臣，今日之事，只須公一言便定。公奈何不言？」

郭子儀大聲說道：「朋友尚不能趁人之危，況殿下與聖上係叔姪之親，豈可骨肉相殘？今日之事，下官只知有天子，不知有他！」說著，便怒目而視。

幾句話，說得人人驚慌，個個羞慚；郭子儀又喝著王獻忠道：「今日獻城降虜之計，必出於汝！豈不畏國法耶？」說得眾人啞口無言。郭子儀便命諸人，隨著自己出了京師，向東而行；沿路招撫敗兵，前往陝州保護代宗。

這京師只成了一座空城，那吐蕃可汗到了京城，見宮殿巍峨，卻不敢逕入；當有唐朝降將高暉首先馳入，那吐蕃可汗隨後進了後宮。這時六宮妃嬪俱已逃散，只留下那些老病的宮女，給吐蕃人見了，已視為天仙美女，各自搶佔了去。只有這吐蕃可汗，一入宮門，便搜尋那寧國公主；這寧國公主看看城郭破碎，帝后遠走，自嘆命薄，早已投入太液池中，自己淹死了。

可憐這吐蕃可汗，千辛萬苦的殺進京師來，卻撲了一個空，心中大失所望；便令他的手下大將馬重英等，在京師地方焚掠淫殺，把一座錦繡的長安城，鬧得十室九空。吐蕃又從民間，去搜出一位唐朝的子孫廣武王承宏，便立他為帝，又令前翰林學士于可封為相。

另打聽苗晉卿是唐朝一位賢臣，便把他從家裏拖出來，拜他做太宰官；那苗晉卿站在朝堂上，只是閉口不說一語。吐蕃可汗卻高坐殿頭，呼叱百官；自有一班貪戀祿位的無恥官員，聽這外國王的叱吒。

這時，郭子儀手下軍士甚少，到御宿川地方紮住人馬；一面命判官王延昌，到商州去招撫舊部。那各路軍馬，得到郭子儀的號令，齊奔赴咸陽來；郭子儀對各將帥哭說一番，求大家同心協力，收復京城，眾軍官都感激零涕，誓遵號令。

郭子儀一人先至行在，朝見代宗皇帝，代宗怕吐蕃兵馬趕出潼關來，欲留子儀護駕；子儀奏稱：「臣不收復京師，無以對先帝；我若出兵藍田，虜必不敢東來，請陛下勿憂。」

代宗准奏，郭子儀便派左羽林大將軍長孫全緒，率二百騎出藍田，授以密計；並令第五琦為京兆尹，與全緒同行，又調寶應軍使張知節，統兵千人，作為後應。全緒軍駐在韓公堆，白日打鼓，夜間放火，作為疑兵；另選騎兵二百人，渡過滻水，游弋長安。

吐蕃兵此時已飽掠完畢，正欲滿載而歸，忽聽得城中百姓彼此歡呼，道：「郭令公從商州調集大軍來攻長安矣！」

吐蕃可汗令探馬出城去探聽，回來報稱：「郭公確有大隊官軍，即日前來圍攻京師。」

吐蕃大將馬重英聽了這消息，不由得惶恐起來；在半夜人靜時候，京師四城鼓聲驟起，接著一片喧嚷，隱約聽得「郭令公」三字。郭令公，便是郭子儀；因前封代國公，後封汾陽王，京師百姓都稱他郭令公。那高暉聽了這喊聲，先已嚇得驚魂失魄，連夜出城逃走；那吐蕃可汗亦站不住腳了，即帶領眾蕃兵向北退去。

其實，此時郭子儀尚在咸陽地方，皆由長孫全緒打發手下部將王甫潛入城中，暗結少年數百人，趁夜在城中鼓噪；可笑吐蕃一二十萬將士，竟被「郭令公」這三字嚇退了，這全是郭子儀之妙計呢。吐蕃兵退，捷報到了咸陽，子儀轉奏行在，請代宗回鑾。代宗正巡閱潼關，查出豐王珙等在京師做的反叛事情，便勃然大怒，傳旨賜豐王自盡；一面返駕京師，代宗尋覓得寧國公主的屍骨，從豐埋葬。

此番吐蕃作亂，皇帝出奔，全是程元振一人從中作祟；他在暗地裏勾通了外國，滿心想藉著吐蕃的兵力，滅去唐朝，平分天下。如今被郭子儀一番計謀，依舊保住了唐家天下，他心中萬分惱悶，把個郭子儀早已恨入骨髓；如今皇帝回鑾，在程元振，也只得裝做沒事人兒一般，也隨駕回朝了。

當時，只有一位太常博士柳伉，上奏彈劾程元振；他表章上說道：

「犬戎犯關度隴，不血刃而入京師；劫宮闈，焚陵寢，武士無一力戰者，此將帥叛陛下也。陛下疏元功，委近習，日引月長，以成大禍；群臣在廷，無一人犯顏回慮者，此公卿叛陛下也。陛下始出都，百姓填然奪府庫，相殺戮，此三輔叛陛下也。自十月朔召諸道兵，盡四十日，無隻輪入關，此四方叛陛下也。陛下必欲存宗廟，定社稷，獨斬程元振首，馳告天下；悉出內使，隸諸州，持神策兵，付大臣。然後削尊號，下詔引咎；如此而兵不至，人不感，天下不服，臣願闔門寸斬，以謝

陛下！」

他這疏中，說得何等痛切！當時諸路節度使，只因痛恨程元振一人，所以代宗屢發詔，徵諸道兵，卻無一人應召的；到此時，代宗讀了柳伉的奏章，心中方有感動。只因當初程元振有護駕之功，便也不忍取他的性命；只削奪官爵，放回田里。然而那程元振得了詔書，卻還說皇上不念舊情，十分怨恨。

代宗回朝的第三日，便在兩儀殿，賜郭子儀宴，文武百官陪宴；當殿又賜郭子儀鐵券，畫像在凌煙閣上，算是唐室極大的忠臣，到此時，復得安享太平。

代宗在危急出奔的時候，還不忘情於李夫人；帶著李夫人，一同至陝州避亂，如今又帶著李夫人回宮來。李輔國早已去世，一無顧忌；代宗便下旨，冊立李夫人為正宮皇后，立雍王適為皇太子，代宗和李夫人的心願，到此才得償了。

帝后二人在宮中形影不離，言笑相親，十分恩愛；所有六宮妃嬪，都不得望見天子顏色。代宗欲掩去皇后從前的事蹟，特令皇后冒姓獨孤氏，因此，宮中都稱她為獨孤娘娘。這獨孤皇后，隨身帶著一架短琴，每一彈奏，空中宛似有鬼神吟唱的聲音；代宗皇帝便問：「此琴何以有如此神異？」

獨孤皇后奏稱：「此琴原為東海彌羅國所獻，同時尚有一鞭，鞭稱軟玉鞭，琴稱軟玉琴。當時，李輔國得了外國貢物，往往沒收入自己的府庫中，宮中帝后一無聞知；軟玉鞭，李輔國已送入宮中，由張皇后收藏著，獨有此軟玉琴，沒收在李輔國府庫中。皇后在李輔國家中時，獨愛此琴，因此隨帶在身旁；此琴身係平常桐木所製，原不足異，只因琴上的絃線，原是碧玉蠶所吐之絲。

東海彌羅國，有一種桑樹，枝幹盤屈，覆地而生；大者連延十數頃，小者蔭亦數百畝。樹上有蠶，身長四寸，通體金色，吐絲成碧綠色，亦稱為金蠶絲；一尺長的絲，可以拉成一丈長，搓成絃索，裏外透明，雖合十夫之力挽之，亦不能斷。製成弩絃，箭發可達一千步遠；製成弓絃，箭發可達五百步遠。那軟玉鞭，光可鑑物，雖藍田美玉不能勝之；屈之首尾相接，舒之則勁直如繩，雖以斧鑕鍛斫，終不能傷缺。」

代宗聽了皇后這一番話，便在滿宮中找尋這軟玉鞭；後來代宗遊幸興慶宮，在夾牆內尋得一個寶匣，匣中藏著一支玉鞭，那柄上刻著「軟玉鞭」三字，正與皇后的那張軟玉琴，配成一對兒。

獨孤皇后是不會騎馬的，代宗每日退了早朝回宮來，便親自挽著一匹青鬃小駒，扶皇后跨上雕鞍，在興慶宮四面走廊下，教皇后學著騎馬；柳腰親扶，玉肩軟貼，笑語相親，馳驅如意，宮廷之間，自有許多樂事。代宗每日只愛與皇后親暱，所有國家大事，一齊託付予丞相元載；六宮中的妃嬪，見萬歲性情和順，便終日追隨著遊玩，便是代宗皇帝，因要得皇后的歡喜，也令那班妃嬪們陪著

飲酒歌舞。

許多妃嬪，誰不要討皇帝的好兒，便個個打扮得花枝招展似的，在萬歲和娘娘跟前跳著唱著；可憐她們獻盡狐媚，滿心想得萬歲的憐愛，得皇帝的臨幸。誰知這代宗一心都在皇后身上；一到宮燈明亮，那皇帝便和皇后二人雙雙攜手，回正宮自尋歡愛去了，只丟得六宮粉黛冷落枕衾。

這位娘娘未入宮以前，已和皇帝私地裏生了一個皇子，取名一個迴字，現已封為韓王；入宮以後，接著又生了一個女兒，便是華陽公主，長得和母親一樣美麗，代宗十分喜歡，常常抱在懷中，逗著她玩笑。

一日，萬歲和娘娘遊幸至寶庫門前，遠望屋頂上，透出一縷神光來，照射在空中，搖閃不定；代宗甚是詫異，忙傳掌庫大臣來問時，那大臣奏稱：「庫中有寶物，每夜發光，可穿射屋頂。」代宗便命開著寶庫門，進屋去看。只見那神光，是從寶櫥裏一個絳紗袋中發出來的；代宗伸手去，把絳紗袋摘下來，打開來看時，原來，袋中藏著一粒潔白光明的大圓珠，那珠子托在掌中，光芒卻照射一室。

代宗看了這珍珠，不覺嘆息著，對皇后說道：「此名上清珠，原是玄宗太上皇在時，罽賓國所獻。當時朕年甚幼，為太上皇所愛，常稱朕有異相，為吾家一有福天子，便以此上清珠賜朕，裹以絳紗囊，繫於朕頸上；直至太上皇升遐，才把此珠收入寶庫中，日久，朕亦忘之。今見此珠，如重見祖父也！」

代宗說時，獨孤皇后去把上清珠取在手上看時，見珠中隱約有仙人玉女雲鶴絳節之像；適值保母抱著華陽公主隨在身後，那公主見了寶珠，便伸著兩隻玉雪似的小手兒來抓取，皇后便把上清珠連繩子，替公主掛在頸子上。那小公主見得了珠子，便開口嘻嘻的笑著；代宗歡喜，便把珠子賞給公主，那保母聽了，忙抱著公主叩頭謝恩。

這時，李輔國已死，他生前吞沒外國進貢來的珠寶，藏在府中的，有千餘件；到此時，獨孤皇后便對代宗皇帝說了，代宗便打發幾個內臣，往李輔國府中去查抄。所有府中藏著的奇珍異寶，盡數沒收入大內寶庫中；有香玉、辟邪二寶，每件高一尺五寸，卻已被李輔國在生前毀去。

那香玉的香氣，可聞於數百步以外，上面雕成樓臺人物，十分工細；雖嚴鎖密封，藏在金箱石匱中，終不能掩其氣。人從玉旁行過，或衣角拂拭，便香留襟袖，終年不散；便把衣服洗濯數回，亦不消失。李輔國生時，常將此二寶置在座旁。

一日，李輔國正脫巾櫛沐，忽聞辟邪發聲大笑，那香玉中，卻不住的發出悲哭聲來；李輔國大詫，忙向二寶呵喝。誰知那大笑的變而狂笑，悲哭的，卻又涕泗交流；李輔國心中惡之，隨手拿起一支鐵如

意，把二寶打成粉碎，喝令婢子拿去投入廁中。從此，李輔國屋中時時聞得悲號之聲；那輔國所住的宅子四周，路人從他牆外走過，便聞得香氣濃郁，終年不散。第二年，李輔國便被刺而死。

第七十九回　元載相公

李輔國平日最寵愛的一個婢子，姓慕容的，原是肅宗的宮人，是張皇后賞與輔國；輔國因李夫人久不回家，便十分寵愛這婢子，全府中人稱她為慕容宮人。

那時，她見李輔國把此兩樣寶物打成粉屑，又喝令婢子拿去投入廁中；這慕容宮人仗著自己是相公寵愛的人，便暗暗的把這玉屑留下一半，收藏起來。至此時，魚朝恩訪得慕容宮人藏有香屑二盒，便願出錢三十萬，向慕容宮人買得。

誰知這寶物終是禍胎，魚朝恩後來也因犯上作亂，天子大怒，將他捉去正法；在朝恩未死的前一年，那香屑忽化為白蝶，四散飛去，一時京城地方傳為奇事。這都是後話。

如今再說代宗皇帝，把李輔國府中的寶物，盡數抄沒入庫以後；揀那獨孤皇后所心愛的，一齊搬來陳列在皇后寢宮裏，帝后二人早晚把玩著。這獨孤皇后卻也生性賢德，她在宮中如此得皇帝寵愛，卻絲毫不肯攬權；代宗每遇朝廷有疑難大事，欲與皇后商酌，皇后便再三避讓，說：「婦人見識淺短，不當

參預國家大事。」

代宗皇帝因要得皇后的歡心，便去訪尋后家的子姪輩，賜以官爵；那皇后知道了，便竭力辭謝，說：「妾父元擢，與李輔國同黨，原負罪於國家；得逃顯戮，已是萬幸，豈可使罪人之後，復得功名。」代宗見皇后如此謙讓，更是歡喜。

這一年六月，是皇后四十歲大慶；代宗皇帝因欲使皇后歡喜，便在御園中遍紮燈綵，命令夫人們入宮，陪伴皇后遊宴。三十六宮妃嬪媵嬙，個個濃妝淡抹，在各處遊玩不禁；入夜，燈光齊放，密如繁星，真是城開不夜，笙歌處處。這位多情天子，終日追隨皇后裙屐，言笑相親。

這一晚，萬歲與娘娘在御園中，直遊玩到夜深月落，才回宮安寢；第二天，群臣上表，請加皇后尊號，代宗下旨，尊為貞懿皇后，皇后心中也甚歡喜。只因那夜萬歲和娘娘在御園中遊玩，天上一輪浩月，人間滿地笙歌；代宗在月下花前看著貞懿皇后，愈覺美麗得如天仙一般，兩人又說起從前在東宮月下偷情的事情，看看左右無人，便情不自禁的，在那白石欄邊親熱了一回。

兩人到情濃的時候，只管迷戀著眼前風流；誰知道這貞懿皇后嬌怯怯的身軀，受不住風露欺凌，過了三天便病倒在床。代宗皇帝如何捨得，便把坐朝也廢了，終日陪伴在皇后榻前調弄湯藥，又用好話安慰著；但從來好事易破，這位皇后病了二十四天，竟是香消玉殞了。

這代宗如何忍得，便抱住皇后的身體，嚎啕大哭起來；全宮中多少妃嬪宮女圍著勸著，代宗總是涕泣不已，早哭到夜，夜哭到明，精神恍惚，好似害了瘋癲病的一般，終日抱著皇后的屍身不肯放手。直過了三天，經一班元老大臣和妃嬪宮女跪求著，才把皇后的屍身收殮，靈柩停在內殿。

代宗便伴臥在棺木一旁，晝夜不肯離開，想到悲傷的時候，便拍著棺木大哭一場；每到上食的時候，代宗便坐在柩前伴食。御園中名花開放，代宗便親自去採一枝來，供養在靈座前；遇有大雷急雨，代宗便至柩前軟語安慰著。妃嬪們也去宿在內殿伴著萬歲；無奈這時，代宗一心在已死的皇后身上，看著這六宮粉黛，竟似糞土一般。

看看這位萬歲爺形容憔悴，精神恍惚，快要成大病了；滿朝的文武大臣，人人憂慮徬徨，天天在朝房裏，會集了許多官員，商議勸諫萬歲的話。其中有一位補闕官姚南仲，便上了一道奏章，力勸皇上養身節哀；又說：「皇上宜上體祖宗付託之重，下慰賢后九泉之心，亦不當自取暴殄。」

代宗讀了這幾句話，才覺恍然大悟；便下旨於內宮園中治陵，以便朝夕望見。姚南仲又上奏，力言不可，說歷來帝皇無此體制；且卜葬宮廷，亦非所以安陰靈之道，又經群臣再三勸諫，乃下詔葬於莊陵。出殯這一天，儀杖十分隆盛；滿朝官員俱步行遠葬，代宗亦素衣白馬，緊隨在靈車後面。

又令宰相常兗，代皇帝作哀冊，表天子燕婉之情，敘皇后賢淑之德；那文武百官俱獻輓辭，代宗回

宮去，擇那辭意淒惋的，令樂府製成喪歌，付妃嬪曼聲歌之，萬歲一聞歌聲，便哭不可抑。此時只有元載常與皇帝相見，退出宮來，常與各大臣談及，萬歲哀毀不已，臣下應設法勸諫；但商量了半天，也想不出一個好方法來，後來還是姚南仲，想得了一個解憂的方法。

代宗在東宮未識皇后以前，曾私一沈氏宮婢，冊為太子妃；生一皇子，現已立為太子。後因東京變亂，倉皇出奔，沈氏陷入賊中，至今生死未卜；當時，代宗與沈氏情愛亦甚篤，曾行文各州，訪尋沈氏下落，終不可得。至此時，姚南仲忽得一計；只推說沈氏尚在民間，便奏報皇上。

代宗的愛戀沈氏，當初也與愛皇后一般；如今皇后已死，忽聽奏說沈氏尚在民間，不覺把已死的情懷，無端勾引了起來。接著又得中州太守報稱，沈氏現已在中州地方覓得；代宗不覺大喜，便下旨以睦王述為奉迎使，工部尚書喬琳為奉迎副使，又遣昇平公主同行，為侍起居使者，奉皇帝冊文，向中州進發。

那睦王到了中州行宮參拜，見上面坐著的，果然是一位沈氏貴妃；這睦王在宮中的時候，也曾見過沈妃的，今見那婦人面貌依然，只是更美麗了。那昇平公主雖不曾見過沈妃的面貌，但平日聽代宗皇帝常常說及，沈妃前侍萬歲，住西京的時候，冬夜因割牛肉侍奉皇帝，曾傷及左手食指；如今昇平公主在一旁侍奉，暗地留心，看沈氏的左手果然有傷痕。

在沈氏貼身，尚留一女官，名李真一；這李真一，原也曾侍奉過代宗皇帝的，昇平公主原認識她的。後避難在東京，史朝義賊兵攻破城池，肅宗帶著代宗逃出東京城；當時失散宮眷甚多，李真一也流落在民間，輾轉與沈氏相遇，被中州太守訪得，一齊收養在行宮裏。

到此時，代宗皇帝派朝廷大臣，備著全副法駕，到中州去把沈氏迎接進宮來；到京師，已是傍晚時分。代宗皇帝親御藝暉殿迎接，見了沈妃，對拉著手兒，不禁流下淚來；當即在殿上擺設盛筵，代宗與沈妃並坐在殿上飲酒，文武大臣挨次兒上來參拜道賀。

代宗下旨，賜群臣就殿前飲酒；樂府獻上女樂，一時笙歌雜奏，舞影翩躚。代宗方轉悲為喜，開懷暢飲，大臣各獻喜詞；這一席筵宴，直飲到夜半，方撤席回宮。那女官李真一送沈妃回宮，便退出來；在穹門口，遇到高力士之子高常春。

這高常春當初與李真一在宮中，原是廝混慣的；今日相見，李真一便笑著迎上去，說：「高公！我們多日不見了！」

誰知，那高常春卻一言不發，劈手向李真一當胸揪住，大聲喝道：「我今日問你個欺君之罪！」

那李真一不覺大驚，忙問：「我有什麼欺君之罪？」

高常春冷笑著說道：「今日那個沈妃，分明是我的妹妹；妳如何拿她冒充沈妃，卻送進京來欺蒙聖

上？這欺君之罪，看妳如何當得！」

李真一到此時，被高常春看出破綻來，方不敢抵賴；忙趴在地下不住的叩頭，求常春替她包謊，說：「這是我和妳妹妹，在中州地方流落，窮極無賴時候商量下的計策。」

原來，高力士生前收養著一子一女，卻是同胞的兄妹；哥哥高常春，高力士在日便帶他進宮去，也充了一名內侍官，妹妹名彩雲，因兄妹情愛很深，彩雲便常進宮去探望她哥哥，因與女官李真一相識。那時，代宗皇帝已立為太子，住在東宮；沈氏原是一個侍女，與太子結識有了私情，生了王子，便扶立為太子妃。

當時在東宮諸妃中，算沈妃的面貌，長得最是美麗；宮女們口中常常傳說，彩雲在暗地裏，最是留意沈妃的神態，凡是沈妃的一言一笑，彩雲都模仿得十分相似。說也奇怪，這彩雲的面貌，偏又與沈妃長得一模一樣。

更奇怪的，當年沈妃伴代宗皇帝在東宮的時候，因在夜靜的時候，代宗和沈妃二人圍爐清談；那爐子上烤著牛肉，沈妃隨手拿著佩刀割取肉脯，奉與代宗吃著消遣。代宗挨近沈妃坐著，見沈妃的粉腮兒映著燈光，嬌滴滴越顯紅白，忍不住伸手過去摸著沈妃的面龐；那沈妃佯羞躲避著，側過腰兒去，一不留心，那金刀兒割破了左手的食指，頓時血流如注。慌得代宗皇帝忙把沈妃摟在懷裏，把袖口上的綢兒扯下來，急急替沈妃包著傷痕，忙用好言撫慰著；恰巧那彩雲，也因剖瓜割傷了左手食指。

後來因安史之亂，彩雲和李真一二人都被賊兵追趕，流落在民間；那李真一遇到一個老尼姑，收留在佛院中苦度光陰。那彩雲卻還是一個處女，落在歹人手中，拿她去賣給一個員外充當婢妾；這員外原有一位夫人的，一見彩雲進門，便和她丈夫大鬧，立逼著把彩雲趕出大門，反保全了彩雲的貞節。

可憐彩雲被那夫人痛打一頓，趕出大門，真是無路可走的時候，倚定在一家大宅院門口，只是掩面悲泣；卻巧李真一從她身旁走過，兩人患難相逢，便忍不住拉著手痛哭，各訴別後的苦楚。李真一見彩雲無家可歸，便勸她一塊兒投到佛院中去；那佛院中的老尼僧，生性甚是慈悲，見彩雲的身世可憐，便也一齊留下，好茶好飯看待她二人。

也是她二人的命中魔蠍未退，到第二年，那老尼僧圓寂了；佛院中只留下了幾個年輕女尼們，卻個個都是不守清規的。老尼在日，她們瞞住了老尼，在外面偷偷的結識了許多浮頭少年；如今老尼過世了，那班年輕女尼，索性丟去了臉面，個個把那班浮滑少年拉進佛院來，吃酒唱小曲，到夜深的時候，便留在佛院中姦宿。

李真一和高彩雲二人，看了這種不堪的形狀，知道安身不住，但一時也沒有棲身之處；她二人每見

有男子在屋中，便偷偷的去躲在後院，不敢向外面探頭兒。被那班惡少落在眼中，打聽說是宮裏逃出來的；引得那班惡少，個個好似餓死雄狗一般，搶著到後院去，百般勾引她二人。到這時候，李真一和高彩雲二人，萬萬存不住身子了；便在夜靜更深的時候，二人偷偷的逃出了佛院。

只因李真一偶然在惡少口中聽得，說萬歲正派奉迎使，到各路州縣尋訪沈貴妃；從來說的，人急智生，李真一平日把惡少的話記在心中。如今她二人從佛院中逃出來，最巧的是，沈貴妃左手食指有刀傷痕跡，那高彩雲的左手食指上，也有刀傷的痕跡；便想把彩雲冒充做沈貴妃，去報到官裏，暫圖眼前溫飽，將來得到宮中，再把真情說出也不算遲。

當時便把這意思對彩雲說了，彩雲原是個女孩兒，懂得什麼欺君之罪？又因自己長著一副花容月貌，一生漂泊，得不到一個如意郎君；如今聽了李真一的一番言語，不覺勾動了她的富貴之念。兩個女人竟不知厲害的，向中州太守堂上一報；那位太守聽說是當今的貴妃到來，嚇得他屁滾尿流，忙喚他夫人出來，把彩雲迎接進行宮裏去住下，一面又急急上奏朝廷。

代宗一聽說他心愛的沈妃有了下落，便喜得他也不及細思，立刻派睦王和昇平公主二人，去把彩雲和李真一二人迎進宮來；進宮的時候已近黃昏，在燈光下面，只因彩雲的面貌十分像沈妃，原是一時也分辨不出來的。從來說的，新婚不如久別；代宗心中原與沈妃分別久了，當時並肩兒傳杯遞盞，正快樂的時候，便有幾分不似之處，也決不料有欺冒之事。

當局者迷，旁觀者清；當時獨有彩雲的哥哥高常春在殿下伺候著，暗暗的留神看時，竟被他認出，那高坐在殿上的，是他妹妹，絕不是那沈氏貴妃。究竟他兄妹二人，自幼兒相伴到長大；有許多神韻之間，是別人所看不出的，獨有高常春能看得出來。

這高常春因走失了他妹妹，他兄妹之情甚深，也曾幾次在各州縣尋覓過，正苦於尋覓不到；如今見他妹妹竟敢高坐殿上，和萬歲爺並肩促膝，淺斟低酌。那彩雲因得親近萬歲，心中正是說不出的快樂；見她哥哥在殿下站著，心中卻又說不出的惶恐。

常春知道這欺君之罪是要問斬的，他原想趕上殿去，把這事說破了，卻又沒有這個膽量；眼看著萬歲爺攙著他妹妹的手，進內宮去了，他一個人只急得在穹門下打轉兒。一眼見那女官退出宮來，他心知這件事都是李真一搞的鬼；眼看著這件事，不能捱到天明便要戳破了。這欺君之罪，不獨他妹妹不能逃，便是他做哥哥的，也犯了勾結的嫌疑，不能免得一死；常春心中一急，便上去揪住那李真一不放。

這李真一初意，只圖能夠回得宮來，她也不曾想到有欺君的大罪；如今被這高常春一說破，便也慌得眼淚直流，只是跪在地下，不住的磕頭，求高常春救她，想一條免禍之計。高常春說道：「這還有什

麼法兒想的，欺君之罪，如今已坐定了；我二人在此捱著，到天明砍腦袋便了！」

一句話說得李真一渾身索索的抖，滿臉露出可憐的神色來；這高常春到此時，看李真一一副可憐的樣子，回心一想：他二人的性命，總是遲早難逃的了，便不覺把心腸放軟下來了。這李真一原也有幾分姿色的，高常春看著心中不忍，便伸手去把李真一扶起來；他二人臉和臉兒偎著，高常春心中一股戀愛的熱念，不覺鼓動著。

他便自告奮勇，拍著胸脯道：「我的人兒！妳莫憂愁吧，事到如今，湯裏火裏，都有我承當！倘這件事鬧破，萬歲爺查問下來，妳只推說一概不知，有我上去頂替；我只自己招承，說全是我想到這李代桃僵之計，欺蒙了聖上。當時只圖安慰聖上的悲念，卻不曾想到犯了欺君之罪；若有死罪，我便一身去承當。」說著，不由得李真一把整個身兒縱倒在高常春懷中；高常春趁勢摟抱住了，二人情愫暫時得了安慰。

如今再說，代宗皇帝滿心快樂，扶住這個假沈貴妃的肩頭，退回寢宮去，左右宮嬪一齊退出；這個假貴妃手中捏著一把汗，服侍萬歲上龍床睡下，自己也把上下衣卸去，臨上床時候，不由得小鹿兒在心頭亂跳。這位多情天子，原是想得久了；見假貴妃攢進繡衾來，忙伸過兩臂去，當胸一抱，騰身上去，不由得大喝一聲道：「何處賤婢？膽敢冒充宮眷！」

那假貴妃見詭計破了，慌得她赤條條的趴在枕邊，只是磕頭；口中連說：「婢子該死！」

原來這個假貴妃，還是一個處女的身體，如何能瞞得皇上？代宗一近身去，便已知道是假冒的，不由得大怒，喝問著；如今見這女子長著一身白膩肌膚，跪在枕上，渾身打著顫，露出一副可憐的形狀來。

從來美人越是可憐，便使人越覺可愛；這位代宗皇帝又最是多情不過，最能憐惜女人的。見身旁跪著這麼個渾身一絲不掛的美人，再細看她眉目身材，又處處都像那昔日的沈氏妃子，不覺把新歡舊愛，齊併在這彩雲一個人身上；立刻轉過和悅的臉色來，伸手把彩雲扶起，摟在懷中，問個仔細。

那彩雲到此時，才放大了膽，把在外如何流落，又如何用計冒充做貴妃，由地方官送進宮來，一五一十的在枕上奏明了；這一夜的恩愛，鸞顛鳳倒，百事都有。第二天，萬歲爺心中歡喜，立把彩雲封做良娣；又下旨，再著各處地方官訪覓沈妃真身，又叮囑，雖有疑似者，立可送入京師，由朕察看。

當時詔書上，有兩句道：「吾寧受百罔，冀得一真。」但這道詔書下去，頓時又引起了許多假充的沈妃來了。其中有幾個面容美麗的，代宗便將錯就錯的留在宮中，有立為貴嬪的，有立為昭儀的；代宗皇帝終日與這班美人尋樂，卻把朝廷大事拋在腦後。

當時最掌朝廷大權的，便是那元載一人，紊亂朝綱，公行賄賂；如有內外官員欲出入朝見的，非先將良金重寶孝敬與元載不可。元載的府第廣大高敞，他因宮中有一座蕓輝殿，便也在府第西偏，建造了一座蕓輝堂。

蕓草，原出在于闐國，煎其汁，潔白如玉，入土不爛；舂成粉屑，塗在壁上，光照四座，香飛十里，所以稱做蕓輝堂。堂中雕沉檀為樑柱，飾金銀為窗戶；室內陳設黎屏風，紫綃帳。此屏風，原是楊國忠府中的；屏上刻前代美人伎樂之形，外以玳瑁水犀為押，又絡以真珠瑟瑟，精巧奇妙，非人工所能及。

紫綃帳，得於南海溪洞之酋帥，是以鮫綃製成的；輕疏而薄，裏外通明，望之如無物。雖在凝冬，而風不能入，盛夏，則自生清涼；其色隱隱焉，有帳如無帳也。其他服玩之奢，僭擬於帝王之家。

蕓輝堂外有一池，悉以文石砌其岸；中有蘋陽花，紅大如牡丹，其種不知從何處得來；又有碧芙蓉，香潔肥大，勝於平常。元載每至春夏花開之際，憑欄觀玩；忽聞歌聲清亮，若十四五歲女子唱著，聽其曲，便是玉樹後庭花。元載十分驚詫，再審聽之，歌聲竟出自芙蓉花中；近聽之，又聞喘息甚急，元載惡為不祥，即將花折下。以刀剖開花房，一無所得；全府中傳為奇事。

元載臥床前，懸有一龍鬚拂，色紫可長三尺，削水精為柄，刻紅玉為環鈕；每值風雨晦冥，將龍鬚拂著兩點，便覺光彩動搖，舊然怒張。將此拂置之堂中，夜則蚊蚋不敢入；拂空中作嗚嗚響，雞犬牛馬聞之，無不驚竄。若將此拂浸入池潭，則鱗介之屬悉俯伏而至，引水於空中則成瀑布，三五尺滔滔不絕；燒燕肉薰之，則孛孛焉若生雲霧。

此物原是琉球國所貢，被元載隱沒入府；每值府中宴會，元載必將此龍髯拂遍示座客。後有人言之於代宗，代宗亦甚愛之，屢向元載索看；元載百般推諉，代宗大怒，不得已，始將此龍髯拂進呈大內。

元載十分好色，凡府中婢僕略有姿色些的，他便引誘成姦；他又好潔成癖，每行淫之前，必令此女再三洗沐，裹以繡衾，裸體入床，每次被污，必以珍物為之遮羞。另暗令府中幹僕，在附近物色婦女，攜入府中，供相公淫樂；那婦女們貪得遮羞之物，便爭以身獻之，計前後所淫，不不五六百人。

又令府中姬妾勾引官家內眷，暗與通情；元載臥處，分春夏秋冬四室，陳設華麗，衾枕精潔。每值內室筵宴，邀集官員內眷入府；往往因貪戀枕衾精潔而被污的，彼此含忍不言。

第八十回　回紇鏖兵

元載淫污大臣眷屬，當時人人畏其勢燄，怒不敢言；然一般無知婦女，則貪戀其枕衾精美，爭相獻媚。曾有左拾遺林清，購得一姬人，獻入元載內宅；因為生平所未經之美色，元載得知大喜。

當初岐王有一愛妾，名趙娟的，元載入宮時一度相見，美絕人寰；只因是親貴內眷，不敢稍涉妄想。但事隔十年，常在元載心頭盤旋，依依不能釋；誰知如此美人，岐王竟不能消受。次年，岐王身死，趙娟漂泊在民間，嫁與薛氏為妻；薛為長安大賈，家財百萬，自得趙娟，便百端寵愛，家中資財任其揮霍。

趙娟至薛家六月，便產一女，是為岐王遺種，取名瑤英；美麗更勝其母。瑤英在襁褓之中，因家中富有，趙娟便以香玉磨成粉屑，雜入乳中，使瑤英食之；故瑤英生而肌膚奇香。可憐薛氏一生經營百萬家產，盡敗於趙娟一人之手。

後薛氏去世，家已赤貧；惟薛瑤英長成如洛水神仙，姿容曼妙，滿京師地方，人人都嚷著稱「薛美

人」。這時趙娟貧困益甚，聞元載愛好婦女，凡婦女入府薦寢的，皆給珍物遮羞；因賂幹僕，得以入府與元載相親。元載一見趙娟，得償宿願，固自歡喜；但相隔十年，不免有美人遲暮之嘆，欲兼得瑤英。趙娟索身價巨萬，門下有林清者，方有求於元載；便以萬金購得，獻入府中。

元載見此絕世美人，不覺神魂飛越；當納瑤英為姬人，處以金絲之帳，卻塵之褥。卻塵是獸名，不染半點塵土，因名卻塵；原出自高句麗國，取其毛為褥，貴重無比。句麗國王遣貢入朝，沒入元載府中；今以供美人寢臥，溫軟異常，其色深紅，光彩四射。元載又從海外得龍綃之衣一襲，只一二兩重，握之不滿一把；瑤英體態輕盈，不勝重衣，元載即以此衣賜之。

薛瑤英幼讀詩書，更善歌舞，仙姿玉質，元載對之魂意都銷；從此寵擅專房，元載亦一心供奉，視他家婦女如糞土矣。

薛瑤英輕歌妙舞，動人心魄；當時有賈至、楊公南二人，與元載交誼最厚，每值宴會，座中有賈、楊二公，便令瑤英出內室，歌舞勸酒。賈至贈詩云：「舞怯銖衣重，笑疑桃臉開；方知漢武帝，虛築避風臺！」

楊公南贈長歌，中有句云：「雪面澹娥天上女，鳳簫鸞翅欲飛去；玉釵碧翠步無塵，楚腰如柳不勝春！」

當時滿堂賓客，盡為瑤英一人顛倒，爭獻珠衫玉盆，供瑤英一人享用；群讚為：「雖旋波搖光飛燕綠珠，古代美人不能勝也！」

瑤英又善為巧媚，迷人心志；元載為其所惑，不事家務。瑤英有兄名從義，是異姓母所生；此時入元載府，與趙娟通姦，內外把持，凡天下賫寶貨求大官職者，無不奔走於元載之門。而趙娟與從義二人，上下其手，納賄貪財，亦致巨富；當時滿朝官吏，大半是元載一人引進的，貪污之聲，令人怨望。

但代宗皇帝亦正溺於女色，無暇管理朝政；便是那僕固懷恩，亦因久戍邊關，已陰謀反叛。李抱真赴朝告密，代宗不省；直至接到河東節度使辛雲京的急報，說懷恩已反，遣子瑒直寇太原，方才驚惶起來，即召老臣郭子儀入宮。

代宗道：「懷恩父子負朕實深，聞朔方將士思公，幾如大旱望雨；公為朕往撫河東，天下事不難定也。」當即面授郭子儀為關內河東副元帥，兼河中節度使。

郭子儀是先朝功臣，閒居家中已久；七子八婿，均屬親貴，天倫之樂，非他人所能及。今忽得代宗降旨，為國家大事，不得不行；甫至河中，已聞僕固瑒為天下所殺，懷恩北走震州，河東已解嚴了。

原來僕固懷恩之子瑒，素性剛暴，從太原敗後，轉撲榆次，又是旬日不下；瑒令裨將焦暉、白玉往

祁縣發兵。暉與玉調得人馬趕到，瑒責他遲慢，幾欲加罪；兩人懼招不測，即於夜間率眾兵攻瑒，瑒為亂兵所殺。懷恩在汾州得到子死的消息，不免悲痛；懷恩有老母聞之，即出帳，怒責懷恩道：「我囑汝勿反，國家待汝不薄，汝不聽我言，致有此變；我年已老，若因此受禍，問汝將有何面目對祖宗？」

懷恩被母責罵，無言可答，匆匆避出；母大怒，提刀出逐，大聲喝道：「我為國家殺此賊，剖其賊心以謝三軍。」幸懷恩急走，得免。

當時，懷恩部下的將士，聞大將郭子儀出鎮河中，營中各竊竊私語，謂無面目見汾陽王；懷恩竊聽得此語，自思眾叛親離，決難持久，乃竟將老母棄去，自率親兵三百騎渡河，走靈州，殺死朔方軍節度留後渾釋之，據州自固。

當有沁州戍將張維岳聞知，懷恩業已北走，即統兵馳至汾州，收撫懷恩餘眾；並殺死焦暉、白玉二人，割取僕固瑒首級，獻與郭子儀，將瑒首送至京中，群臣入賀。惟代宗不樂，諭群臣道：「朕信不及人，乃致功臣顛越；朕方自愧，何足稱賀？」便傳旨送懷恩母至京師，優給膳養。

懷恩之母至京師，因痛孫念子，一月即歿；代宗詔封楚國太夫人，依禮厚葬。子儀大軍馳往汾州，懷恩匍匐馬下，涕泣迎謁，口稱：「犯臣誓不再叛！」子儀代奏朝廷，得免前罪，仍令統兵駐守汾州；

郭子儀大兵奏凱回朝，代宗拜為太尉兼朔方節度使，子儀辭太尉職，不拜。

誰知那僕固懷恩反叛性成，見郭子儀回京，又用計引誘回紇、吐蕃兩外夷，同來入寇；當時有番兵十萬眾，邊關將吏飛報入朝，代宗不禁大驚，急傳郭子儀入議大事。郭子儀見了代宗皇帝，便奏稱：「懷恩有勇少恩，軍心不附；他麾下皆臣舊部，必不忍以鋒刃相向，臣料懷恩是無能為的。」

代宗便命郭子儀出鎮奉天，郭子儀奉旨出守，即令其子郭晞與節度使白孝德防守邠州，自統兵至奉天嚴陣以待；那懷恩引導吐蕃兵，已近奉天城，諸將俱踴躍請戰。子儀搖首說道：「賊眾遠來，利在速戰；我且堅壁以待，俟賊寇臨城，我自有計卻敵，敢言戰者斬！」便傳命守城兵士偃旗息鼓，待令後動。

不到一日，那懷恩果已引吐蕃兵直撲城下；見城上並無守兵，不覺疑慮起來，立馬躊躇多時。見天色已近黃昏，便退軍五里下寨，直候至黎明，始擊鼓進攻；忽得遠遠的一聲號砲，川鳴谷應，吐蕃軍士急登高瞭望。

只見那奉天城外，南面角上一座高山，已埋伏了許多官軍，擺成陣勢，非常嚴整；陣中豎起一面帥旗，風動處，露出一個大郭字來，懷恩看了不覺詫道：「郭令公已到此城中麼？」

那吐蕃兵聽得郭令公大名，便個個變了神色，紛紛退走；懷恩沒奈何，獨領著部眾轉赴邠州，未到

城下，已遠遠看見城中豎起一張大旗，旗上面，又端端正正的寫著一個郭字。懷恩驚詫著道：「難道郭令公也到了此城中來麼?真是飛將軍矣。」

一句話未畢，城門忽然大開，見一個大將軍持矛躍馬，領兵衝出，大呼道：「我奉郭大帥命令，只取反賊懷恩首級，餘眾皆無罪，不必交鋒。」

懷恩認識來將，正是節度使白孝德，欲拍馬上去接戰；誰知他手下部眾一齊投戈退散，只剩懷恩一人一騎，如何對敵，急撥轉馬頭退去。那白孝德驅兵追擊，郭晞又從斜路上殺出，逼得懷恩抱頭鼠竄，渡涇水而逃；看部下已散亡大半，忍不住流淚道：「身經百戰，有勝無敗；不料今日一敗到此，豈不可痛。」不得已，只得收拾殘軍，退向靈州去訖。

只是吐蕃兵十分兇猛，既攻入涼州，又連奪維州、松州、保州三地；得郭子儀令，劍南節度使嚴武出奇兵截之，敗賊兵八萬眾，吐蕃兵始退去。郭子儀見大敵已去，也不窮追，即入朝覆命；代宗慰勞再三，加封尚書令。

子儀上表辭退：「只因從前太宗皇帝嘗任此官，所以後朝不復封拜；近惟皇太子為雍王時，平定關東，乃得兼此職。臣是何人，如何敢受此崇封，致壞國典；況自用兵以來，諸多僭賞，冒進無恥，褻瀆名器，今凶醜略平，正宜詳核賞罰，作法審官，請自臣始。」

代宗聞奏，乃收回成命，另加優賞；隨命都統河南道節度使行營，還鎮河中。此年有老臣李光弼，病死在徐州，年五十七，追封太保，賜諡武穆；光弼本是營州柳城人，父名楷洛，原是契丹酋長，武后時叩關入朝，留官都中，受封薊郡公，賜諡忠烈。

光弼之母雖是婦人，頷下卻長有鬚髯數十，長五寸許，生子二人；長名光弼，次名光進。光弼累握軍符，戰功卓著，安史平定；進拜太尉，兼侍中，知河南、淮南、東西山南、東荊、南五道節度行營事，駐節泗州。尋又討平浙東賊袁晁晉，封臨淮王；賜給鐵券，圖形凌煙閣。

只因程元振、魚朝恩用事，妨功忌能，為諸鎮所切齒；代宗奔陝，召李光弼入援，光弼亦遷延不赴。及代宗回京，又命光弼為東都留守，光弼竟托詞收賦，轉往徐州；諸將田神功等，見光弼不受朝命，也不復稟承，光弼愧恨成疾，鬱鬱而終。光弼母留居河中，曾封韓國太夫人，代宗令子儀蒙送入京，殯葬長安南原，當時郭李齊名；李光弼死後，郭子儀也十分傷感。

幸得天下暫時太平，代宗改廣德三年為永泰元年，命僕射裴冕、郭英等，在集賢殿待制，欲效貞觀遺制，有坐朝問道的意思；當時有左拾遺獨孤及上疏，道：

「陛下召冕等以備詢問，此盛德也；然恐陛下雖容其直，而不錄其言；有容下之名，而無聽諫之實，則臣之所恥也。今師興不息十年矣，人之生產空於杼軸；擁兵者，得館亙街陌，奴婢厭酒肉，而貧

人羸餓就役，剝膚及髓。長安城中，白晝椎剽吏不敢禁，民不敢訴，有司不敢以聞，茹毒飲痛，窮而無告；陛下不思所以救之，臣實懼焉。

今天下雖朔方、隴西有僕固、吐蕃之憂，邠涇鳳翔之兵，足以當之矣；東南泊海西盡巴蜀，無鼠竊之盜，而兵不為解。傾天下之貨，竭天下之穀，以給無用之兵，臣實不知其何因；假令居安思危，自可扼要害之地，俾置屯禦，悉休其餘，以糧儲扉屨之貲，充疲人貢賦，歲可減國糧之半。陛下豈可遲疑於改作，使率士之患日甚一日乎?休兵息民，庶可保元氣而維國脈，幸陛下採納焉。」

獨孤及所以上這疏，只因當時元載當道，專事峻削；凡苗一畝，稅錢十五，不待秋收即應稅，稱為青苗錢。適值畿內麥熱，十畝取一，謂即古時什一稅法；實皆是額外加征，人民困苦不堪。

當時代宗閱聞獨孤及奏章，心中雖是明白，只因優柔寡斷，亦不能依奏行去；更可笑的是迷信佛教，下旨命百官至光順門迎浮屠像，像係由內官扮演，彷佛如戲中神鬼。或面塗雜色，或臉戴假面，並用著音樂鹵簿，作為護衛；後面隨著二寶輿，輿中置仁王經，此經係由大內頒出，移往資聖西明寺，令胡僧不空等，踞著高座講經說法，並令百官俱衣朝服聽講。

只因當時魚朝恩、元載、王豬一班權奸，都貌為好佛；又有兵部侍郎杜鴻漸，新任同平章事，因迎合權奸的意思，也上奏章，稱佛法無邊，虔心皈依，定能逢凶化吉，遇難成祥。一時，在寺中添設講座，多至百餘，當時稱為百高座；代宗也被他們煽惑，時時入寺聽經。

這裏君臣講經正講得熱鬧，忽接連得到奉天同州盩庢的一帶守吏，各呈告急文書；稱僕固懷恩又引誘北方夷狄來寇，快入國境了。代宗初還不信，嗣又接郭子儀奏章，略言：「叛賊懷恩，嗾使回紇、吐蕃、吐谷渾、黨項、奴剌等虜，分道入寇；吐蕃自北道趨奉天，黨項自東道趨同州，吐谷渾、奴剌自西道趨盩庢。回紇為吐蕃後應，懷恩率領朔方兵，又為雜虜內應，鐵騎如飛；約有數十萬眾，殺奔中原而來。」

代宗這才慌張起來，即由寺回朝，下旨令鳳翔、滑濮、邠寧、鎮西、河南、淮西諸節度各出兵，扼守衝要，阻截寇鋒；敕使方發，幸接得一大喜報，說：「懷恩途中遇疾，還至鳴沙已經暴死。」魚朝恩、元載等，聞信相率入賀，並歸功於佛法；代宗亦十分喜慰。

誰知只隔了一二日，風聲又緊；懷恩部眾由叛將范志誠接領，仍進攻涇陽，吐蕃兵已近奉天。乃始罷百高座講經，急下旨令郭子儀屯涇陽，命將軍白元光、渾日進屯奉天；一面調陳鄭澤潞節度使李抱玉出鎮鳳翔，渭北節度使李光進移守雲陽，鎮西節度使馬璘、河南節度使郝廷玉並駐便橋，淮西節度使李忠臣轄扼東渭橋，同華節度使周智光同州，鄜坊節度使杜冕屯坊州，內侍駱奉仙將軍李白越屯盩庢。

布置已定，代宗親將六軍駐紮苑中，下旨親征；魚朝恩推說籌備軍餉，趁勢搜括，大索士民私馬，且令城中男子各著皂衣，充作禁兵，城門塞二開一，全城大駭，多半踰牆鑿竇，逃匿郊外。

一日，百官入朝立班已久，閣門好半日不開；驀聞獸環激響，朝恩率禁軍十餘人挺刃而出，顧語群臣道：「吐蕃人犯我郊畿，車駕欲幸河中，敢問諸公以為如何？」

一時滿朝公卿俱錯愕不知所對，獨有劉給事出班抗聲，道：「魚公欲造反麼？今大軍雲集，不知戮力禦寇，乃欲挾天子蒙塵，棄宗廟社稷而去，非反而何？」朝恩被他一喝破，卻也啞然無語，始將閣門開放。

代宗視朝，與群臣商議軍事；正商議時候，正巧奉天傳來捷音，朔方兵馬使渾瑊入援奉天，襲擊虜營，擒一虜將，斬首千餘級。代宗聞報大喜，立遣中使傳獎諭，隨即退朝；會大雨連旬，寇不能進，吐蕃將尚結悉贊摩馬重英等大掠而去，廬舍田里焚劫殆盡。

代宗聞吐蕃兵退去，愈信是佛光普照，仍令寺僧講經；那知吐蕃兵退至邠州，遇著回紇兵到，又聯軍進圍涇陽。郭子儀在涇陽城，命諸將嚴行守禦，相持不戰；二虜見城守謹嚴，即退屯北原，越宿復至城下。子儀令牙將李光瓚赴回紇營，責他棄盟背好，自失信用；今懷恩已遭天殛，郭公在此屯軍，欲和請共擊吐蕃，欲戰可預約時日。

回紇都督藥葛羅，驚問光瓚，道：「郭公在此，可得拜見，只怕汝以此紿我。」

光瓚道：「郭公遣我來營，何敢相紿。」

藥葛羅道：「郭公如在，請來面議。」

光瓚即以此語還報子儀，子儀道：「寇眾我寡，難以力勝；我朝待回紇不薄，不若挺身而去，以大義責之，免動干戈。」言畢欲行，諸將請選鐵騎五百隨行；子儀道：「五百騎怎敵十萬眾，此舉非徒無益，且足啟疑。」說罷，便一躍上馬，揚鞭出營。

子儀第三子名晞，亦隨父在軍，急叩馬諫道：「大人為國家元帥，奈何輕以身餌虜？」

子儀道：「今若與戰，父子俱死，國家亦危；若往示至誠，幸得修和，不但利國，並且利家。即使虜眾不從，我為國殉難，也自問無愧矣。」說至此，即把手中長鞭一揮，道：「去！」便頭也不回的去了，背後只隨著數騎將。

至回紇營前，令隨騎先行，傳呼道：「郭令公來！」回紇兵聞之，人人大驚。

藥葛羅正執弓注矢，立馬營前；子儀遠遠望見，急免冑卸甲，投槍下馬而入。藥葛羅回顧部下道：「果是郭令公！」說著，也翻身下馬，擲去弓矢，鞠躬下拜；回紇將士亦一齊下馬羅拜，口稱：「參見郭令公。」

子儀忙欠身還禮，且執藥葛羅之手，正言相責，道：「汝回紇為唐室立功，唐天子待汝也不為薄，奈何自負前約；深入我腹地，棄前功，結後怨，背恩德，助叛逆，竊為汝國不取，況懷恩叛君棄母，寧知感汝，今且殛死。我特前來勸勉，如從我言，汝即退兵，如不從我言，則聽汝輩殺我；但汝若殺我，則我將士亦必致力以殺汝等，汝等亦無生還之望矣。」

藥葛羅聞郭子儀一番慷慨之談，不覺露出惶恐的神色來，忙鞠躬答道：「懷恩謊言唐天子已晏駕，令公亦去世，中國無主，我故前來；今日得見令公，始知懷恩欺我，且懷恩已受天誅，我輩與令公既無仇怨，豈肯以兵戎相見？」

子儀趁機說道：「吐蕃無道，趁我國有亂，不顧甥舅舊誼，入寇京畿，所掠財物不可勝載，馬牛雜畜瀰漫百里，此不啻代汝搜羅；今日汝等能全師修好，破敵致富，為汝國計，無逾此著矣。」

藥葛羅大為感動，道：「我為懷恩所誤，負公誠深；今請為公力擊吐蕃，自贖前愆。」說著，藥葛羅領著子儀出觀陣容。回紇兵分左右兩翼，見郭子儀來，稍稍前進；郭晞隨在身後，深防不測，亦引兵向前。

子儀揮晞使退，惟令左右取酒，酒已取至，與藥葛羅宣誓；藥葛羅請子儀宣言，子儀取酒酹地道：「大唐天子萬歲！回紇可汗亦萬歲！兩國將相亦萬歲！如有負約，身殞陣前，家族滅絕！」誓畢，斟酒遞與藥葛羅。藥葛羅亦接酒酹地道：「如令公誓！」

子儀再令部將與回紇部酋相見，回紇將士大喜，道：「此次出軍，曾有二巫預言，前行安穩，見一大人而還；今果然應驗了！」子儀乃從容與別，率軍還城。

藥葛羅即遣部酋石野那等入覲代宗，一面與奉天守將白元光合擊吐蕃；吐蕃聞之，連宵遁去。兩軍兼程追擊，至靈臺西原，遇吐蕃後哨兵，鼓噪殺入；吐蕃兵已飽掠財帛，急思歸去，毫無鬥志，一時奔避不及，徒喪失了許多生命，拋棄了許多輜重。白元光將奪回財帛給與回紇，又奪回士女四千人；藥葛羅亦收兵歸國，吐谷渾、黨項、奴剌等眾，一齊遁去。

代宗認為天下承平，安然無慮；這時元載因入相有年，權勢一天盛大似一天，只怕被人訐發陰私，特請百官論事，先白宰相，然後奏聞。刑部尚書顏真卿上疏駁斥，元載便說他誹語朝廷，矯旨貶為陝州別駕；又推薦魚朝恩為判國子監事。

朝恩居然入內講經，高踞師座，手執《周易》一卷，講解「鼎折足、覆公餗」兩語；反覆解釋，譏笑時相。這時，黃門侍郎王縉，與元載相將入座，縉聽講後，面有怒容，載獨怡然；朝恩出對人言，曰：「怒是常情，笑不可測。」

永泰二年十一月，是代宗生日；諸道節度使上壽，獻入金帛珍玩，價值二十四萬緡。當時南方有貢

朱來鳥的，形狀似戴勝；面紅嘴紺尾，尾長於身，巧解人語，善別人意，其音清響，聞於庭外數百步。宮中人多憐愛之，常以玉屑和香稻飼之，鳴聲益嘹亮；夜則棲於金籠，晝則飛翔於庭廡，而俊鷹大鶻不敢近。一日，為巨鵰所搏而死，代宗亦為之欷歔；當時朝廷收得的奇禽馴獸甚多，中書舍人常兗上言：「各節度斂財求媚，剝民奉君，應卻還為是。」代宗不能從。

這時，郭子儀家中，卻出了一件子媳反目的事；逼得郭子儀遠遠的從邊地上跑回來，調停家事。原來，郭子儀的第六媳婦，便是代宗的女兒昇平公主；嫁與郭子儀第六子，名曖的，配成夫婦。起初兩口子甚是恩愛，後因小故互相反目，公主竟乘車入宮，哭訴帝后；郭子儀回家來，即將曖綁縛起來，關在囚車裏，隨身帶著，逕赴宮門來。

唐朝定制，公主下嫁，當由舅姑拜公主，公主拱手受之；昇平公主嫁郭曖時，也照此例。子婦受著翁姑的跪拜，郭曖在一旁看了，心中已是大不舒服，只因是朝廷的舊制，不得不勉強忍耐著；日久，同居室中，公主未免挾尊相凌，郭曖忍無可忍，夫婦二人常有口角之爭。

一日，公主竟欲令婆婆執巾櫛；郭曖大怒，叱著公主，道：「汝倚乃父為天子麼？我父不屑為天子，所以不為！」說著，欲上前掌公主的頰；幸得侍婢急上去勸住，那公主面頰上，只輕輕的抹了一掌。這羞辱叫昇平公主如何受得住？只見她柳眉雙豎，杏眼圓睜；趁著一腔怒氣，便立刻駕馬回宮，哭訴父皇去。

代宗是素來敬重郭子儀的，當下聽了公主的話，便說道：「這原是我兒的不是。汝亦知我唐家天下，全仗汝翁一人保全；汝翁果欲為天子，天下豈還為我家所能有？汝在郭家，只須敬事翁姑，禮讓駙馬；切勿再自驕貴，常啟爭端。」

公主尚涕泣不休，代宗令：「且在宮中安住幾時，待爾翁回家，朕與汝調處可也。」

第八十一回　不空和尚

代宗皇帝正因昇平公主夫婦反目，心中不自在，忽殿中監入報，道：「汾陽郭子儀，綁子入朝，求見萬歲。」代宗便出御內殿，召子儀父子入見。

郭子儀見了代宗皇帝，便叩頭奏稱：「老臣教子不嚴，有忤公主；今待綁子入朝，求陛下賜死。」說著，便把那駙馬都尉郭曖，推上丹墀跪下。

代宗見了，忙喚內侍官把郭子儀扶起，當殿賜坐；笑說道：「從來說的，不痴不聾，不可以作阿翁。他們兒女閨房之私，朕與將軍均可置之不理。」說著，傳諭把郭曖鬆了綁，送進後宮去，令與崔貴妃相見。

原來這昇平公主，是崔貴妃所出；當時昇平公主也坐在崔貴妃身旁，見了郭曖，一任他上來拜見，只是冷冷的愛理不理。倒是崔貴妃見了郭曖，卻歡喜得有說有笑，用好言安慰著；又拉著昇平公主，教與駙馬爺同坐，又打疊起許多言語，開導著這位公主。這昇平公主和郭曖的夫婦恩情，原也不差，只是

女孩兒驕傲氣性，一時不肯服輸；這時和駙馬爺相對坐著，低著玉頸不說話。

那代宗在內殿，和郭子儀談講了一會軍國大事，子儀起身退出朝來；那代宗皇帝因掛念著昇平公主，便也踱進崔貴妃宮中來，見小兩口兒還各自默默坐著，見了萬歲爺進來，又各自上去叩見。那代宗皇帝哈哈大笑，左手拉住駙馬，右手拉住公主，說道：「好孩兒！快回家去吧。」

這昇平公主經崔貴妃一番勸說以後，心中早已把氣消了；如今聽了父皇的說話，便樂得收篷。昇平公主坐著香車，郭駙馬跨著馬，雙雙回家來；郭子儀接著便自正家法，喝令兒子跪下，令家僕看杖，親自動手，打了十數下。那昇平公主在一旁看了，也心痛起來，忙上前去，在公公身前跪倒，代她丈夫求饒；郭子儀見公主也跪下來了，慌得忙丟下杖兒，喚丫鬟把公主扶起，送一對小夫妻回房。

從這一次事情以後，郭子儀便有改定公主謁見舅姑之禮；待到德宗皇帝時候，才把這禮節改定，公主須拜見舅姑，舅姑坐中堂受禮，諸父兄妹立東序受禮，與平常家人禮相似。這都是後話。

如今再說郭子儀整頓家規以後，依舊辭別朝廷，出鎮邊疆；朝廷中，魚朝恩、元載那班奸臣，見郭子儀去了，又放膽大弄起來。當時，魚朝恩為拉攏私黨及侵吞內帑起見，便上奏請立章敬寺；這章敬寺，原是莊屋，代宗將這莊屋賜與朝恩。朝恩推說是為帝母吳太后禱祝冥福，把莊屋改為寺院，以迎合代宗皇帝的心志；又說莊屋不敷用，便奏請將曲江、清華兩離宮撥入寺中。

代宗皇帝聽說為供奉吳太后之用，如何不允；便下旨，准把曲江、清華兩宮，撥與魚朝恩，作為章敬寺之內院。這曲江、清華兩宮，在元宗時候，建造得十分華麗；裏面陳設的珍寶錦繡，不計其數。代宗又撥內帑銀四十萬，為修理之費；魚朝恩得了這兩座大宮院，便徵集了十萬人伕，動工興築。

正興高采烈時候，忽有衛州進士高郢上書諫阻，說不宜窮工糜費，避實就虛；代宗覽了這奏章，心中便又疑惑起來，便召元載等入內，問：「果有因果報應之說否？」

那元載與魚朝恩，原是打通一氣的；當時便奏對道：「國家運祚靈長，全仗冥中福報；福報已定，雖有小災，不足為害。試看安史二賊，均遭子禍；懷恩道死，回紇、吐蕃二寇不戰自退；這冥冥之中，皆有神佛保佑，亦先帝與萬歲敬佛之報也。」

代宗歎說：「元載之言甚有理。」便又加撥內帑八萬，與魚朝恩建築佛寺。

那章敬寺落成之日，代宗皇帝親往拈香，剃度尼僧至三千餘人；賜胡僧不空法號，稱為大辯正廣智三藏和尚，給公卿食俸。不空諂附朝恩，由朝恩引進宮去，拜見代宗皇帝；不空說朝恩是佛徒化身，代宗亦以另眼相看，朝恩因此愈見驕橫。

那不空和尚，時時被代宗皇帝宣召進宮去，說無量法；引得宮中那班嬪妃們，個個到不空和尚跟前來膜拜頂禮，聽和尚說法。代宗皇帝也穿了僧人衣帽，盤腿靜坐，合目聽經；這時滿室香煙繚繞，梵韻悠揚，除代宗和不空二人是男子身外，全是女子身體。

那班妃嬪平日不得常見萬歲爺面目的，到此時藉著禮佛，個個打扮得粉香脂膩，嬌聲和唱；代宗皇帝原是在脂粉堆中混慣的，獨有這不空和尚，他原是流落在北方的一個無賴胡兒。只因安史之亂，他混跡軍中，輾轉入於京師；京師人民是十分迷信番僧的，這不空便冒充做番僧，在民間謊取銀錢，勾淫婦女。

後來由元載汲引他與王公大臣相見，魚朝恩也要利用他哄騙皇帝，便把不空和尚收留在自己府裏；暗地裏，去招覓了幾個無賴士子養在府中，造些因果報應的說頭，令不空和尚學著，依樣葫蘆的說著。又穿插了些奸盜邪淫的故事，每天在宮廷裏和說故事一樣的；聽得那宮中一班妃嬪宮女們人人歡喜，個個稱道。有時，萬歲爺不在跟前，那班年輕婦女便圍住了不空和尚，糾纏著他，說些野話。

那女徒弟們搶著喚他做師父，這師父是胡人，胡人原是最好色的；他在胡地久已聞得中原的婦女，如何美麗，如何清秀，他做夢也想著。後來混入京師，見了那班庸脂俗粉，已驚嘆為天仙美女；今被代宗皇帝召進宮來，見那班宮眷個個是國色天香，他雖高坐在臺上說法，但那一陣陣的甜香膩香，卻直撲入鼻管中來，引得大和尚心旌動搖。

日子久了，那班妃嬪也與師父十分親暱，不空又得代宗的信任，平日出入宮廷毫不禁阻；不空和尚便漸漸的放出手段來，把一個陳嬪勾引上手。胡人又用靈藥取婦人的歡心，宮中那班女子原是久曠的；如今得了不空和尚鞠躬盡瘁的周旋著，人人把這和尚看作寶物一般，你搶我奪，真有應接不暇之勢。

不空和尚實在因一人忙不過來，便又去覓了一個替身來；這替身，原是魚朝恩的養子，名令徽的。這人雖長得面目姣好，卻是窮兇極惡；他仗著養父魚朝恩的威勢，在京師地面無惡不作。魚朝恩在北軍造一廣大牢監，暗令養子令徽，率領地方惡少劫捕富人，橫加罪名，送府尹衙門；用毒刑拷打，令自認叛逆大罪，送入牢監中，使獄吏用藥毒斃，盡將其資財收沒入宮，京師人稱「入地牢」。

朝恩父子富可敵國，即萬年吏賈明觀，倚仗朝恩威勢，捕審富人，亦得財千萬以上；京師地方人民，敢怒而不敢言。那令徽仗著有財有勢，專門姦佔良家婦女；那受害之家，只得含垢忍恥，無人敢在地方衙門前放一個屁的。如今有這淫僧不空和尚，替他在宮中拉攏；令徽眉眼又長得清秀，在婦女們跟

前，格外得人意兒。

那千百個曠婦怨女，見了這少年哥兒，好似一群餓狼得了肥羊肉一般；不空和令徽二人，在宮中狼狽為奸，快樂逍遙，早已鬧得穢聲四播，卻獨瞞住了代宗皇帝一人的耳目，滿朝文武莫不切齒痛恨。但魚朝恩一人的威權，卻一天大似一天，大家也無可奈何他；朝恩見了代宗皇帝，便漸漸的跋扈起來，朝廷大小事件，非先與朝恩說知不可。

那時滿朝奸臣，只懼憚郭子儀一人；元載屢次在代宗皇帝跟前毀壞郭子儀，勸代宗貶去郭子儀的官爵，代宗不聽，元載忌子儀愈深。此時聽不空和尚之計，令朝恩養子令徽勾通惡少；在深夜，赴京城外七十里郭氏祖墓，掘毀郭子儀先代的墳墓，又暴露郭子儀父親的屍骨，以洩其恨。

盜墳賊的四人，被看守墳墓的莊丁擒住；當場打死了二人，又捉住了二人，送到京師御史官衙門中來。那秦御史聞說郭子儀祖墳被毀，不覺大駭，立刻進宮去奏與萬歲；代宗聞知大怒，傳諭嚴刑審問，是何人主使，一面遣常侍官賫聖旨，到郭子儀家中去，安慰郭家諸子，又發銀八萬兩，為郭家修復墓道。

御史官得了聖旨，忙回衙門去審問盜墳賊；誰知獄中的二人，早已由元載買通了獄官，用藥把兩個賊人毒死了，這場無頭公案，叫那班御史官從何審起！郭子儀在邊疆得了此消息，急急趕回京師來；七子八婿紛紛把這情由對子儀說了，子儀心中明白，知道是仇家所為。

但此時，元載、魚朝恩二人的勢燄炙手可熱，便是郭子儀，也不敢去在老虎頭上抓癢；當即入朝去謝過聖恩，退朝出來，又去一一拜訪元載、魚朝恩二人，在家中設著盛大的筵席，請二人飲酒歡樂。又暗暗的拿四千兩銀子，去撫卹那四個盜墳賊的家屬，也是不與小人結怨的意思；誰知魚朝恩看看郭子儀尚且如此懼怕他，他的膽子卻愈是大起來了。

一日，有回紇可汗遣使臣來貢獻禮物；適值魚朝恩與不空和尚、養子令徽三人，在郊外遊獵。那外國使人逕至丞相府中交納，丞相見是回紇使臣，不敢怠慢，一面派人招待，一面將貢物送進宮去；待魚朝恩回府來知道此事，不覺大怒，拍桌道：「天下事可不由我處理乎！」當夜，魚朝恩便召集自己的一班心腹，如元載輩，在府中密議。

令徽當即獻計道：「明公正可趁此易執政，以震朝廷而張明公之威。」魚朝恩點頭稱是。

次日，便大會百官於都堂，有六宰相在座；朝恩大聲呵著宰相，說道：「宰相者，和元氣，輯群生；今水旱不時，屯軍數十萬，饋運困竭，天子臥不安席，宰相何以輔之？不退避賢路，默默尚可賴乎？」宰相聞之，一齊俛首，全座失色。次日，魚朝恩入奏，參革去二十個官員，盡把自己親信的人加封進爵；朝廷百官人人震懼朝恩的威力，誰也不敢說一個不字。

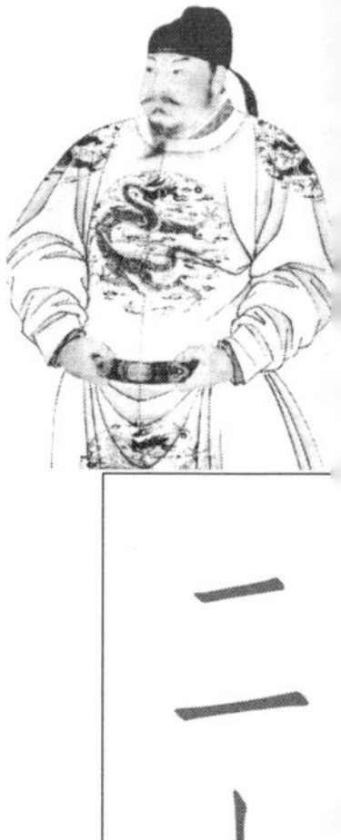

那時朝恩養子令徽，年只二十歲；代宗因他年紀尚幼，拜為內給使，衣綠色袍。一日，在宮中與同輩因細過爭鬧，為紫色袍內給使所呵斥；在勢，衣紫色袍者為尊。令徽大憤，回家告訴朝恩；朝恩即攜令徽入朝，見代宗，奏道：「臣兒令徽，官職太卑，屢受人欺，幸乞陛下賜以紫衣。」

代宗還未及答言，忽見一內監已捧著紫衣一襲，站立一旁候著；朝恩不待上命，即隨向內監取來，遞與令徽，囑他將衣披在身上，即伏地謝恩。代宗看了，滿肚子氣憤；但回心一想，如今朝廷兵權盡在魚朝恩手中，一時也不好意思開罪他，只得忍著氣，強笑道：「兒服紫衣，諒可稱心了！」朝恩父子洋洋得意的退出朝去。

從此代宗啣恨在心，暗暗的欲除去朝恩的名位，召元載入宮商議；這元載原是朝恩的同黨，只因代宗允許陞他爵位，便也顧不得朋友的交情了。再者，元載這人也是有野心的；因魚朝恩權勢在自己上面，一時不得不低頭屈服，如今有代宗皇帝撐他的腰，他如何不願意。

當時朝中禁兵都歸朝恩一人掌握，代宗怕元載一人勢力不能相敵；元載奏道：「陛下但以事專屬臣，必有濟。」君臣二人議畢，退出宮來。當有神策都虞候劉希暹，是魚朝恩的心腹；他在宮中打聽得消息，挨到夜半人靜，便偷偷的到朝思府中來告密。說：「萬歲已有密詔與元載，令圖相公。」朝恩聽了大懼，從此見了元載，十分恭敬。

日久，見代宗待遇隆厚，禮不稍衰；朝恩疑希暹的消息不正確，希暹力勸朝恩，須先發制人，速為之備。朝恩仗著手下有六千禁兵，又有劉希暹十分驍勇；便與兵馬使王駕鶴、萬年吏賈明觀、養子令徽，又有衛士長周皓、陝川節度使皇甫溫，連自己心腹共二十餘人，聚集自己府中謀反，如何調集人馬，如何劫挾天子，講得井井有條。

誰知當時有兩個最稱心腹的人，卻已被元載用金錢買來了；在朝恩府中，做著朝恩的探子。原來朝恩自從位高權重，便也深自防範，每次出入府門，或進宮朝見，身旁總常隨著武士一百人，由家將周皓統帶著，稱衛士長。

又有那皇甫溫，他二人得了元載的錢財，便暗暗的欲謀取魚朝恩的性命；當時在朝恩府中竊聽得計謀出來，急去元載府中報信。元載又帶領著周皓、皇甫溫進宮去，朝見萬歲，把他們商議定的計策奏明了；代宗只吩咐小心行事，勿反惹禍。

不多幾天，便是寒食節；宮中府中禁煙火食一日，到傍晚時候，方得傳火備餐。當夜，代宗便在宮中置酒，邀集朝中親貴入宮領宴；魚朝恩當然也在座的，宴罷，眾官謝過聖恩辭退。令徽也替他義父招呼小車，魚朝恩起身謝過恩，走下殿去；左有令徽，右有都虞候劉希暹扶著，跨上小車去。

忽一內監傳出皇帝諭旨來，說請相公內殿議事；那推車武士便把小車向內殿推去，令徽、希暹兩

人，在車後緊緊跟隨著。看看走到內殿門口，禁軍上前攔住；令徽、希暹二人只得在門外站守，眼看著小車推進內殿門去，直到丹墀下停住。

朝恩身體十分肥胖，出入宮禁必坐小車代步；今朝恩方從小車上跨下丹墀來，那衛士長周皓，便劈手去把朝恩的兩臂握住。朝恩只說得一句：「大膽奴才！」左面走過元載來，右面走過皇甫溫來，手執麻繩，把魚朝恩的兩臂反綁起來；連那推車的四個武士也一齊動手，把朝恩推上殿去。

朝恩口中大喊：「老臣無罪！」代宗喝令跪下，數責他招權納賄，結黨謀反十六條大罪；朝恩一味的嚷著冤枉。代宗大怒，便諭令當殿縊斃；即由周皓、皇甫溫二人動手，揪住朝恩衣領走下殿去，跪在丹墀上。朝恩回頭，對周皓、皇甫溫二人說道：「二公皆老夫舊人，豈不能相讓？」

周皓大聲喝道：「亂臣賊子，人人得而誅之！」內監遞過帶子來，大家動手，活生生的把魚朝恩勒死；仍把屍身裝在小車裏，推出宮來，由養子令徽接著，送回家去。朝旨下來，說朝恩是奉旨自縊，特賜六百萬緡治喪。

神策軍都虞候劉希暹、都知兵馬使王駕鶴，原是朝恩的羽黨；代宗為安撫人心計，俱加授御史中丞。後因劉希暹有怨恨朝廷的話，反由駕鶴奏聞，勒令自盡；所有朝恩同黨，從此不敢有反叛之心。

只因元載自以為有誅朝恩之功，雖代宗皇帝加以恩寵，但元載恃寵而驕，自誇有文武之才，古今人莫能及，便趁此弄權納賄；嶺南節度使徐浩，是元載的心腹，在外搜括南方珍寶，運送至元載府中。

代宗皇帝自知懦弱，不能鎮服百官，便想起那李泌來；他是三朝元老，足智多謀。使吏部侍郎楊綰，賚著皇帝手詔，又綵緞牛羊各種聘禮，到赤雲山中去敦請。那赤雲山曲折盤旋，甚是難行，沿路蒼松夾道，赤雲迷路；楊綰在山中東尋西覓，直找了一天，還不曾找到李泌的家中，只得暫寄農家，息宿一宵。

第二天清早起來，問了農夫的路徑，再上山去找尋；轉過山崗，只見一叢松林，有四五個樵夫，從林下挑著柴草行來。楊綰上去問李泌的家屋，那樵夫用手指著東北山峰下的數間茅屋，說：「那便是李相國的家屋。」

楊綰依著他的方向走去，見前面一條小徑，架著一座小石橋，清泉曲折，從橋下流過；水聲潺潺，送入耳中，令人俗念都消。時有一山人，閒坐在橋頭，抬頭看雲；楊綰從他跟前走過，後面隨著十個內監，個個手中捧著禮物，一串兒走過橋來，那山人只是抬頭望著天，好似不曾看見一般。

楊綰到那茅屋下，扣著柴扉，出來了一個綰髻的童兒；問李泌時，說到附近山上遊玩去了。楊綰求

這童兒引著路尋覓去，那童兒說：「家中無人看門。」楊綰便把十個內監留下，替童兒看守茅屋；自己則跟著童兒，沿溪邊小路尋去。

誰知走不多幾步路，在那小橋上便遇著這李泌；楊綰一看，認得便是方才坐在橋欄上，抬頭看著雲的山人，忙向李泌打躬拜見，一齊回到茅屋去。楊綰方取出聖旨來宣讀，李泌拜過聖恩，便說：「隱居多年，山野性成，不能再受拘束。」便要寫表辭謝。經楊綰再三勸說：「聖上眷念甚深，不可違旨。」李泌沒奈何，便留楊綰和十個內監，在山中宿一宵；第二天，一齊下了赤雲山，向京師進發。

到得京師，進宮朝見萬歲；那代宗見了李泌，十分喜悅，立賜金紫，又欲拜李泌為相。李泌再三辭謝，代宗便命在蓬萊殿西邊，建築一座書院，擅樓閣池石之勝，令李泌住在書院中；代宗每至閒暇時候，便從蓬萊殿走到書院中去，找李泌閒談著。所有軍國大事，無不與李泌商酌辦理；李泌素不食肉，代宗特設盛大筵宴，賜李泌食肉，這李泌礙於皇命，沒奈何只得破戒食肉。

代宗又打聽得，李泌年已四十六歲，尚未娶妻；代宗便替李泌作媒，娶朔方留後李暐甥女竇氏為妻，賜第安福里。那宅第建造得十分高大，在完婚的這一天，代宗皇帝親自到李泌家中來主持婚禮；李泌和新夫人雙雙朝見萬歲，代宗又賜新夫人寶物二箱。

這新夫人竇氏，年才十九歲，長得千嬌百媚；夫妻二人十分恩愛。代宗在宮中，也時時賞賜金帛；李泌夫婦二人，也常常入宮去謝恩。第二年，竇氏產下一男孩兒來，代宗賜名一個蘩字。

元載見李泌的權勢一天大似一天，心中十分妒忌；常在代宗跟前，說李泌才堪外用。在元載的意思，欲調泌出外，拔去了眼中釘；讓他一人在朝中獨斷獨行，不受人鉗掣。

這時，適有江西觀察使魏少游，請簡官吏，元載便把李泌推舉上去；代宗亦知道元載有意排去李泌，特召李泌進宮密語，道：「元載不肯容卿，朕今令卿往江西暫時安處；俟朕除去元載，再行召卿進京。」李泌聽了代宗的話，便唯唯受命，出為江西判官。

元載見泌已南去，益發專橫；同平章事王縉，朋比為奸，貪風大熾，各路州郡俱有元載的心腹安放著。元載的岳父褚義，原是一個田舍翁，一無才識，久住在宣州地方；他打聽得女婿權傾天下，便急急趕進京來，向元載求官，元載給予一信，令往河北。

褚義得信，心中怨女婿淡薄；行至幽州地方，私地裏打開信封來看，只見白紙一頁，上面只寫「元載」二字。這褚義到此時，弄得進退兩難，不得已，懷著信去謁見幽州判官；誰知這判官看了元載的信，很是敬重，問明了褚義的來意，便去報與節度使知道。節度使立開盛筵，尊為上客，留在節度使衙署中盤桓了幾天；臨去的時候，贈絹千匹，黃金五百兩。這樣一個田舍翁，得了這一大注橫財，便夠他

一世吃著不盡了。

那時元載的妻子和王縉的弟妹，倚仗著她們夫兄的勢力，在外面招搖納賄；元載有書記卓英倩，生性更是貪狡，一味諂奉元載，尤得元載的歡心；因此天下求名利的人，都來買囑英倩一人，求他引見，英倩竟因此得坐擁巨貲，面團團作富家翁。

成都司錄李少良，上書力詆元載貪惡；元載即將奏摺扣住不送；一面便諷令御史官彈劾少良，矯詔少良入京，幽閉在一間暗室中，用狼牙棒打得他遍體鱗傷，流血滿地而死。

第八十二回　朝廷柱石

元載既打死了李少良，便有少良的友人韋頌，和殿中侍御史陸珽二人，叩闕呼冤；都被元載喝令武士擒下，打入死囚牢，韋、陸二人一時氣憤填膺，齊撞壁而死。代宗知道了，心中十分懊恨；只是平日被元載脅制住了，一時不敢翻臉；忽想起那浙西觀察使李栖筠，是一個忠義剛直之臣，便暗暗的下手詔，傳栖筠進京來，拜為御史大夫。

栖筠受職後，即查出吏部侍郎徐浩、薛邕，和京兆尹杜濟虛，禮部侍郎于劭四人，俱是元載黨羽，專門欺君罔上，黷貨賣官；栖筠給他一本參革，一齊罷官。元載深恨栖筠，便與同黨的陰謀陷害他；不多幾天，栖筠在家中，果然無疾而亡。

因此外邊許多人謠傳，說李栖筠是被元載買囑他的貼身人，用藥毒死的；代宗皇帝也十分悲傷懷疑，只是元載在朝中的黨羽甚多，一時又拿不到他的真憑實據，便也只得忍耐在心中。但元載見李栖筠去世，越是肆無忌憚，進事驕橫；代宗因此心中憂鬱，終日愁眉不展。

這一天，左金吾大將軍吳湊，入宮來朝見代宗；見萬歲爺面有憂色，趁著左右無人，便低聲奏道：「如今心腹大患，是元載一人；陛下是否因此人勞心？」

代宗長嘆一聲，說道：「朝事荒墮，全是朕一人之過；元載之敢於大膽妄為，亦朕平日縱任所致，今欲除之，亦已難矣！」

原來這位吳大將軍，是章敬皇后的胞弟，與代宗有甥舅之親；平日忠心為國，君臣素稱相得。今吳將軍一句話，打動了萬歲爺的心事；當時君臣二人便在宮中密密計議，直到更深，才退出宮來。第二天，吳將軍在家中，悄悄的召集吏部尚書劉晏、御史大夫李涵、散騎常侍蕭昕、禮部侍郎常兗；可憐這時朝官號稱正直的大臣，也只有這五六人了！

吳將軍受了代宗皇帝的密意，與這五六個忠義大臣，在府中南書齋裏，商議國家大事；正說話時候，忽見一個壯士直闖進屋中來，眾人大驚，十幾道眼光，齊注定在那壯士身上。見那壯士黑紗罩住臉面，直立在當門，一言不發；吳將軍按著劍，大聲喝問：「何人？」

那壯士舉手把臉上黑紗揭去，慌得一屋子的人，一齊跪倒在地，口稱：「萬歲！」

原來那壯士打扮的，竟是代宗皇帝！他見事機危急，便改裝做禁兵模樣，混出宮來；跨一頭黑馬，飛也似的跑到國舅府中，跳下馬，便向府中直闖。府中自有守衛家將把守大門，今日府中秘密會議，關防更是嚴禁，見這禁兵進來，齊向前去攔阻；那禁兵把手中小紅旗一舉，家將們知道是宮中的密使，便讓出一條路，放禁兵進去。

原來唐朝時候，皇帝有密事宣召大臣，便從宮中派一密使出來；手執小紅旗，上有金印為憑。誰知今日這個密使，竟是代宗皇帝自己充當的。

當時招呼眾位大臣入座，憤憤的說道：「昨夜有內侍探得消息，說近日元載與王縉謀反；連日在元載私宅中，借著夜醮為名，召集徒黨，密謀起事。如今禁兵在元載手中，便由元載指揮禁兵，旦夕圍攻宮廷；意欲劫朕西去，挾天子以號令百官，眾大臣皆忠義之士，豈能坐視亂臣賊子傾覆李家社稷耶？」

眾大臣聽了代宗的話，個個露著悲憤之色，有扼腕嘆息的，有拍桌大罵的；一室中，君臣們也忘了儀節，只是紛擾了半天，卻想不出一條計策來。滿室靜悄悄的，半晌，忽見又有一個壯士打扮的走進屋子裏來；眾人看時，吳將軍認識是府中的守衛長，名余龍的，便喝令退出去。

誰知這余龍好似不曾聽得主人的話一般，看他搶上幾步，當著他主人跟前，噗的跪倒在地；說道：「萬歲爺有急難，責在主公，主公有急難，責在小人；今日事機已迫，小人卻有一計。」

吳將軍問：「汝有何計？快快說來！」

那余龍趴在地下，說道：「小人想元載這奸賊，平日膽大妄為；卻有一人是他的心腹爪牙。」

吳將軍道：「卻是何人？汝且說來。」

余龍道：「便是左衛將軍，知內侍省事董秀。」

這句話一說，滿屋子的人都不覺愕然；原來，董秀這人是統帶御林軍的，時時隨在皇帝左右，代宗皇帝也拿他當心腹看待。如今聽說此人也與奸臣同黨，真出於眾人意料之外；吳將軍卻不信，說道：「汝言可有證據？」

余龍道：「小人有一八拜之交，名常勝的；他當著董秀家的守衛長，所有他家主公和元載二人的來蹤去跡，俱看在常勝眼中。如今元載、董秀二人的蹤跡，過往愈密了；常勝在一旁都聽得仔細，心中也是氣憤，來與小人說知，意欲辭了這守衛長的差使不幹，免得他日事敗以後，玉石不分。是小人勸他耐著性兒；如今聽萬歲說了，小人才敢說。如今小人意欲去把常勝喚來，請主公和他商量，看有什麼妙計；我們今日只須把董秀擒下，便什麼事也不怕了。」

代宗聽余龍說到這裏，便也忍不住說道：「好好！快去把常勝喚來，便著在常勝身上，把那董秀擒下；事成之後，朕自有重賞。」余龍見萬歲對他說話了，慌得他忙上去磕頭謝恩，起身倒退著出去。

這裏吳將軍勸代宗：「今日事機甚險，萬歲既已出宮，一時不宜回宮；且在臣家駐駕幾天，俟奸賊就擒，由臣等再護送陛下回宮。」眾大臣也都勸說，吳將軍便把南書齋收拾出一間臥室來，留皇帝住

下；一面也把眾大臣留住在府中伴駕，隨時商議機密。

那余龍一去，直到傍晚不見回來；吳將軍心中甚是掛念，看看屋中已上燈火了，忽聽得門外一片吵聲喧嚷，只見余龍和常勝二人，揪住那左衛將軍董秀，直至堂上。這時，董秀正準備去赴元載的秘密會議，不料那守衛長常勝，早已與余龍商議停妥，又與手下的守衛兵士暗約；俟董秀出門，經吳將軍府門口，那駕車的武士，卻把董秀的車輛直驅進府門來。

董秀坐在車上，大詫，連連喝問時；那常勝上去，劈胸一把，把董秀拖下車來，余龍也上去幫著，兩人前牽後擁的，直上吳將軍堂來。把個董秀拖得衣帶散亂，紗帽歪斜，董秀大聲咆哮著；正喧嚷的時候，忽見吳溱手捧皇帝詔書，踱出堂來，大聲宣讀道：「董秀聽旨！」

董秀到此時，也不敢倔強，只得轉身向內跪倒；聽詔書上說道：「元載謀為不軌，董秀素為內援，著左金吾大將軍吳溱拿下，嚴刑審問。」

董秀聽了詔書，還是嘵嘵辯說；吳將軍只喝得一聲：「搜！」上來四個武士，擒住董秀兩手，向他身上裏外一搜，不見有什麼夾帶；又抓下紗帽來，向帽中髮髻中細細搜索一番，也看不出破綻來。吳將軍又吩咐脫下靴來，果然在靴統子裏，搜出一捲文書來；吳將軍接在手中看時，竟是元載和王縉二人密謀起事的案卷，上面寫明謀反日期，和幾路兵圍攻宮廷，幾路兵擒捉國戚大臣，寫得明明白白。

吳將軍看了不覺大怒，便把聖旨高高供起，在一旁設著一張公案；吳將軍就公案前坐下，武士推著董秀，跪在案下。堂上喝一聲：「打！」那大杖小棍，一齊向董秀身上打下去；那董秀只是忍著痛，一言不發，吳將軍愈是憤怒，喝令把奸賊上下衣服剝去，用皮鞭痛打。這董秀真是一個鐵漢，打得渾身皮開肉綻，只在滿地下打著滾；竟咬緊牙關，不嚷一聲痛，也不招承一句話。

吳將軍看看無法可想，還是那余龍在一旁看了，心生一計，向他主公耳邊低低的說了一句話；吳將軍點著頭，余龍便去廚下，取一大桶鹽滷來，向董秀身上潑去。那皮肉新開了裂的地方，一沾了鹽滷，便痛澈心骨；任你是一條好漢，也忍不住大聲叫喊起來，連說：「犯官願意招認了！」當下吳將軍取得口供。

原來元載和董秀約定在大曆十二年三月朔日起事，董秀帶領御林軍，在宮中為內應；元載又約王縉，調來四城兵馬包圍京城。代宗聽說平日親信的董秀，果然為奸賊內應，不覺大怒，便親自出至大堂；董秀見萬歲爺在上，早嚇得匍匐在地，不住的叩首求饒。

代宗一腔怒氣，盡發洩在董秀身上，喝令常勝和余龍二人，用亂棍活活的把董秀打死在堂下；一面下旨，令左金吾大將軍吳湊兼統御林軍，連夜點起一千兵馬，悄悄的去把那元載的一座府第團團圍住。一聲吶喊，直撲進去，吳將軍仗劍當先，聽了董秀的口供，知道他們都在萃秀軒中聚會；便領著百餘個武士，向萃秀軒中趕來，其餘的兵士和府中的守衛兵廝殺。

府中原有三百名守衛兵，兩下裏捉對兒，在廊頭壁角上火併起來，吳將軍也不去管他們，急急去找尋元載一班人；誰知道搶進萃秀軒中看時，已走得一個也不留。吳將軍知道他們躲向後花園中去了，便又趕進後花園去，分頭搜尋；果然在花木叢中、山石洞裏，一個一個的揪出來。

吳溱認得都是在朝的官員，共搜出了五個人，獨不見那元載和王縉二人；吳將軍又向四下裏尋找，一抬頭，見有一個穿紅袍的正爬在牆上，想逃出牆外去。吳將軍一縱身，搶上前揪住袍角，把那人拉下地來；一看，正是那同平章事王縉。

吳將軍喝問：「元載這奸賊躲在何處？」王縉只是不說，吳將軍拿劍鋒擱在王縉脖子上，王縉害怕起來，才把手指著牆外，說：「已逃出牆外去了。」

吳將軍只是微笑著，也不追尋，一手揪住王縉的衣領，回至堂上來；那府中三百個守衛兵，俱被御林軍士活捉的活捉，殺翻的殺翻，滿院子東倒西橫的，盡是死人。吳將軍檢點，共捉住八個官員，喝武士拿一根長繩，把八個官員一串兒捆綁著；正綑綁停當，忽見二三十個御林軍士，早已提住那元載，拿繩子綑綁成一隻粽子一樣，用大槓抬著送上堂來。

那元載見了吳溱，便大喊道：「國舅快做個人情，鬆鬆綁兒！」原來，吳將軍早已埋伏著一支兵士，在後花園牆外；元載逃出牆去，正是垂手而得。

當時，元載不住的喚著：「國舅救我！」，吳將軍也不去睬他；御林軍士原帶著十數個囚籠，到此時抬過囚籠來，一一裝進去，一大隊軍士押著，送往政事堂來。次日，代宗下旨，著左金吾大將軍吳溱，會同吏部尚書劉晏、御史大夫李涵、散騎常侍蕭昕、禮部侍郎常兗開堂公審；元載和王縉至此時無可抵賴，只得悉數供認。一班承審官吏不敢怠慢，據實奏聞；朝旨下來，令刑官監視，賜元載自盡。

這元載一身貪惡，更甚於魚朝恩，剝削同僚，人人痛恨；今見朝旨賜死，人人心中痛快。元載臨刑的時候，願求速死；那刑官冷笑道：「相公當朝二十年，行盡威福；今日落在下官手中，也是天網恢恢，疏而不漏。相公平日辱人多矣，今日稍受些污辱，想也不妨！」說罷，脫下腳上污襪來，塞在元載口內；然後慢慢的將他縊死，屍身抛在政事堂階下，暴露了三天，任百姓們觀看踐踏。

元載之妻王氏，係前河西節度使王忠嗣之女，驕侈潑悍；生三子，長子名伯和，次子仲武，幼子名季能，無一成材的。伯和官拜參軍，仲武官拜員外郎，季能官拜校書郎，依勢作惡，貪刻肆淫；在京城中，立南北兩第，廣置姬妾，多蓄優伶，聲色犬馬件件皆精。至此，元載已死，朝旨令將元載妻子一併正法，家產沒入宮中，財帛以萬計；中如胡菽一物，多至八百石，盡分賜中書門下臺省各官。

王縉原當賜死，後劉晏奏稱，國法宜分首從；便將王縉貶為括州刺史，吏部侍郎楊炎、諫議大夫韓洄、包佶、起居舍人韓會等一班官吏，俱是在元載家中捉住的，分別貶官。惟卓英倩一行六個官員，罪情重大，立刻於政事堂上用杖打死。

英倩之弟英璘，家居金州，橫行鄉里，結識一班遊民；知其兄伏誅，便糾眾作亂，被金州刺史孫道平統兵圍捕，一鼓成擒，當即斬首號令，奏報到京。代宗餘怒未平，復打發中使，至元載家鄉發掘元載祖墳；自祖父以下，皆毀棺裂屍，平家廟，燒木主，才消得代宗皇帝胸頭之氣。

從來朝內宦官弄權，沒有不外結藩鎮的；唐朝安史之亂、藩鎮之禍，從此開始。

當時，肅宗、代宗二帝，皆因宮廷變亂，無暇顧及邊疆；這時安史雖平，而安史的餘孽尚在。那河北四鎮，統是安史的舊部，據有遺眾，漸覺驕橫；盧龍節度使李懷仙，性情暴戾，為幽州兵馬使朱希彩所殺，自稱留後。代宗優柔寡斷，專事姑息，仍任希彩為節度使；希彩部下又是不服，復將希彩殺死，改推經略使朱泚為元帥，代宗便也順了部下的意思，把朱泚任為節度使。

那時，相、衛二州的節度使薛嵩病死，子名平，年只十二歲，將士推他繼承父職；平又將此職讓與叔父薛蕚，夜奉父喪，奔歸鄉里，薛蕚遂自稱留後，代宗也無法可治，只得聽其自然。此中，獨魏博節

度使田承嗣，最是跋扈，公然為安祿山、史思明二人建造祠堂，稱做四聖；又上表求為宰相，代宗遣使慰諭，令其毀去四聖祠，便授他同平章事。

田承嗣有一子，名華，更是淫惡；他依仗父親的權勢，在魏、博兩州的地方，專門姦淫良家婦女。那婦女們被姦污了，有含羞自盡的，也有吵鬧到節度衙門裏去的；田承嗣見有婦女吵進衙門來，便吩咐守衛兵，皆用亂棍打死。

可憐這班婦女，盡是白白的受了糟蹋，白白的送了性命；她家的父兄嚇得縮著頭，躲在家裏，誰敢說一個不字。那田華色膽愈鬧愈大，見部下將士的妻小略有長得體面些的，他便用強霸佔；那班將士，人人敢怒而不敢言。

代宗皇帝的一個幼女：永樂公主，長得十分嫵媚；田華年幼時候，隨著父親進宮去，曾見過一面。他好色之性，自幼生成；直至如今，心中還念念不忘這位永樂公主。今見代宗遣使，來勸田承嗣毀去四聖祠，承嗣上表，便替他兒子田華求婚；代宗皇帝欲收服田承嗣，竟把這心愛的永樂公主，下嫁給承嗣之子田華為妻。

這田華性格粗暴，他仗著父親藩鎮的權勢，便也不把公主放在眼中，一樣的大聲呼叱，任意作踐；獨可憐這位公主，雖說是金枝玉葉，受這莽夫的欺凌，也只得忍氣吞聲的過著日子。這承嗣做了皇親國戚，愈是驕橫起來；便密誘相衛兵馬使斐志清，逐去留後薛蕚，率眾歸承嗣。承嗣即引兵襲取相州，代宗下旨阻止，承嗣抗不奉詔，反進陷洛、衛二州；從此田承嗣的聲勢，一天浩大似一天。

代宗忍無可忍，便下詔河東節度使薛兼訓、成德李寶臣、幽州朱滔、昭義李承昭、淄青李正己、淮西李忠臣、永平李勉、汴宋田神玉，諸路兵馬共六萬人，會攻承嗣；又下詔貶承嗣為永州刺史，承嗣諸子皆逐居惡地。承嗣不奉詔，與諸路兵戰，往往能以詭計取勝。

承嗣諸子中，尤以長子悅驍勇善戰；諸路兵馬俱被他擊敗，反被他佔據三四處州城，聲勢甚是銳急。看著已攻至臨洺城下，這地方是河東咽喉；臨洺若失，中原大震。當時諸路人馬，俱被田承嗣、田悅父子二路強兵衝斷，不通消息；臨洺守將張伾，死守了三個月，糧盡援絕，其勢甚危。

張伾有一愛女，面貌秀美，平日視如掌上明珠；至此，張伾不得已，便將愛女粧飾得十分嬌艷，使其坐在白玉盤中，出示眾軍，道：「今城中庫廩竭矣，願以此女代償餉糈！」兵士俱大感動，不覺淚下，請為主將出一死戰；開城鼓噪而出，銳不可當。田悅大敗，退五十里；略得糧米無數，張伾收軍入城，依舊深溝高壘，死守待援。

後張伾思得一計，趁東風大作，便紮成一紙鳶，臨高放去；飛騰空中百餘丈，過田悅營。悅使善射者騎馬追射之，不可得；落河東馬燧營中，見鳶背上有字，道：「三日不解，臨洺士且為悅食。」馬燧

便合河陽李芃，與昭義軍，三路往救張伾；田承嗣父子被眾軍包圍，勢不得脫。馬燧出銳兵，鼓噪直撲承嗣營，斬首五百級；承嗣軍大亂，與田悅率餘兵夜遁，盡棄旗幕、鎧仗五千乘。

田氏父子窮無所歸，便迫令永樂公主上書求情，許承嗣入朝請罪；代宗皇帝念在公主面上，便許了承嗣的請求，有詔復田氏父子原官，又賜鐵券。這時承嗣已年老，至大曆十四年一病身亡，年已七十五歲；但到大曆十四年五月，代宗也駕崩。

遺詔召郭子儀入京，攝行家宰事；立太子適為嗣皇帝，即位於太極殿，稱德宗皇帝。尊郭子儀為尚父，加職太尉，兼中書令；封朱泚為遂寧王，兼同平章事。兩人位兼將相，實皆不問朝政；獨常兗居政事堂，每遇奏請，往往代二人署名。

朱泚也是一個工於心計的人，從前將同乳貓鼠獻與代宗，說是國家的祥瑞；常兗便率領百官，入朝稱賀。獨崔祐甫上表力排眾議，道：「物反常為妖，貓本捕鼠；與鼠同乳，確是反常，應視為妖，何得稱賀？」常兗從此怨恨崔祐甫。及德宗即位，因會議喪服，祐甫說當遵遺詔，臣民三日釋服；常兗說人民可三日，群臣應服二十七日，兩人便大爭起來。

常兗便上表斥祐甫為率情變禮，請加貶斥，署名連及郭、朱二人；德宗便貶祐甫為河南少尹。繼而，郭子儀與朱泚又表稱祐甫無罪；德宗大詫，以為前後言不相符，召問實情。二人皆說，前奏未曾列名，乃是常兗私署的；德宗斥常兗為欺君罔上，貶為潮州刺史，便令祐甫代相，給以專權，真是言聽計從，知遇甚深。

又下詔，令罷四方貢獻；所有梨園子弟概隸屬太常，不必另外供奉。天下毋得奏祥瑞，縱馴象，出宮女；設登聞鼓於朝門，人民如有冤屈，得撾登聞鼓，發下三司詢問。人民大悅；便是四方軍士，也都歡舞起來。

德宗皇帝又因代宗沈妃，是自己親生的母親，只因多年尋訪不得，心中萬分想念；如今自己登了帝位，便先下詔，封沈氏為睿真皇太后，贈太后曾祖士衡為太保，祖介福為太傅，父易直為太師，太后弟易良為司空，易直子震為太尉。一日之間，封拜一百二十七人；所有詔旨，皆用錦翠飾以御馬，馱至沈氏家中。

易良有妻崔氏，十分美艷；德宗召入相見，十分尊重。召後宮王美人、韋美人出拜，稱為舅娘；王、韋二美人拜見，詔舅娘勿答拜。至建中元年，又冊前上皇太后沈氏尊號；崔祐甫善畫，帝命繪太后像，供奉在含元殿，舉行大祭。德宗全身袞冕，出自左階，立東方，群臣立西方；帝再拜上冊，欷歔感咽，泣不可仰，左右百官皆泣下。

中書舍人高參上議，倣漢文帝即位，遺薄昭迎太后於代的故事；今有司擇日，分遣諸沈氏子弟，行

州縣咨訪，以宣述皇帝孝思，或得上天降休，靈命允答。若審知皇太后行在，然後遣大臣備法駕，奉迎還宮；但擾攘經年，依然杳無消息。

這沈氏太后，原是代宗侍女，與代宗情愛甚深；今德宗皇帝在東宮時候，也曾愛戀一位美人。雖只與這美人會面一次，但心中依戀著，永遠不能忘卻；今日身為皇帝，後宮佳麗甚眾，但都不能如此美人顏色。

第八十三回　千嬌百媚

當時在朝大臣，有一位王承昇；德宗在東宮時候，與他十分相投。承昇好琴，德宗亦好琴；承昇有妹名珠的，善彈琴。一日，王承昇邀太子至私宅聽妹奏琴；二人高坐廳事，中圍絳屏，王珠坐屏後，叮咚的琴聲，徐徐傳出屏外來。

德宗正飲酒時，聽得琴聲悠揚悅耳，不覺停下手中酒杯，凝神聽著；那琴聲忽如鸞鳳和鳴，忽如風濤怒吼，一曲彈罷，德宗不住的拍案，讚嘆不絕口。德宗在東宮時候，久已聽人傳說這王珠小姐，長得是天姿國色，心中也十分企慕；如今聽了琴聲，更覺得這美人可愛，當時便對王承昇說，願請令妹相見。

承昇奉了太子諭言，便諾諾連聲，以為自己妹子得太子青眼，將來必定富貴無極；一團歡喜，跑進內室去，和他妹妹說知，催她速速打扮起來，與太子相見，自己便回身出來，伴著太子飲酒。這太子也因得見美人，心中自然也覺高興；兩人淺斟低酌的飲了多時，卻還不見這位王珠小姐出來。急得王承昇

又趕進後院去催時，只見他妹妹依舊是亂頭粗服的躺在繡榻上，手中捧著書卷兒看著，好似沒事人兒一般；王承昇十分詫異，忙上去催他妹妹快快修飾起來，好出去拜見當今太子。

好一個王珠小姐，她哥哥在火裏，她自己卻在水裏；見她哥哥急得在屋子裏亂轉，不禁嫣然微笑，說道：「什麼太子，與我女孩兒有什麼相干，也值得急到這個樣兒！你們男子只圖功名富貴，我們做女孩兒的，卻不圖什麼功名富貴，不見也罷了！」

王承昇聽他妹妹說出不見兩字，急得忙向他妹妹打恭作揖，說道：「好妹妹，妳看做哥哥的面上，胡亂出去見一見吧！」

王珠聽說，便笑吟吟的站起身來，對了鏡子，把鬢兒略攏了一攏；也不施脂粉，也不換衣裙，扶住丫鬟的肩兒，便嬝嬝婷婷的向外院走去。王承昇急急搶出去，趕在他妹妹前面，向太子報著名兒，說：「弱妹王珠，拜見千歲。」那王珠便也盈盈拜下地去。

德宗看時，果然脂粉不施，天然妙麗；心中恍恍惚惚，便也站起身來，意欲上前伸過手去扶時，那王珠已站起身來，翩若驚鴻，轉身進去了。這裏太子痴痴的立著，還是王承昇上去招呼，請太子再入席飲酒；德宗也無心再坐了，起身告辭，回東宮去，從此眠思夢想，飲食無味。

這時，王貴嬪最得德宗寵愛，見千歲忽然變了心情，百般探聽，才知道為想念王家的閨女而起，王貴嬪便設法去與皇后說知，皇后奏聞皇上；那時，代宗皇帝最是疼愛德宗，聽說王承昇之妹有絕世姿色，便先遣宗室大臣李晟夫婦二人，至王家傳諭，欲納王珠為太子貴嬪。

李晟夫人陳氏，奉了皇后懿命，便帶領宮中保母，直到王家內宅，服侍王珠香湯沐浴；又在暖室裏，解下她上下的衣裳看時，只見她膚如凝脂，腰如弱柳，雙肩削玉，乳峰高聳，臀闊臍圓，腿潤趾斂。又看她面色嬌艷，朱唇玉準，甚是秀美；髮長委地，宛轉光潤。陳氏一邊看著，一邊讚嘆道：「這女孩兒我見猶憐，真是天地間的尤物！」

可憐這王珠是一個女孩兒，身體萬分嬌羞；如今被一班蠢婦人，拿她翻弄玩賞著，早不覺把她羞得涔涔淚下。後來聽說要宣召她進宮去，封她做太子的貴嬪；她便嬌聲啼哭起來，說：「死也不肯進宮去！」又說：「自古來帝王，除玄宗皇帝以外，全是薄倖男子；女孩兒一進宮去，決沒有好結果的。」

她哥哥也進來勸說：「今日的千歲，便是將來的萬歲；妹子一進宮去，得了千歲的寵愛，怕不將來做到娘娘的份兒。」

王承昇再三的說著、勸著、又安慰著；王珠被她哥哥逼著，無可推托，便說道：「我如今年紀還小，懂不得什麼禮節；倘到東宮去，有什麼失禮的地方，豈不連累了哥哥？既承千歲青眼，便請哥哥去

轉求著太子，俟太子登了大位，冊立我為貴妃時，再進宮也未遲。今日若要我進宮去，說不得我犯了違旨之罪，便拿我碎屍萬段，也是無用！」

王承昇素知他妹妹生性剛烈，若違拗了她，便真的人命也鬧得出來；當即到東宮去，把他妹妹的話奏明太子。這太子果然是多情種子，聽說王珠願做他的貴妃，便也甘心耐性守著。

一轉眼，德宗登了大位，做了皇帝；原有一位貴嬪王氏，平時甚是寵愛，自貞元三年得了一病，終年臥床不起。在病時，只記念她親生的皇子，勸德宗皇帝立皇子為太子；德宗要安王貴嬪的心，便立皇子為太子，又冊立王貴嬪為皇后。這一天，在坤德宮舉行冊立的典禮，禮才畢，可憐王皇后已氣力不支，雙目一閉，氣絕過去死了；德宗十分悲傷，直到舉殯立廟，諸事已畢，德宗還是想念著皇后，每日愁眉淚眼。

宗室王公大臣李晟、渾瑊等，見皇帝如此愁苦，怕苦壞了身體，便輪流著陪伴皇帝，在御苑中飲酒說笑遊玩；宰相張延賞、柳渾等，又製成樂曲，付宮女歌舞。德宗的悲懷漸漸的解了，猛然想起那王家美人；便令翰林學士吳通玄，捧著皇帝冊文，至王承昇家中宣讀，立王珠為懿貴妃。

這時，那王珠出落得愈是美麗了，德宗拿她宣進宮去，如珍寶一般的捧著；從此把坐朝的大事也忘了，終日陪伴著王貴妃起坐玩笑，把那後宮的三千粉黛，都丟在腦背後。每夜臨幸王貴妃宮中，見王貴妃肌膚白淨如玉，便拿寶庫中收藏著的珠玉，串成衣裳，賜王貴妃穿著；粉面脂香，襯著珠光寶氣，更覺美麗得和天仙相似，德宗看了，不知如何寵愛才好。

這王貴妃生成又有潔癖的，每日須沐浴三次，梳洗三次，更衣三次；每一起坐，都有宮女挾著帔墊，在一旁伺候更換。每一飲食，必有八個宮女在左右檢看著酒飯；所以王貴妃每一行動，必有宮女數百人，前後擁護著。

德宗又為王貴妃起造一座水晶樓，樓中以水晶為壁；人行室中，形在四壁。水晶樓落成的一日，德宗便在樓下置酒高會，宣召大臣命婦和六宮嬪嬙，在樓下遊玩；一時笙歌疊奏，舞女連翩。

眾人正在歡笑的時候，忽然不見了這位王貴妃；德宗問時，宮女奏說：「娘娘上樓休息去了。」德宗是一刻不能離開王貴妃的，便急令宮女上樓宣召去；那宮女去了半天，卻不見王貴妃下樓來。德宗忍不住了，便親自上樓去看時，只見王貴妃坐在牙床上，低頭抹淚；德宗看了，心中又是痛惜，又是詫異。

說也奇怪，這王貴妃自進宮以來，從不曾開過笑口；任德宗皇帝百般哄說勸慰，她總是低頭默默。德宗皇帝見如此美人不開笑口，真是平生第一恨事；嘗自言自語道：「朕若得見王貴妃一笑，便拋棄了皇位也歡喜的。」

誰知這王貴妃竟是不肯笑，她非但不笑，愈是見皇帝寵愛，他卻愈見她娥眉緊鎖；德宗錯認做是自己恩情有欠缺的地方，便格外在美人身上用工夫。真是輕憐熱愛，千依百順；誰知愈弄愈壞，終日只聽得這王貴妃長吁短嘆。德宗只恐委屈了這位美人，便建造起這座水晶樓來，窮極華麗；滿心想到水晶樓落成之日，必得美人開口一笑，反而今日王貴妃竟痛哭起來。

她見德宗皇帝站在跟前，卻愈是哭得淒涼；德宗皇帝還想上前去撫慰她，忽見王貴妃哭拜在地，口口聲聲求著：「萬歲爺饒放了我這賤奴吧！賤奴自知命薄，受不住萬歲爺天一般大的恩寵，更受不了宮廷中這般拘束；賤奴自入宮以來，因想念家中，心如刀割。又因宮中禮節繁瑣，行動監視，宛如獄中囚犯；在萬歲爺百般寵愛，而在賤妾受之，則如芒刺在背，針氈在股，飲食無味，魂夢不安。萬歲爺如可憐賤妾命小福薄，務必放妾出宮，還我自然；則世世生生，感萬歲爺天高地厚之恩！」

德宗皇帝不料王貴妃會說出這番話來，心中十分掃興，一心要訓斥她幾句；又看她哭得雨帶梨花似的，十分可憐，便也默然下樓去，自尋一班妃嬪，飲酒作樂去了。但德宗皇帝心中，最寵愛的還是這位王貴妃；如今王貴妃不在跟前，便覺舉目淒涼，酒也懶得吃，歌也懶得聽，舞也懶得看了。

當時有李夫人和左貴嬪在跟前伺候著，她們巴不得王貴妃失了寵，自己可以爬上高枝兒去；李夫人裝出千嬌百媚的樣子來，勸萬歲爺飲酒，又說：「萬歲爺原也忒煞寵愛王貴妃了！從來說的，受寵而驕，也莫怪貴妃在萬歲爺跟前，做出這無禮的樣子來了。」

左貴嬪也接著說道：「這也怪不得王貴妃當不起萬歲爺天大的深恩，從來生成骨賤的人，絕不能當富貴榮華之福；我在母家時候，原養一婢女，名惜紅的，後來贈與我姨父為妾。姨父正值斷絃，見惜紅面貌姣好，便有扶為正室之意；誰知此妾賤骨生成，見主人加以寵愛，與為敵體，便百般推讓，不敢當夕。主人無可如何，便另娶繼妻，終因惜紅少好可愛，亦時賜以綺羅，贈以珠玉；但此妾皆屏之不御，終日亂頭粗服，雜入婢嫗，井臼操作，嬉笑自若。此豈非生成賤骨嗎？」

德宗聽了，也不覺大笑；當夜席散，德宗皇帝便臨幸左貴嬪宮中。次日起身，終不能忘情於王貴妃，又至水晶樓看時；只見王貴妃亦亂頭粗服，雜宮女中操作。德宗忽想起昨日左貴妃之言，不覺大笑；那王貴妃見了萬歲爺，依舊求著要放她出宮去。

德宗聽了，冷笑一聲，說道：「真是天生賤骨頭，無可救藥！」當下便傳總管太監下旨，除王貴妃名號，令王珠穿著原來入宮時的衣裳，用一輛小車讓王珠坐著，送出宮門，退還王家去；並傳諭王承昇，道：「汝妹真窮相女子，朕不可違天強留；彼命中注定寒乞，將來必不能安享富貴，可擇一軍校配之，不可仍令嫁與仕宦之家。」

王承昇領了皇帝諭旨，心中鬱鬱不樂，看他妹妹回得家來，卻一樣的笑逐顏開，嬌憨可憐；滿心想埋怨她幾句，看他妹妹又天真爛漫的趕著王承昇，只是哥哥長、哥哥短的喚著、說笑著，便也不忍得再說她了。王珠在家中，終日拉著府中婢媼，在後花園中嬉戲；有時在花前月下奏琴一曲，引得那班婢媼聽了，也一個個的手舞足蹈的快樂起來。

這時有一個元士會，官拜中書舍人，面貌十分清秀，也深通音律；如今三十二歲，和王承昇原是知己朋友，只因年齡比王承昇小著三年，便拜王承昇為兄。娶一妻室鍾氏，卻也解得宮商；夫婦二人在閨房之內，調琴弄瑟，甚是相得。

這王珠小姐做閨女的時候，也曾幾次和元士會相見，談起音樂，彼此津津有味；只因避著男女之嫌，也不敢常常見面。王珠也曾在一班婢媼跟前，誇說元士會是當今第一才子；不知怎的，這一句話竟輾轉傳到了元士會耳中，便不覺起了知己之感。害得元士會好似害了瘋病一般，常常獨自一人坐在書房中，嘆說道：「王家小姐，真是我元士會的知己！」

這句話落在鍾氏耳中，夫婦之間也曾起了一番爭執；從此，鍾氏便禁著她丈夫，不許他再到王家去了。那王珠小姐，不久也被德宗皇帝宣進宮去，冊立為貴妃，卻也斷了兩邊的妄想；不料，如今這王小姐，又從宮裏退出來，住在家中，依然做了待嫁的孤鸞。

這一天，元士會因久不來王家了，在家中悶坐無聊，便信步至王府中來訪問王承昇；適值承昇不在家中，這元士會是在王家走熟的人，他來到王家自由進出，也沒人去干預他。王承昇這時雖說不在家中，這元士會仍走進承昇的書房中去閒坐，身才坐下，忽聽得琤瑽的琴聲，從隔牆傳入耳中來；這是元士會心中所喜好的，便也忍不住站起身來，跟著琴聲尋去。

書房後牆開著一扇月洞門兒，原通著後花園的；元士會和王承昇琴酒之會，也常涉足園亭，所以這花園中的路徑也很熟悉。聽琴聲從東面牡丹臺邊傳來，便也從花徑轉去；果然見那王小姐，對花坐著鼓琴。說也奇怪，王小姐的琴聲竟能通人心曲；有客在偷聽琴聲，她琴絃上便感動了，變出音調來。

王小姐停下來，推開琴，笑著站起身來，說道：「琴聲入徵，必有佳客。」轉過身來一看，果然見元士會遠遠的站在荼蘼架下聽琴。

元士會見了王小姐，忙上前來著地一個揖，笑說道：「小姐彈得好琴，小生偷聽了。」

王珠一眼看見元士會一身縞素，便不覺問道：「元君宅上不知亡過了何人，卻穿如此的重孝？」

元士會見問，不覺嘆了一口氣，說道：「這也是寒家的不幸，拙妻鍾氏已於去年亡過了。我夫婦在日，在閨房中調琴弄瑟，卻也十分和好；如今小生記念著她，因此把孝服穿得重了一點。」

元士會說罷，王小姐禁不住接著說道：「好一個多情的相公！」轉又覺這句話說得太親密了；便止不住把粉腮兒羞得通紅，低著脖子，說不出第二句話來。

元士會見王小姐左右有婢媼陪伴著，她又是冊立過貴妃的，自己是一個男子，也不便在此地久立，當即告辭；回到家中，不知怎的，從此便坐立不安起來。好不容易，捱到第二天，他依舊假著訪問王承昇為名，跑到王府中去；那王承昇正在家中，知己朋友多日不見，自然有番知心話。

王承昇又見元士會容色鬱鬱，知道他是因新喪了妻子，心中還不忘悲傷，便又用好話寬慰了一番；他卻不知道元士會別有心事，一時不能如願，因此面色抑鬱，舉止徬徨，只苦於不好向王承昇說得。

元士會自從先一天在花園中，與王珠小姐相見以後，心中倍覺關切；他又是初次喪妻的人，正欲找一個閨中伴侶，解慰他的寂寞。這王珠小姐是他心中久已羨慕的人，又是一個妙解音樂的美人，叫他如何能不想；這一想，他和王承昇朋友之情，反淡了下去，只一心向著那閨房中的王珠小姐。

他每次到王家去，只礙著承昇，不能和美人見一面兒；他一連到王家去了三五次，總是和王承昇飲酒談笑，屢次想把愛慕他妹妹的話說出來。無奈他妹妹是冊立過貴妃的，如今雖說退出宮來，但這個美人，因曾承接過帝王，已視同禁臠，還有誰敢起這個求婚的妄想；因此他話在嘴邊，卻不敢說出來。

後來，終於想得了一個妙計；每日一早起來，他也不去隨班上朝，只在王家大門外遠遠的候著。見王承昇出門上朝去了，他便假意兒走上門去訪問王承昇；王家僕役回說，主人不在家中，他便假意在王承昇書房中延挨著候著。王家的僕役因他是主人的上客，便也不疑心他；這士會冷清清的一個人坐在書房中，直到王承昇退朝回家，才和他琴酒相會。

如此連著又是三五天，王承昇心中雖覺懷疑，卻也不好意思問得；誰知道，元士會一人坐在書房中，早有快嘴的丫頭，聽去傳說與珠小姐知道。這珠小姐自宮中出來，早已把羞澀的性情減去了不少；當時便扶著一個丫鬟的肩兒，出到書房中來，替她哥哥招呼客人。他二人原各有心事的，一談兩談；不知不覺，便各把心事吐露了出來。

士會趁著丫鬟不在跟前，那珠小姐正轉過柳腰去，撫弄著琴絃，士會正坐在珠小姐身後，兩情默默的時候；士會便忍不住站起身來，從珠小姐身後，縱身上去，把珠小姐的柳腰抱住，口中低低的說：「望小姐可憐小生孤身獨自！每日裏想著小姐，快要瘋癲了！」

那珠小姐原也久已心照的了，當時便一任他抱住腰肢，只是拿羅帕掩住粉面，嬌聲嗚咽起來；把個元士會慌得，不住的小姐長、小姐短地喚著、安慰著，又連連的追問：「小姐有什麼傷心之處，告與小

生知道；小生若可以為小姐解憂之處，便丟了小生的性命，也是甘心的！」

那珠小姐見問，便低低的嘆息了一聲，說道：「想我原是珠玉也似，潔白的一個女孩兒；自從被這臭皇帝硬把我拉到宮中去，糟蹋了我的身子，成了殘花敗柳，害我丟了廉恥，破了貞節。到如今，還有什麼面目見人呢？」

那元士會聽了，卻連連說道：「小姐切莫如此說，在小生，卻只把小姐當作清潔神聖的天仙一般看待呢！」接著，士會又問：「聽說小姐在宮中，深得萬歲爺的憐愛，珠玉裝飾，綺羅被體；為小姐又挑選數百個伶俐的宮女，終日伺候著，又為小姐建造一座水晶樓。如此恩情，小姐亦宜知萬歲的好意；卻為什麼定要辭退出宮來？」

珠小姐見問，卻不覺動了嬌嗔，伸著一個纖指兒，不禁向元士會額上輕輕的一點，說道：「虧你自命風雅的人，還問這個呢！你想這庸人俗富的地方，是咱們風雅的人可以住得的嗎？好好的一個女孩兒，一入了宮廷，便把廉恥也丟了；大家裝妖獻媚，哄著這臭皇帝歡喜。有不得皇帝臨幸的，便怨天尤人；便是盼得皇帝臨幸的，也拚著她女孩兒清潔的身體，任這淫惡的皇帝玩弄去。

做妃嬪的，除了每日打扮著，聽候皇帝玩弄以外；便是行動一步，笑談一句，也不得自由自在的。你想這種娼妓般的模樣，又好似終日關鎖在牢獄中的犯人一般；這種苦悶羞辱的日子，是我們清潔風雅的人，所捱得過的麼？」珠小姐說著，不覺憤憤的，粉腮兒也通紅，柳眉兒也倒豎起來。

士會在一旁，聽一句，不禁打一個躬；又聽珠小姐說道：「我如今是殘破的身子了，只求嫁一個清貧合意的郎君，一雙兩好的度著光陰；便是流為乞丐，也是甘心的。」

珠小姐說到這裏，竟把女兒們的害臊也忘記了；元士會便趁機上去拉住珠小姐的玉手，涎著臉，貼著身兒，說道：「那小姐看小生，可勉強中得選麼？」那珠小姐一任他握住手，只是搖著頭。

第八十四回　藩鎮崛起

王珠小姐到此時，百折柔腸，寸寸欲斷；士會見了如此美人，如何肯捨，便連連的追問。

只聽王珠嘆一口氣說道：「相公已太晚了！我當日原是好好的一位千金閨女，莫說人家羨慕，便是我自己也看得十分尊貴的；如今不但成了殘花敗柳，且已成了一個薄命的棄婦，誰也瞧不起了。莫說別人，便是我哥哥，從前要勸我進宮去的時候，便對著我妹妹長、妹妹短的哄著我；如今見我出宮來了，便也把我丟在腦後不理不睬了。如今誰來親近我，便也得不到好處。」

士會聽了，便說道：「我也不問好處不好處，我只覺得小姐可愛；我愛小姐，也不是從今天起頭兒了，當時只因小姐是一位黃花閨女，我又有一妻房在著。如今我妻子已死了，小姐又不幸出宮來，飄零一身；我不憐惜小姐，還有誰憐惜小姐呢？我不找小姐去做一個終身的伴兒，卻去找誰呢？」

王珠小姐說道：「你可知道，我出宮的時候，萬歲爺傳旨，不許我再嫁與仕宦之家，只許拿我去配給軍校；你若娶我去做繼室，你便要拋棄了前程，你可捨得麼？」

士會便指天誓日的說道：「我若得小姐為妻，莫說丟了冠帶，便窮餓而死，也不悔恨的！」

王珠小姐聽了士會如此一番深情的話，不覺嫣然一笑，道：「郎君可是真心的麼？」

士會噗的跪倒在地，又拉王珠小姐並肩兒跪下；一邊叩頭，一邊說道：「蒼天在上，我元士會今日情願棄官，娶王珠小姐為繼室，終身不相捐棄；若有食言之處，願遭天災而亡。」

王小姐聽了，忙伸手去捂住元士會的嘴；兩人相視一笑，手攙著手兒，齊身立起。王珠笑說道：「若得郎君如此多情，真薄命人之幸也！」

一句話不曾說完，只聽得外面一人，呵呵的笑著進來，口中說道：「若得賢弟如此多情，真吾妹之幸也！」王珠小姐早已看見，認得是她哥哥回來了；便啐了一聲，一轉身，如驚鴻似的逃出屋子去了。

這裏元士會和王承昇二人，說定了婚姻之事；元士會真的立刻把冠帶脫卸下來，交給王承昇，求他代奏皇上掛冠歸去。這裏王承昇念在同胞兄妹份上，便設了一席筵宴，替元士會夫婦二人餞別；王承昇家中原也富有，便拿了許多珍寶贈別。元士會家鄉在鄭州地方，還有幾畝薄田房屋；夫妻二人便雙雙回鄭州家鄉去住著，夫妻二人十分恩愛，朝彈一曲，暮下一局，卻也十分清閒。

這鄭州，原是一個小地方，那元士會的左右鄰居，盡是貧家小戶；見這元士會夫婦二人，忽然衣錦榮歸，便人人看得眼紅。又打聽得這位新夫人，曾經被當今萬歲爺冊立過貴妃的，引動得眾人一傳十，十傳百；那班鄉村婦女，把個元夫人當做天仙一般看待，個個上門來拜見。

那王珠小姐自從嫁得了元士會，便終日和顏悅色，笑逐顏開，再不如從前在宮中一般的愁眉淚眼了；因此那班村婦天天和她來纏擾，她也樂於和她們周旋，覺得和鄉村婦女周旋著，卻另有一種趣味。卻不知道便在這裏邊，惹出禍水來了。

那班鄉女去見了元夫人出來，便四處傳說這位夫人的美貌，真是天上少見，地下無有的；這話傳在一位姓褚的士子耳中。這褚官人仗著他父親在京中吏部為官，便在家鄉地方橫行不法起來；霸佔田土，魚肉鄉民，無惡不作。他有一樣最壞的毛病，便是愛姦污良家女子；他仗著鄭州刺史是他父親的門下，諸事自有刺史袒護他，因此終日在街頭巷尾，尋花覓柳。

這日，聽他鄰家一個少婦，去見了元夫人出來，傳說元夫人如何美貌；又說元夫人原是進宮去，經當今萬歲爺冊立過她做過貴妃的。如今私從宮中逃出來，卻和這位元相公勾搭上了；一個丟了冠帶，一個瞞了天子，帶著百萬家財，私逃回鄉間來。這幾句話，直攢進褚官人耳中去了；他第二天，便把衣帽穿戴得周全，竟老著臉皮，擠在那班村婦堆中，到元府去，要見那位元夫人。

那元府的僕役，見他是一個男子，如何肯放他進門去，早被來人吆喝著，驅逐出大門來；這褚官人

見不到這元夫人的面，便早夜眠食不安。他鄰家那個少婦，原和他結識下私情的；這時他便和少婦商量，要借那少婦的衣裙，假扮做一個婦人，混進元府去。見了元夫人，施展他勾引的手段，和美人兒親近一回，便死也情願；又說：「想她私奔著元相公，逃出京來的人，決不是什麼三貞九烈的婦女。」

那鄰家婦人，起初聽他說要去勾引那元夫人，怕丟了他的一段恩情，如何肯放褚官人去；後來再三遊說：「這元夫人從宮中私逃出來，必廣有金銀珍寶；如能勾搭上手，趁便偷了她的金銀珍寶出來，儘夠你我兩人一世的享用了。」

這鄰家少婦聽了這番話，才歡喜起來；便把自己的衣裙，揀一套漂亮的，與褚官人穿著，又替他梳一個雲髻，施了脂紛，貼了翠鈿。這褚官人原也長得敷粉何郎似的，眉眼兒十分清秀；所以那鄰家少婦捧著他，如寶貝一般，不肯輕易放手。

那少婦有一個小姑，也是不守婦道的人；她也看中了這褚官人多日了，只因自己面貌醜陋，褚官人也不愛她。她眼看著嫂嫂房中，藏著一個野男人，悶著一肚子乾醋；只因懼怕褚官人的勢力，不敢在外面聲張出來。如今見褚官人喬扮著姑娘們，要混進元府去，勾引元夫人；她想這報仇的機會到了，便躲在嫂嫂隔房，聽得清清楚楚。

當時，她便搶先一步，趕到元府去，向那看守門口的奴僕，悄悄的訴說了一番；那班奴僕跟著他主人在京中，耀武揚威慣了的，都不肯省事的人。當時聽那小姑來告訴了，都當作一件好玩的事；大家說道：「我們等這淫棍來時，剝得他赤條條，給他一頓老拳；這才知道我元府太爺的厲害呢。」說話之間，又有三五個鄉下婦人，手中提籃捧盒的；有的送水果來的，有的送蔬菜來的，都說要求見一見元夫人。那門丁因今天準備打褚官人，便把那班鄉婦一齊回絕了出去；過了一會，果然見一個碩長婦人，扭扭捏捏的行來。

那小姑這時還未走，見了那婦人，便隱在壁角裏，向那門丁呶嘴兒；那班奴僕一聲吆喝，便一擁上去，七手八腳的一陣亂扯，把那婦人身上的衣裙，扯成如蝴蝶兒一般，片片飛散。頓時，赤條條的露出男子的身體來，大家齊罵一聲臭囚囊，拳腳交下；那褚官人見不是路，便兩手捧著肚子，拔腳飛逃。饒你逃得再快，那身上臉上已著了十多拳，頓時青腫起來；褚官人也顧不得了，只低著頭向家中逃去。

他妻子見丈夫竟赤條條的由外面逃回，便十分驚詫；忙問時，褚官人也不說話，只向床上一倒。他被元府一個家人，踢傷了肚子，這一睡倒，忙請大夫治傷，足足醫治了一個多月，才能勉強起床；這一口怨氣，他如何忍得，便跑到鄭州刺史衙門裏去告密，說元士會誘逃宮眷。

這個罪名，何等重大！那鄭州刺史三年不得陞官，正要找一件事立功；聽了褚官人的話，正是富貴尋人，如何不認真辦去。他便調齊通班軍役，等到半夜時分，一聲吆喝，打進元府去；不問情由，便把元士會夫婦二人雙雙擒住，綑綁起來，打入囚籠，帶回衙門去。

可憐那元夫人，是一個千嬌百媚的美人兒，如何經得這陣仗兒，早已縮在囚籠裏，哭得和淚人兒一般；元士會看了，雖是萬分心痛，但也是無法可想。那位刺史官捉住了元士會夫婦二人，回衙去也不審問；第二天，一匹馬親自押著上路，曉行夜宿，逕向京師行來。

幸得鄭州地方離京師還不十分遠，不消半個月工夫，已到了京師；那刺史官把士會夫婦二人，直送到吏部大堂。那班堂官原都認識元士會的，只是他娶了王承昇的妹妹為繼室，這是秘密的事，眾人都不及知道；王承昇的妹妹，是經當朝萬歲爺冊立過為貴妃的，如今元士會竟大膽娶為妻子，這欺君犯上的罪，眾人都替他捏一把汗。

大家商議，看在同僚面上，便去把王承昇請來會議；那元夫人見了她哥哥，只是啼哭，深怨那鄭州刺史多事。王承昇只得看在兄妹的情分上，替元士會做一個和事佬，送了一筆程儀，打發鄭州刺史回去；又把士會夫婦二人帶回家去。

那元夫人在路上，經過了這一番風霜跋涉，她這嬌怯怯的身軀，早不覺大病起來；士會和他夫人是十分恩愛的，便躲在王府中調理湯藥。因自己是掛冠歸去的人，便不敢出頭露面，倘被人知道，他依舊逗留在京師，告到上官，又是一個欺君的罪名；好不容易盼到夫人病體痊癒了，王承昇便打發盤纏，送他夫婦回鄭州去。

誰知天下的事禍不單行，福無雙至。那鄭州元士會府中，只因士會不在家；一天深夜，打進來一群強人，把府中所有值錢的珍寶，打劫得乾乾淨淨，還殺死了兩個家人。這樁強盜命案，至今也還沒有一個著落；這也不用說了，顯然是那褚官人做下的事。

那褚官人原答應那鄰家少婦，把元夫人的金銀珍寶騙出來，和她過著日子的；如今看元士會犯了官司，押解進京去，這正是他下手的好機會。褚官人原結識了當地一班無賴光棍，慣做殺人放火事情的；他只須花幾文小錢，便招集了一班狐群狗黨，趁著黑夜趕到元府去，打破大門，見人便殺，見物便搶。

那看守府第的男女僕人，早嚇得屁滾尿流，四散奔逃，還有誰肯去替主人保守財物。不消一個更次，早把元府上的細軟財物，擄得乾乾淨淨，好似水洗過一般；待那防守官兵得到風聲趕來時，早已溜得無影無蹤。

褚官人宅子後面，原是臨河的；那班強人劫了財物，滿滿的裝了一船，悄悄的運進了褚家後面，在

藏糧食的地窖子裏，平分了贓物。其中獨樂死了那個鄰家淫婦，因褚官人給了她許多珍寶首飾；這件事，他們做得十分秘密，連褚官人的妻子也矇在鼓中。

只可憐元士會因得了這位美人，鬧得家破人亡，受盡驚慌，歷盡磨折；把元士會歷年積蓄下來的官俸，和他夫人的閨房私蓄，都被此次褚官人搶得乾乾淨淨，從此他兩夫婦在家度日也艱難起來，所有舊日奴僕見主人失了勢，也都星散了。

可憐元夫人身旁，只留下一個小丫頭，一切家務烹調的雜事，少不得要元夫人親自動手，把一個脂粉美人，頓時弄得亂頭粗服、憔悴可憐；元士會也是自幼兒享福慣的，見如今家計零落，他心愛的夫人井臼辛勞，也只有在一旁嘆氣的分兒。

這也是元夫人命中犯了魔蠍，她在廚下炊飯，只因身體十分疲倦，草草收拾，就伴她丈夫就寢；在不知不覺中留下了火種，待到夜深時候，那廚下火星暴發，頓時轟轟烈烈，把整個府第好似拋在洪爐中一般。元士會從夢中驚醒，只見滿室通紅，那千百條火舌，齊向他臥室中撲來；他也不及照顧衣物，只翻身把並頭睡著的夫人向腋下一挾，單衣赤足，向窗戶中跳出去。

回頭看時，那臥房已全被火燄包圍了；他夫人身上，只穿了一件小紅襖兒，寒夜北風甚是難禁，只聽他夫人一聲哭一聲喚著。元士會沒奈何，只好鼓著勇氣，再衝進屋子去；在屋子裏拾得幾件破裙襖兒，拿來與他夫人穿上，暫時抵敵了寒威。

這時，早已轟動了左鄰右舍，人頭擁擠，有幫著救火的，有幫著叫喊的；這一場火，直燒到天色微明，把一座高大府第燒成白地。元夫人想想自己命苦，又連累了丈夫這災難，便不禁望著那火燒場嗚咽痛哭；元士會只顧解勸他夫人的悲哀，卻把自己的悲哀反忘去了。

那一班閒人直圍定他夫妻二人，也有拍著手打哈哈的，也有說著俏皮話的；卻沒有一個人可憐他們，更沒有一個人招呼他們到屋中去坐的。元士會看他妻子柔腰纖足，站立多時，知道她腰酸足痛，心中萬分憐惜；便扶著他夫人向左右鄰家去，求他們暫時收留，討一碗水，給他夫人潤潤喉兒，借一個椅兒，給他夫人息息力兒。

誰知他二人走到東，東家不理，走到西，西家不睬；說他二人是晦氣鬼，沒得把他們的晦氣帶進門來。他們走遍了鄰里，從前鄰舍人家，搶著如看天仙一般找上門去，求著要看這位元夫人的；如今元夫人親自送上門來給他們看，他們卻好似見了鬼一般，把門關得緊騰騰的，連聲息也沒有。元士會沒奈何，只得扶著他夫人，慢慢的走到那離市街十里遠地方的一座破廟裏。

夫妻二人雙雙在神座下席地坐著，一位是朝廷命官，一位也是官家小姐；如今卻弄成這樣的下場，豈不可憐？士會怔怔的坐了半天，才想起此處，他有一位八拜至交，姓吳的朋友；士會興盛的時候，那

姓吳的也得過他許多好處。如今聽說他甚是得意，何不向他去借貸幾文，充作進京去的路費，找到了他內兄王承昇，再從長計議；當下把這個意思，對他夫人說知。

可憐他夫人自出娘胎，從不曾孤淒淒一人住在屋子裏的，何況是在這荒僻冷靜的破廟裏！元士會便替她把兩扇破廟門關起，搬了一塊石頭，抵著大門；又安慰了他夫人許多話，便從那廟的後門出去。元夫人親自去把那後門關閉上，獨自一人危坐在神座前候著；她心驚膽戰，從辰時直候到午牌時分，還不見她丈夫回來，把個元夫人急得在神座前掩面痛哭。

這一哭，把她滿腹的憂愁心事，都勾引起來了，直哭得淚枯腸斷；正嗚咽時候，她丈夫在外面打著後門，元夫人去開了進來。那士會只是嘆氣，元夫人連連問：「可能借得銀錢麼？」

士會道：「這狗賊，他見我失了勢，連見也不見我，只令他家僕役送了一兩銀子出來；我賭氣丟下銀子出來，一連走了四家，都推說沒有力量幫助。到最後，我實在無法可想了，去找一個新結識的朋友；倒還是那新朋友，拿出十兩銀子來。」士會說著，便把這銀子托在手中。

這元夫人在家中的時候，原是看慣金銀的，後來選入宮去，立為貴妃，更是看慣了堆天積地的金銀；到如今山窮水盡的時候，可憐她見了這十兩銀子，不由得不和寶貝一般看待。

當下他夫婦二人，僱了長行車馬，趕進京去；誰知到王府上一打聽，那王承昇已去世了一個多月。

只因元夫人不肯安居在宮中做貴妃，使她母家的人不得倚勢發跡；如今王承昇死了，那王夫人把個元夫人恨入骨髓，因此哥哥死了，也不曾去通報妹妹。

王夫人因丈夫死了，久住在京師地方也沒有什麼意思，便把一家細軟和奴僕子女，一齊搬出京城，回家鄉住去；把京師地方的房屋，賣給了刑部堂官喬琳。這喬琳和元士會素昧平生，兩人相見了，問起王承昇夫人的來蹤去跡，那喬琳也一口回絕，說不知道。

這次元士會夫婦二人到京師地方來，撲了一個空，真是上天無路，入地無門；回家既無盤費，又無財產，留在京師，也處處招人白眼。官家原是最勢利的地方，如今見元士會失了勢，還有誰肯去招呼他？又因元士會私娶了宮中的退妃，被萬歲爺知道了，還有罪名；因此元士會夫婦二人，在京師地方逗留不住，兩口子竟落在乞丐隊中，向外州外縣叫化度日去。這正合著德宗皇帝所說的，「窮相女子注定寒乞，將來必不能安享富貴」的這句話了。

這時德宗在位，朝廷中罷楊炎的相位，用右僕射侯希逸為司空，前永平節度使張鎰為中書侍郎；同平章事侯希逸不久便死，張鎰性情迂緩，只知考察煩瑣，一點沒有宰相的氣度。只有盧杞，他仗著德宗寵任，在位日久，便趁機攬權，侵軋同僚；當時楊炎權在己上，諸事不便，便決計要排去楊炎。

杞府中有一謀士，便想了一條栽害楊炎的計策，擬了一本奏章。楊炎新立的家廟，靠近曲江離宮，這地方在開元年間，有蕭嵩欲立私祠，玄宗因望其地有王者氣象，便不許蕭嵩之請；如今楊炎膽敢違背祖訓，立家祠於其上，是楊炎顯有謀篡的異志。

這奏章一遞上去，果然不出那謀士所料；德宗看了不覺大怒，立降楊炎官階為崖州司馬，並遣派八個禁兵押送前去。盧杞用了些銀錢，叮囑那禁兵，在半途上把楊炎縊死；德宗去了楊炎，認為盧杞是好人，便拜他為丞相。獨有郭子儀在軍中，得了這消息，嘆著氣道：「此人得志，吾子孫真無遺類了！」

時在建中二年六月，郭子儀得病回京；滿京文武齊往大將軍府中探問病情，盧杞也來候病。

郭子儀原是一位風流福將，他平日在軍中隨帶姬妾甚多，且都是美貌的；每遇子儀見客，那姬妾也便侍立在旁，毫無羞縮之態。遇到常相見的賓客，那姬妾們也夾在裏面歌唱談笑，毫不避忌；惟有此時，一聽中軍官報說盧丞相到，便先令房中姬妾悉數避去，然後延盧丞相進見。待盧杞去後，有人問郭子儀：「是何用意？」

子儀說道：「盧杞貌惡心險，若為婦人見之，必致駭笑；盧杞多疑，徒招怨恨。我正恐子孫受其禍害，如何反自召嫌隙呢？」諸賓客都佩服郭子儀的見識深遠。

但此次郭子儀抱病回京，病勢卻一天沉重似一天；德宗是十分敬重元老的，便打發皇帝從子舒王謨，賚聖旨省問郭子儀的疾病。這時郭子儀病倒在床，不能起坐，只在床上叩頭謝恩；那舒王轉身出去，郭子儀便死了，年已八十五歲。

德宗皇帝得了喪報，甚是悲傷，停止坐朝；下詔令群臣赴郭府唁弔，喪費全由朝廷支付，追贈太師，配享代宗廟堂。子儀久為上將，平日為人謙和，更是忠心耿耿；當時朝中無論忠奸，一聞子儀名字，沒有不敬重的。

田承嗣是當時第一有威權的大臣了，子儀嘗使人到魏州去；田承嗣聽說郭子儀使至，便不覺向西下拜，當時對那使者說道：「我不向人屈膝已多年矣，今當為汾陽王下拜。」郭子儀的威德，有叫人如此敬重的。

第八十五回　媚眼傾國

當時有李靈曜，佔據汴州城池造反，不問公私各物一概截留；郭子儀有私宅置在汴州，宅中器物卻絲毫不敢損壞，又遣兵士護送汾陽王器物出境。

德宗時候，郭子儀以一身保持天下安危，垂二十年；校中書考二十四次，家中子弟多至三千人，八子七婿，均為高官。諸孫數十人朝夕到郭子儀室中問安；子儀因子孫太多，不能一一認辨，只略略點頭含笑罷了。

當時傳下一件故事，當初郭子儀從華州原籍從軍到塞外去；因進京去催取軍餉，回至銀州地方。這一天正是七月七夕，忽然風起走石，月色無光；子儀在馬上，不能分辨道路，便在路旁找得一所空屋，席地而宿。正在朦朧入睡的時候，忽見四壁紅光齊發，光從屋外射入；子儀大驚，出至庭心中看時，只見一輛七寶雲車，從空中冉冉而降。

車子坐一美女，端莊美麗，仙骨不凡；子儀心中忽然覺悟，忙拜倒在地，祝道：「今日是七月七

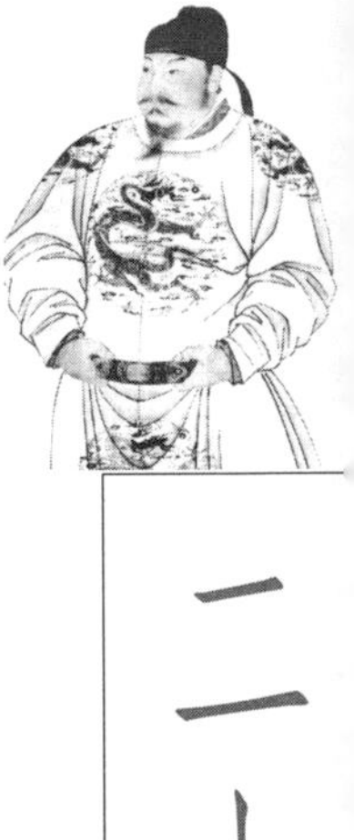

夕，想降者必是織女星官?願賜長壽富貴。」

只見那仙女嫣然一笑，道：「大富貴!亦壽考!」她話說完，雲光復合，彩輿徐昇；女仙尚在輿中，低鬟笑視子儀。

後來郭子儀果然如了女仙之言，大富大貴，又得長壽；當時史官稱他「權傾天下，朝不加忌；功高一世，主不加疑；侈窮人欲，議不加貶」，真是福德兼全，生榮死哀的了。

自郭子儀一死以後，唐室天下從此多事。有李寶臣據成德軍，擾亂十九年而滅；又有田悅之亂、朱滔之亂。當朝大臣不但不知改過，又暴虐百姓，日甚一日。

德宗皇帝授李懷光為朔方節度使，令領北方健兒征討田悅，又拒朱滔；一面大招長安富商家財，去接濟軍費。當時有一位官拜判度支的杜佑，想出各種苛刻的賦稅來，百般敲迫，民不勝苦；有一班軟弱的百姓，因受不住官家的逼迫，便自己縊死。德宗又令度支官偏查都民積粟，硬借四分之一，先後共搜刮得二百萬緡；都城地方的人民十分驚慌，宛如遇了盜賊一般。

第二年，德宗又改任趙贊做判度支官，又創立苛例兩條：一條是間架稅，每屋兩架為間，上屋抽稅錢二千文，中屋抽稅錢幾千文，下屋抽稅錢五百文；一條是除陌錢，凡是公私授受買賣財物，每錢一緡，須交官稅錢五十文。兩法同時頒行，禁止百姓逃稅；如有隱匿不報等情，除交官杖責以外，還要加罰。可憐百姓叫苦連天，皇帝毫不知道，只把民膏民血搜括至軍中；那諸路軍將又不肯齊心協力，你推我誘，歷久無功。

接著，李正己、梁崇義、惟岳等，又在四處反叛起來；其中屬李希烈、朱滔兩路叛兵，來勢十分兇猛。那官家兵馬見賊便敗，軍情報至京師，德宗心中萬分焦急；這時保衛京師的，只有李勉、劉德信兩路兵馬。德宗沒奈何，把這兩路人馬也調去救應東都；又命舒王謨，為荊襄等道行營都元帥，戶部尚書蕭復，為元帥府長史，右庶子孔巢父為左司馬，諫議大夫樊澤為右司馬。

又調回涇原一帶將士，令帶同東行；涇原節度使姚令言，奉了皇命，率令五千涇原兵士回至京師。時在十月，漫山遍野下著大雨；兵士們冒雨趲程，凍餓交迫。千辛萬苦，好不容易盼到了京師，滿心望得萬歲爺的重賞；不料京兆尹王翃奉旨犒師，卻只給軍士們吃了一餐粗飯菜羹，此外並無賞物。

那五千兵士看了，心中不覺大怒，盡把飯菜撥擲在地上，用腳踐踏成泥；齊聲嚷道：「我輩將替皇帝冒死赴敵，如何一飯亦不使飽？吾等豈肯再為皇家拚命呢？如今眼看著瓊林、大盈二庫中，金帛充滿；朝廷如此小器，不肯分絲毫與我們，我們何妨自己動手去取呢！」

一人創議，五千人齊聲響應著；當時也不由長官說話，頓時披甲張旗，直向京城衝來。當時姚令言從宮中辭行出來，忽聽左右報說兵變，急急上馬，趕至城外；向眾人大聲傳諭，道：「諸軍今日東去，能早日立功，何患不得富貴？如何無端生變，自取滅族之禍？」

軍士們如何肯聽他的話，一聲吆喝，如潮水般湧上來；反把他主帥團團圍住，鼓噪著直至通化門。這時德宗在宮中，也得了兵變的消息，便急令總管太監賫著聖旨，趕出城來撫慰軍心，每人賞給他彩帛一端；軍士們見了這彩帛，更覺動怒，大聲呼罵道：「這匹夫，我等豈為此區區彩帛來的嗎？」

其中有一個好箭手，便彎著弓，搭上箭，颼的一箭射去，直中那太監的咽喉，倒地而死；眾人一哄，打進了京城，見人便殺，見物便搶。百姓們拖兒挾女，啼哭而逃；那亂軍反向百姓大聲呼道：「我輩是來保護你們的，你們的財物暫借給我們用用，此後打倒了朝廷，便不奪汝等商貨僦質了，也不稅汝等間架陌錢了。」

這兵士反亂的情形，早有朝廷官員報至宮中；德宗大駭，忙令太子及翰林學士姜公輔，同出朝門慰諭。那亂軍列陣丹鳳門，手拿著弓箭，大聲鼓噪著，無可理諭；太子沒奈何，只好返身逃進宮去。德宗急傳手諭，令禁兵抵敵亂軍；不想那白志貞所統領的禁兵，盡是殘缺不全的，平日只把虛名寫在冊子上，每月騙取糧餉，悉入私囊。到如今危急的時候，竟無一人前來。

德宗見召不到禁兵，便不覺慌亂起來，忙左手拉著王貴妃，右手拉著韋淑妃，後隨太子、諸王、公主，從後苑逃出北門去；倉促之間，連御璽都不及取得。德宗逃至北門外十里長亭略坐休息，那宦官竇立場、霍仙鳴，率內監百餘人追趕出城來隨從著；過了一會，那普王誼也帶領一隊兵士來護駕。德宗便命普王誼為前驅，太子為殿後；司農卿郭曙、右龍武軍使令狐建也趕來護駕，才得了五六百名兵士。

姜公輔當時叩馬奏道：「朱泚從前亦為涇源軍元帥，後因朱滔叛逆，廢去他功名，閒住在京城中；臣聞得朱泚平日心常怏怏。如今亂兵，全是朱泚的舊部，若一旦奉朱泚為主，勢必難除；不如請陛下便趁現在，把朱泚召來同行，免生後患。」

當時德宗內心十分慌張，也不暇顧慮到此；便不聽姜公輔的話，一味催逼著人馬前進，向西行去。那時，亂軍在丹鳳門外的，久候不見聖旨出來，知道皇帝已走了；便各自拔出利劍來，上去斬破宮門，直入含元殿，大掠瓊林、大盈二庫。京師居民亦因怨恨皇帝苛斂他們，如今也趁勢入宮竊取庫物；把一座莊嚴的宮殿，頓時鬧成破碎狼藉，爭奪喧嚷，大眾無主，擾亂不休。

姚令言便去和朱泚商議，因涇原將士原為朱泚舊部；只因當時朱泚討平劉文喜後，留鎮涇原，加官太尉。誰知朱泚的兄弟朱滔舉兵反叛，用蠟丸封一密書，遣人送與朱泚；在半路上，那送書的人被馬燧

部下兵士捉住，送至京師，德宗便召朱泚入朝，出示朱滔的書信。

朱泚看了十分惶恐，叩頭請死；德宗卻也明理，知道他兄弟遠隔，不能同謀，但如今已把朱泚召來，為防他日朱滔再來誘惑起見，便把朱泚留住在京中，賜他府第，給他俸祿，也可以算得皇恩浩大了。

如今亂兵攻入京城，一時六軍無主，姚令言倡議，擁戴朱泚為主帥；那涇原兵士原都是朱泚的舊部，便人人歡喜。姚令言便親領亂軍，往朱泚府第中迎接去；那朱泚一再謙讓，亂兵圍立在朱泚府門外不肯散去，直延挨到夜半，姚令言勸朱泚當以社稷為重，出維大局，朱泚才答應下來。

那五千名亂兵，便各自手中執著火炬，前呼後擁，把朱泚送入宮去；朱泚夜半陞坐含元殿，傳諭兵士，不得妄動。次日，朱泚又遷居北華殿，當即發下榜文來，道：「涇原將士遠來赴難，不習朝章，馳入宮闕，以致驚動乘輿，西出巡幸；現由太尉權總六軍，一應神策等軍士及文武百官，凡有祿食者，悉詣行在。不能往者，即詣本司；若出三日檢勘，彼此無名者，殺無赦！」

可笑當時滿京城的文武官員，大半還矇在鼓中，以為皇帝尚在宮中；如今見了朱泚的榜文，才知道德宗已經西出。那盧丞相和新任同平章事關播，便也在深夜時，爬出中書省的後垣，和他親隨互換穿了衣帽，混出城去；同時有神策軍使白志貞、京兆尹王雄、御史大夫于頎、中丞劉從一、戶部侍郎趙贊、翰林學士陸贄、吳通微一班大臣，亦陸續趕赴行在，直趕到咸陽地方，始與車駕相遇。

德宗傳諭，車駕轉赴奉天；那奉天太守聽得萬歲爺駕到，不知是何因由，頓時驚慌起來，欲逃至山谷中躲避。主簿蘇弁在一旁勸道：「天子西來，理當出郭迎接；若一逃避，反召罪戾。」那太守便勉強把心神鎮定了，出城去，把天子車駕迎接進城來。

各路將帥打聽得萬歲爺駐蹕奉天，便紛紛前來朝見；最後，左金吾大將軍渾瑊，從東京趕來，奏稱朱泚據京師作亂。德宗聽了大驚，說朱泚原是忠義之臣，如何作此大逆之事；當時盧杞在側，也極口稱朱泚忠貞，臣請以百口保之。德宗也聽信盧丞相之言，一面令渾瑊為行在都虞候，兼京畿渭北節度使，下詔徵諸道兵入援；一面又寫詔與朱泚，命他早平大難，迎還乘輿。

詔書寫成，獨缺了一顆御璽，不能發出去；德宗到此時才想起，當時匆促出宮，不曾把御璽帶得。如今詔書上缺了璽文，不能發下去；德宗心裏萬分焦急，回得宮中，只是長吁短嘆。這時王貴妃隨侍在左右，見萬歲爺神色憂鬱，便問：「今日朝中何事勞萬歲爺憂慮？」

德宗便把丟了御璽的話說出來；那王貴妃聽了，卻不慌不忙的，從繡枕下拿出一顆玉璽來。德宗看時，果然是平日常用的那顆御印；忙問：「愛卿從何處得來？」

王貴妃奏稱：「原是臣妾見萬歲爺倉皇出宮，把這玉璽遺留在案上；賤妾知此物是天子的信寶，不

可遺失，便在慌張的時候，拿來繫在裏衣帶上。如今藏在枕下多日，不是萬歲爺說起，幾乎也忘去了。」

把個德宗歡喜得拉住王貴妃的手，只是喚著愛卿；從此德宗雖在行在，也天天寵幸著王貴妃，幾無虛夕，這且慢表。

如今再說那朱泚，好好的一位忠義大臣，如何忽然變了心，反叛起來？這罪魁禍首，還在姚令言和光祿卿源休二人。那光祿卿源休曾奉命出使回紇，原也替朝廷受過一番辛勞，回朝以來不得重賞，心中頗懷怨望；如今見朱泚總管六軍，便夤夜去見姚令言，說以叛逆之事。

那姚令言起初聽了十分驚惶，源休說道：「將軍此次率領涇原將士來京，便爾作亂，使乘輿西巡；此滅族之罪，將軍雖欲不反，他日天子回鑾，其有何道以自全？」

一句話卻把個姚令言問住了，忙起身把源休逐至密室中，長揖請教；源休便道：「如今六宮無主，朱泚手握重兵，千載難得之機；吾有一計可以逼住朱泚，使他不得不反。若能成事，再設法除此傀儡；若事不成，將軍便殺朱泚，自首罪魁首在朱泚，而不在將軍，將軍何樂而不為？」

姚令言聽了，忙促膝附耳，問大夫有何妙計逼反朱泚；源休便笑說道：「將軍豈忘當年太祖在晉陽宮故事乎？」

姚令言聽了，恍然大悟；第二天，姚令言便假北華殿大排筵宴，請大元帥朱泚入席飲酒。當時陪席的有光祿卿源休、檢校司空李忠臣、太僕卿張光晟、工部侍郎蔣鎮、員外郎彭偃、太常卿敬釭，這一班原是勢利之徒；如今見朱泚得了時，便大家在飲酒之間，百般奉承著，你勸一杯，我敬一盞，你稱他為聖賢，我敬他為豪傑，幾乎把個朱泚捧上天去。

這朱泚初任大事，原也十分謹慎的；如今他在宮中一住下，坐著萬歲爺的龍椅，睡著萬歲爺的龍床，出入有一班禁軍拱衛著，起坐有一班宮女太監伺候著，心中十分快樂。那帝王之念，便油然而起；只以一向忠順，又礙著眾人的臉面，不好意思做出反叛的事情來。

如今一班大臣勸他飲酒，你遞一杯，我送一盞，已有七八分醉意；耳中只聽得那不斷的頌揚，說話有的說大元帥是萬家生佛，也有說大元帥是天生救星。捧得這朱泚心癢癢的，甚是有趣；接著是一陣陣的笙歌送入耳來，一隊隊的舞姬走近身來。

朱泚在涇原軍中的時候，便傳聞得唐宮中輕歌妙舞，十分艷美；自來英雄無不好色，當時他心中想念，若得萬歲爺在宮中賜宴，領略得宮姬們的歌舞，真是三生有幸。他此次入宮，那六宮妃嬪，共有二三千人，個個嚇得躲在後宮不敢出來；那朱泚也因她們是帝王的眷屬，如何敢褻瀆，因此他雖說佔領宮殿已有一月餘日，平日在北華殿中起居，卻不敢向後宮中覬探。

如今是這姚令言悄悄的進宮去，勸著那班妃嬪，道：「如今朱大將軍有保護宮廷之功，明日朝中大臣公宴朱大將軍；如今爾等性命全在他手下，明日飲酒時，須選幾個絕色的美人，在筵前歌舞，使大將軍快樂，則爾我均可保得長久安樂。」那妃嬪都是女兒之流，有何見識，聽姚將軍如此說，便齊聲答應。

姚令言知道，宮中平日歌舞領隊的，是一位虞貴嬪，長得絕世容貌；德宗每次聽罷歌舞，便要召幸她。只因韋淑妃妒心甚重，每次都被淑妃阻止住，因此虞貴妃心中恨韋淑妃甚深；便是現在天子蒙塵，王貴妃和韋淑妃都隨著萬歲爺西幸，獨把這虞貴嬪丟下在宮中，她又驚又氣憤。

姚令言也深知道她的心事，便悄悄的叮囑虞貴嬪，須好好伺候朱元帥，若得了好處，定能寵冠六宮；不但吐了平日之氣，且使我輩攀龍舞鳳，富貴無極。那虞貴妃聽了這番話，平空裏勾起了她做皇后的念頭；第二天，她領了一班舞姬，上殿歌舞的時候，越是裝扮得妖冶動人。

朱泚正被眾人灌得醺醺大醉，酒力張著色膽；他看那班舞姬個個長得和天仙一般美麗，尤其是那領班的虞貴嬪，長得身材嬝娜，容光煥發，朱泚那兩道眼光，只是滴溜溜的轉個不定。姚令言在暗地裏留心看時，知道是時候了，便悄悄的向眾人遞過眼色去；眾人會意，便一個個溜下殿來，不別而去。

看看那虞貴嬪跳著，唱著，嬌喉囀得如黃鶯兒一般的圓脆，細腰轉得如楊柳兒一般的輕柔，慢慢的移近朱泚的身旁去；那朱泚實在忍不住了，便伸出一隻腳來，悄悄的把靴尖兒踏住虞貴嬪的裙幅兒。那虞貴嬪站不住身體了，把柳腰兒一折，看看要倒下地去了；那朱泚趁勢，伸手把虞貴嬪的玉臂捏住，虞貴嬪一縮手，只是拿她的媚眼兒斜覷著朱泚嗤嗤的笑。

這一笑，露出千嬌百媚，把朱泚的魂兒直勾向九霄雲外去；他也顧不得了，便一轉身，伸著兩臂，把虞貴嬪的纖腰一抱，虞貴嬪便扶著朱泚向後宮走去。那虞貴嬪住在春華宮中，當夜朱泚便留宿在虞貴嬪宮中，一連四天不見朱泚出來；姚令言每日在宮門外探聽，只聽得宮中一片笙歌嬉笑的聲音，這時，朱泚只圖眼前快樂，也顧不得君臣之義了。

姚令言便去邀集了李忠臣、張光晟、蔣鎮、彭偃、敬釭等一班文武大臣，上了一道勸進表；勸朱泚應天順人，接了唐家天下，即皇帝位。朱泚讀了表文，心中游疑不決；那姚令言直入宮來，對朱泚大聲說道：「元帥已佔據了唐家宮廷，姦污了唐家宮眷；不造反也是死罪，造反也是死罪，尚有何疑慮之有！」

朱泚聽了，點頭稱是；接著，那光祿卿源休也進宮來引說符命，勸朱泚稱尊，朱泚忽然想起那段秀實來。他是一位國家元老，京師地方不論軍民人等，都是愛戴他的；只因他秉性忠誠，敢言直諫，當時

奸臣如盧杞等一班人不能容他，常常在皇帝跟前說他的壞話，要設計陷害他，段秀實便棄官回家，終日在家中閉戶讀書，不問外事。

如今朱泚自己要稱皇作帝，心想：若得段秀實出來幫助，他必能得人民的信服，且能得京外各路官員的信服；他便和眾人商量停妥，立刻遣發一隊騎兵，執軍中令箭，去召秀實進宮來。那段秀實早已打聽得朱泚有謀反的心跡，便把大門緊閉，不放那騎兵進門來；那騎兵見無門可入，便從後垣越牆進去，硬逼迫著秀實進宮去。

段秀實知道此去凶多吉少，便把他子弟喚來，一一囑咐後事完畢，才進宮去；朱泚見段秀實到來，便甚是歡喜，笑說道：「司農卿來，吾事成矣！」

秀實正色說道：「將士東征，犒賜不豐，這全是有司的過失，天子何從與聞？公以忠義聞天下，何勿開諭將士，曉示禍福，掃清宮禁，迎乘輿，自盡臣職，此不世出之功也。」

朱泚聽了，心中甚是慚愧，默無一言；秀實出宮，便悄悄的招呼將軍劉海賓、涇原將吏何明禮、岐靈岳在家中密議，欲共殺朱賊。此時德宗遣金吾將軍吳溆來京師宣慰，朱泚佯為受命，把吳溆留住在省中；一面卻私遣涇原兵馬使韓旻，領鐵騎三千直取奉天。一路去，揚言說迎皇帝鑾駕回京；便有岐靈岳探得消息，私地裏來報與段將軍知道。

段秀實聽了，不覺大駭，說道：「事在危急，只可以詐應詐。」便授計與靈岳，令他往姚令言軍中去偷得兵符；只推說朱元帥另有機宜，須面授，星夜去把韓旻的鐵騎追回來。

秀實明知此次必死在朱泚手中，便對靈岳說道：「韓旻回來，吾儕盜符之事必要敗露；我當直搏逆賊，不成即死，決不拖累諸公。」

靈岳道：「公為國家柱石，應留任大難；現在事迫燃眉，且由靈岳暫當此任。他日果能誅殺逆賊，靈岳死亦瞑目矣！」

正說時，果然韓旻兵馬回來了；朱泚十分詫異，當著眾將嚴問，是誰人追還的？靈岳這時在門外，忍不住了便挺身而入，以手直指朱泚之面，說道：「天子今蒙塵在外，正臣子百身莫贖之時，如何反遣兵往襲？靈岳生為大唐忠臣，如何肯袖手旁觀；追還韓旻寇兵，是我盜得兵符去召回的。想爾奸賊，也無可奈何我的！」

朱泚聽了這一番話，怒不可遏；喝令左右將靈岳推出宮門斬首，那靈岳臨刑時，罵不絕口。

第八十六回　煙塵四起

靈岳被朱泚喝令左右推出宮門殺死，他至死，也不曾把秀實主謀的情形說出；那朱泚因急於稱帝，便天天召源休、李忠臣、姚令言一班同黨進宮去商議。只有段秀實託故不去，那朱泚再三遣人，催逼秀實進宮去商議大事；那秀實沒奈何，只得跟著來使進宮去。

他一走進殿門，瞥眼只見那源休手執牙笏，恭恭敬敬的對著朱泚朝拜，在那裏行君臣之禮；不覺激起了他一腔忠憤，急步走到朱泚跟前，不待朱泚開口，便奮身躍起，奪過源休手中的牙笏來，直向朱泚面門上打去。厲聲喝道：「狂賊！大膽做此大逆之事，便當碎屍萬段；我是忠義男兒，豈肯從汝反耶？」

朱泚慌忙退立，伸臂遮避；那笏頭已打在朱泚額上，用力甚重，左右看時，已血流滿面。秀實再欲趕步上去打時，已披李忠臣、姚令言一班人上前來攔阻住；隨有三五個力士上前來擒住秀實，秀實大聲說道：「士可殺不可辱！今日吾殺賊不成，便當我賊所殺。」一眾力士不待秀實話說完，亂刀齊下，立把

秀實砍倒。

朱泚見了，霎時良心發現，忙向來人搖手說道：「這是義士，不可妄殺！」卻已來不及，那秀實的屍首，已被眾人砍成肉泥；秀實一死，那京師地方的忠義大臣，人人悲憤。接著，劉海濱也被朱泚捉去殺死；何明禮原是與段秀實同謀，亦被朱泚捕去斬首。當即有鳳翔節度使張鎰部下營將李楚琳，殺死張鎰；率領全部兵馬，前來投降朱泚。

這時朱泚羽翼已成，罪名愈重，一不做二不休，索性遷居在宣政殿，自稱為大秦皇帝；改元應天，立虞貴嬪為皇后，立兄子遂為太子，弟朱滔為冀王太尉尚書令，稱皇太帝。因姚令言、李忠臣一班人擁立有功，便拜姚令言為侍中，李忠臣為司空，源休為中書侍郎，蔣鎮為門下侍郎並同平章事，蔣鏈為御史中丞，敬釭為御史大夫，彭偃為中書舍人；餘如張光晟等，都拜為節度使。

當時太常卿樊系，頗有文才，全朝的人都十分敬重他；朱泚登位的時候，無人撰冊文，姚令言說樊系文學甚好。此時樊系因憤恨朱泚，不肯上朝稱臣；朱泚便命一隊武士，到樊系家中去押著他進宮。左右有太監執劍立，逼著樊系撰書冊文；樊系無奈，只得執筆為文，待冊文寫成，他便走下殿去，向西跪倒，嚎啕大哭。

朱泚在殿上看了大怒，喝令武士推出朝門去斬首；好個樊系，他不待武士近身，便低頭向石柱上一撞，腦漿迸裂而死。當時又有大理卿蔣沇，也是不甘心在朱泚跟前稱臣，悄悄的溜出京城，打算趕上奉天行在去；誰知出京走不上三五里路，被朱泚派兵追上去，捉回宮來，硬授他官職，那蔣沇只得絕食稱病，逃到山谷中躲著。

這時，朱泚霸佔住唐德宗的宮廷，在二千個宮女中，揀選了三百個年輕貌美的女子，日夜淫樂；其中有一位安樂王妃，那安樂王是德宗皇帝的姪兒，安樂王妃又是王皇后的甥女，因此常常留住在宮中，伴著皇后和眾皇妃遊玩。此次變起，安樂王妃不及逃出宮去，卻深匿在後宮；朱泚臨幸後宮，瞥見了一個容顏秀麗的女子，他也不問情由，便拉進宮去姦污了她。第二天，安樂王妃趁人不備，便懸樑自盡了。

那安樂王只因王妃被困在宮中，也死守在宮外，不肯離去京城；後來打聽得他最心愛的王妃被朱泚姦污，含羞而死，可憐這安樂王在家中，哭得幾次絕過氣去。他憑著一時憤氣，拿家裏所有金銀珍寶，去買通了宮中一個宿衛；那宿衛悄悄的把自己的衣帽，借與安樂王穿戴，那安樂王便假扮成了一個宿衛，混進宮去，懷中藏著利刃，待到夜半，便去站在錦華宮東廊下。

那錦華宮，正是虞貴嬪的臥室；朱泚這時荒淫無度，每夜臨幸過虞貴嬪以後，便輪流到各心愛的妃嬪房中去尋歡樂。每夜最少亦要臨幸五六處地方，直到天明，方回錦華宮安寢；這錦華宮東廊下，是來

往必經之路。安樂王打聽得明白，便靜靜的在廊下守候著；聽德景陽鐘報過三更，果然見一對紅紗燈，兩個小太監領導著，那朱泚從宮中出來，身後也緊跟著兩個宿衛。

這時，一天涼月，匝地蟲聲，一簇人從空廊下走來，只聽得一陣橐橐的靴聲；看看走到安樂王跟前，是那朱泚眼快，只見安樂王從懷中拔出一柄短刀來，那刀光映著月光，恰恰射在朱泚眼中。朱泚故意裝做不曾覺得，慢慢的走近身時，冷不防朱泚抬起右腳來，用力一踢；接著忽榔榔一聲，那安樂王手中一柄匕首，被朱泚踢落在地。朱泚見刺客沒有了刺刀，便把膽放大了；一縱身上去，兩人扭做一堆，倒在地下亂滾。

這朱泚雖說把色慾掏空了身體，但他究竟是大將出身，臂力是有的；這安樂王卻是一個嬌生慣養的王子，如何能敵得他住，早被朱泚隻手擒住，反綁起來。喝令剝去衣帽，拿紅燈照看時，朱泚認識是安樂王；便傳諭連夜交刑部堂官用嚴刑審問。

次日，眾文武聽說大秦皇帝在宮中受了驚嚇，大家齊到宮中來請安；那源休恨唐室天子切骨，便趁機勸朱泚翦除唐朝宗室，免留後患。一句話打動了朱泚的心，連聲稱：「源侍郎的主意不差！」當即下諭，把六城鎖閉起來，把在京城中所有的皇室宗親，不論老少男女，一共捉了七十七人；又捉得藏匿在家的官員，和逃亡在外各文武的眷屬，共有二百餘人，齊押赴西郊斬首。

從此，滿京城都是朱泚的同黨；朱泚居然也是一身袞冕，每日受百官的朝賀，稱孤道寡起來。連日有探馬報到，說唐德宗皇帝困守在奉天，糧盡援絕，士無鬥志，正可趁此攻取；朱泚便點齊十萬大兵，自命為征西大元帥，姚令言為副元帥，浩浩蕩蕩，殺奔奉天來。

奉天城中的德宗皇帝得了消息，甚是焦急；適右龍武將軍李觀，率領衛兵千名趕到，德宗令速備戰。李觀這一千兵士，如何敵得十萬大兵？當在奉天城中，豎起招兵旗子，三日招得五千名新兵，便在城中教練著；接著又有涇原兵馬使馮河清，令將士押解兵器一百車來，德宗正苦於軍械不足，得此便覺氣壯。

當時有另僕射崔寧，從京師問道，奔至奉天，叩見德宗，奏說朱泚殺戮宗室，玷污宮眷；德宗聽了，也不覺流下淚來。這崔寧是一位足智多謀的忠臣，德宗皇帝原很看重他的，當下慰勞了一番；崔寧退出宮來，悄悄的對眾大臣說道：「主上原是十分英武，只被那盧杞姦賊所誤，致有今日。」他不知道當時大臣，大半皆是盧杞同黨；便有人把崔寧的話轉告盧杞，盧杞大怒，便與他的密友王翃商議。翃便假造崔寧的筆跡，與朱泚通信，盧杞懷著此假信去獻與德宗觀看；又說崔寧適從朱賊處來，陛下不可不防。

德宗看了崔寧的假信，聽信了盧杞的話，不由大怒起來，立刻召崔寧進帳；那崔寧奉詔進帳，見帳

內靜悄悄的虛無一人，不覺疑慮起來，正要退出帳時，忽見左右跳出二力士來，抱住崔寧的頸子，生生的把他扼死了。

其時，朱泚的大兵已臨城下；德宗令渾瑊督同城中將士合力禦敵。瑊令都虞侯高固，曳草車塞住城門，縱火禦敵；火盛勢烈，煙焰齊向外撲，城中兵士從火中殺出，統用長刀亂砍，殺死敵兵多人，敵兵才退。朱泚親自拍馬上來救應，列陣城東；張火布滿原野，吶喊之聲遠聞百里。

邠寧留後，韓游環帶領士卒，通夜在城上守望；只見城外兵士，趁夜拆毀西明寺，往來十分忙碌。游環料知敵人借用寺院木材，製作雲梯，為明日攻城之用，便命兵士趕造火箭；次日，朱泚果然督著兵士搬運雲梯，前來攻城。城中火箭齊發，雲梯著火便燃，敵兵多從梯上墜地而死；朱泚見一時不能取勝，便約退兵士，遠遠的圍住城池，不放一人一馬出城。

此時城中不但兵士不多，且糧食亦漸漸不能接濟；德宗終日坐圍城內，心中萬分焦急。那班妃嬪公主躲在屋子裏，只聽得喊聲震地，入夜火光燭天，個個嚇得玉容失色，柔魂欲斷；德宗也只是終日長吁短嘆，無法可施。

當時有一個內侍，名常德的，隨侍德宗有六年之久，為人甚是忠誠；如今也隨侍在圍城裏，見主人憂愁得寢食不安，便跪奏道：「萬歲爺可有告急密旨，奴婢願拚九死一生，衝出城去求救兵。」

德宗聽了大喜，說道：「朕心腹之臣，只朔方節度使李懷光，尚擁兵數萬，可以救朕；汝可冒死前去告急，倘得懷光發兵到來，救了此奉天城池，朕當記汝為首功。」說著，便就龍案寫了密旨，令懷光速速發兵前來救應；寫成，印上皇帝的小印。

那王貴妃親自拿針線，替常德密縫在衣領裏面；縫罷，深深的向常德襝衽，說道：「你此去路上若有差失，我在宮中，便供著你的神位，四時祭祀，決不令你忠魂失所依持；倘能見得李將軍，求他速速發兵，解了我主上的憂愁。」慌得常德忙趴在地下，叩頭還禮不迭；君臣三人在宮中揮淚而別。

那常德帶了密詔，扮作樵夫模樣，守到三更時分，渾瑊派一隊兵士，送他出城去，遠遠的保護著他，偷過朱泚營地。正行時，只聽得一聲梆子響，早有朱泚營中守夜兵士，在山僻小路中埋伏著；見一樵夫走來，便從暗地裏飛出數十支箭來，一箭正射中常德的腿彎，應聲倒地，接著，他肩窩背脊上，又連中了四箭。

常德痛澈心骨，一時站立不起；那敵兵一擁上去，正要下手擒捉，忽見常德大喊一聲，從地上直跳起來。看他帶滾帶爬，向草木深處躲去；後面那敵兵還不肯丟下，趕上前去，拿槍尖撥著草根，四處找尋。城中兵士便在後面發聲喊，撲上前去挑戰；那敵兵在黑地裏，忽見有兵士前來挑戰，以為是中了伏兵，便也無心戀戰，丟下那常德且戰且退，回敵營去了。

次日，朱泚又得幽州散騎和普潤兩路戍卒，合成數萬人，前來攻城；敵兵聲勢愈見浩大，那城中兵士都嚇得手足無措。左龍武大將軍呂希倩，出城應敵，便被敵人殺死在陣上；幸得渾瑊和高重捷出兵接應，也殺死了朱泚手下一員大將，名曰月的。那高重捷因戀戰不退，被朱泚親自趕來，刀起首落，斬於馬下；接著，朱泚指揮大隊人馬，直逼城下，奮勇攻城，恨不得把這座奉天城池，立刻踏平。

城內渾瑊、韓游環二人，晝夜血戰，勉強把城守住；但此時城中糧道，早已被敵兵斷絕，搜括倉廩，只剩了二斛白米，留著為供奉御食之用。那滿城文武官員以及大小將士，個個都餓著肚子；看看已餓過了三天，德宗早朝時候，見左右大臣個個面黃肌瘦，喉音低啞，目光無神，德宗不覺流下眼淚來。說道：「朕躬不德，自取滅亡！卿等何罪，卻受此困頓？為今之計，卿等宜自保身家，速將朕綁送與敵人，開城出降；既免飢餓，反保富貴。」

德宗說到這裏不覺嗚咽起來；那文武官員齊拜倒在地，流淚奏道：「臣等願盡死力，為陛下效忠。」

渾瑊令軍士每夜縋出城去，趁敵人靜睡時候，便在城根下採掘草根，剝取樹皮，運進城中來，煮食充飢；每日又泣勸將士，曉以大義，因此兵士們雖飢寒交迫，卻毫無變志。但兵士們每日吃一頓樹皮草根，只能苟延殘喘，如何能抵敵賊寇？一班飢餓兵士，天天爬在城牆上守城，眼見得天天倒斃。

正在危急的時候，忽見城外推來四座雲梯，高寬數丈，下有巨輪；每梯可立兵士五百人，箭如飛蝗，向四面城中攻來。敵人據高臨下，城中兵士一無遮攔，早見一排一排兵士，中箭倒地而死的累累皆是；看看那雲梯愈迫愈近，矢石如雨，城中守兵愈死愈多，一片嚎哭之聲慘不忍聽。

渾瑊在城上督戰，身中數創；起初幾日，他還裹創力戰，後來看看實在支持不住了，便去奏知皇帝。德宗聽說城亡已在旦夕，亦無法可施，只是嗚咽流涕；侍從諸臣俱各面面相覷，束手無法。德宗捱到夜靜更深，便沐浴更衣，當庭設下香案；王貴妃在一旁伺候，德宗含淚拜禱天地，又遙拜宗廟社稷，聲聲哀求保住唐朝天下。

次日，渾瑊又入宮來，說：「兵士死亡殆盡，宜再募死士」；德宗便在御案上，取下無名告身千餘通，交給渾瑊，連案上的御筆也授與渾瑊。囑渾瑊自去填發，只求有忠勇將士，卻不惜功名重賞；如一時填寫不及，只將御筆寫功績在將士身上，朕無不照辦。

渾瑊接過御筆來，哭道：「萬一圍城被賊兵攻破，臣決以一死報答陛下；陛下一身關係宗社，須速籌良策。」

德宗聽了，也不覺淒然，起身握住渾瑊的手，說道：「朕不忘將軍今日之功。」說著，親自送渾瑊出宮門。

這時，守宮衛士俱上城禦敵，那班太監也各自逃命去了；任德宗皇帝獨來獨往，在宮門口出入，也無一個侍衛，景象十分淒涼。他君臣二人正走到宮門口，忽聽得外面一聲響亮，好似城牆坍塌一般；德宗和渾瑊頓時變了臉色，渾瑊急急辭別出宮，飛馬趕到城下，看城牆依然完好，只見城外煙燄薰天，並有一股臭氣撲鼻難聞。

渾瑊十分詫異，急急上城瞭望；只見城外敵兵紛紛逃散，後面敵人營中，火光燭天，哭聲震地。原來朔方節度使李懷光，接了德宗的密旨，便帶領大兵星夜趕來；看看將近奉天地方，李懷光登山一望，只見敵兵聲勢甚大，漫山遍野的立著營頭。知道只可智取，不可力敵；便悄悄的把人馬駐紮在深山密林的地方，偃旗息鼓。

那朱泚一味攻打奉天城池，卻不把後路放在心裏；不料李懷光令數萬兵士日夜工作，從地下掘成極長的隧道，直通到朱泚中軍帳下，這地道的工程足足做了半個月光陰，地道甚是寬闊，在地道中滿塞著硫磺火藥。

這一天，朱泚親自督陣，正奮力攻城的時候，忽聽得自己營地上，震天價一聲響亮；地道中火藥爆發，那數千兵士的屍身，直轟向半天裏去。朱泚心中萬分慌張，急揮兵退去，正尋路逃時，那李懷光率領大兵掩殺過來；朱泚如何抵敵得住，急急帶了數百殘兵，落荒而走，幸得逃了性命，便遁回長安城去。

奉天城解了圍，德宗心中萬分快樂；那李懷光打退了賊兵，急欲進城問聖天子安。誰知懷光才走到門口，便有中使賚著聖旨，到城外來，攔住李懷光馬頭；傳諭李將軍不必入城，速引本部軍馬，收復長安去。

懷光聽了，不覺心中懊恨，道：「我遠來勤王，卻咫尺不得見天子顏面色，這全是奸臣盧杞從中搬弄是非。」

李懷光的話，說得不錯。原來盧杞、白志貞、趙贊一班奸臣，見城圍已解，自命有保駕之功；忽聽人傳說李懷光帶領大兵，有入清君側的意思，盧杞便心生一計，急進宮去奏上德宗道：「如今朱賊退守長安，必無守志；李懷光千里來援，銳氣正盛，何不令他追蹤，急攻長安，趁勝平賊？」德宗十分聽信盧杞的話，便打發中使傳旨，至懷光軍中，阻住人馬。

懷光奉了聖旨，沒奈何，領著本部人馬轉至咸陽；接著，李晟也帶了兵馬前來勤王。軍至東渭橋，便上表奏聞；也是盧杞勸德宗下諭，阻住李晟兵馬，也不許李晟進宮朝見，令與李懷光同攻長安。李晟到了咸陽，遇見懷光兩人，說起盧杞專權，阻塞賢路；便一同俱名上表，指斥盧杞、白志貞、趙贊三人。

德宗正信任盧杞一班奸臣，見懷光的奏本，也不忍心革去他的功名；李懷光見皇帝不聽他的話，心中大憤，便與李晟接連上了十道奏本，務欲革斥盧杞一班人。他一面把軍隊駐紮在咸陽城外，擁兵不進，聲稱：如天子不准他的奏，便要回師直攻奉天；先清君側，再除逆賊。

接著，那隨從護駕的一班臣子，也人人在德宗跟前指斥盧杞罪惡；今天也說，明天也說，說得德宗皇帝的心也動了，便下諭貶盧杞為新州司馬，降白志貞為恩州司馬，趙贊為播州司馬。一面下諭安慰李懷光、李晟一班將帥，懷光又上奏申斥宦官翟文秀，說他恃寵不法，宜加誅戮；德宗雖心喜翟文秀，但國勢危急，全賴將帥扶持，不得已依了懷光的奏本，殺了翟文秀，一面催促懷光進兵。

第八十七回　大將跋扈

德宗依了懷光奏章，把盧杞一班奸臣降官，又殺了宦官翟文秀；滿心想李懷光進兵長安，除了朱泚，得早日還宮，誰知那李懷光屯兵在咸陽，依舊不肯進戰。時有考功郎中陸贄，上表勸皇帝下詔罪己；德宗也依了陸贄的話，頒下大赦的詔書道：

「致理興化，必在推誠；忘己濟人，不吝改過。朕嗣服不一構，君臨萬邦；失守宗祧，越在草莽。不念率德，誠莫追於已往；永言思咎，期有復於將來。明徵其義，以示天下。小子懼德不嗣，罔敢怠荒。

然以長於深宮之中，昧於經國之務；積習易溺，居安思危。不知稼穡之艱難，不恤征戍之勞苦；澤靡下究，情未上通，事既壅隔，人懷疑阻。猶昧省己，遂用興戎；徵師四方，轉餉千里。賦居藉馬，遠近騷然；行齋居送，眾庶勞止。

或一日屢交鋒刃，或連年不解甲冑；祀奠乏主，室家靡依，死生流離，怨氣凝結。力役不息，田菜

多荒；暴令峻於誅求，疲甿空於杼軸。轉死溝壑，離去鄉閭；邑里邱墟，人煙斷絕。天譴於上，而朕不悟；人怨於下，而朕不知。馴至亂階變興都邑，萬品失序，九朝震驚；上累祖宗，下負蒸庶，痛心靦貌，罪實在予。永言愧悼，若墜泉谷！

自今中外所上書奏，不得更言神聖文武之號；李希烈、田悅、王武俊、李納等，咸以勳舊，各守藩籬。朕撫馭乖方，致其疑懼；皆由上失其道，而下罹其災，朕實不君，人則何罪？宜並所管將吏，一切待之如初。朱滔雖緣朱泚連坐，路遠必不同謀；念其舊勳，務在弘貸，如能效順，亦與維新。

朱泚反易天常，盜竊名器，暴犯陵寢，所不忍言；獲罪祖宗，朕不敢赦。其赦從將吏百姓等，在官軍未到京城以前，去逆效順，並散歸本道本軍者，並從赦例。諸軍諸道，應赴奉天，及進收京城將士，並賜名奔天定難功臣；其所加墊陌錢稅間架、竹木、茶漆、榷鐵之類，悉宜停罷，以示朕悔過自新，與民更始之意。」

皇帝下了這一道可憐的詔書，總算把王武俊、田悅、李納三個人的反心勸了轉了回來；他們都去了王號，上書謝罪，那朱泚罪在不赦，且不去說他。

那李希烈見了皇帝的罪己詔，知道德宗是一個懦弱無能的人，便越發打動了他的野心；他自恃兵強，便思自立為帝。德宗又得了一個密報，說李懷光也有反叛之意；德宗大驚，自顧奉天城中，兵馬空虛，一旦事起，只愁無兵可戰。

德宗便和渾瑊商議，欲添招兵士；渾瑊奏說：「如今人心慌亂，決無人肯應募；且初募的兵士決不能應戰，為今之計，不如向吐蕃去借兵。」德宗也深以渾瑊的話為是，當下立刻修了國書，命陸贄前往吐蕃去借救兵；那吐蕃的大丞相尚結贊，得了德宗的御書，便遣他大將論莽羅，統兵二萬來救中國。

這消息傳到李懷光耳中，不覺大怒，立刻也上書與德宗，說：「向吐蕃借兵，有三大害：如克復京城，吐蕃必縱兵大掠，是第一大害；吐蕃立了大功，必求厚賞，是第二大害；吐蕃兵至，必先觀望，我軍勝彼來分功，我軍敗彼必生變，是第三大害。」

德宗讀了懷光奏本，覺得他的話，說得很有道理；此時吐蕃大兵已到邊關，德宗忙又令陸贄去止住吐蕃人馬。那吐蕃將士見中國皇帝疑惑不決，心中便起怨望；那李懷光見皇上不用自己人馬，卻去向吐蕃借兵，這顯然是不信任自己了，因此他反叛的心愈迫愈急。便上表與德宗，說他不信任自己將士，輕召外兵，言下頗露怨恨之意。

德宗看了表本，心中頗覺不安，便欲親率六師直趨咸陽；令懷光兵馬前進，攻打長安。懷光得了消息，疑是皇帝親自來擒捉他，便與他部下商議，欲舉大事；在慌張的時候，忽見又有聖旨頒來，加懷光為太尉，並賜他鐵券，永不加罪。這原是德宗要安懷光的心，無奈懷光此時已決心反叛，對著中使，把

鐵券擲在地下，大聲喝道：「懷光本不欲反，今賜鐵券，是促我反矣！」嚇得那中使縮著脖子，轉身逃去。

這裏，李懷光見事已至此，便索性豎起反旗，遣使至朱泚處，連成一氣，共討唐室；那朱泚來信，便與懷光約為弟兄，他日滅了唐朝，兩家平分天下。一面又拿黃金十萬，彩緞千端，去送與吐蕃將士；那吐蕃得了好處，也不願幫助唐朝天子了，便偃旗息鼓的自回外國去。

這裏，德宗皇帝見走了吐蕃兵，反了李懷光，更是嚇得手足無措；正無計可施的時候，忽見渾瑊慌慌張張的走進宮來，報說道：「李懷光已令他的部將趙昇鸞，混入奉天城中，來運動陛下禁兵為內應；如今宮中禁兵，已不復為陛下有矣，陛下宜策萬全之計。」

德宗皇帝聽了渾瑊的話，立刻慌亂起來，他也不和眾大臣商議，急急退進宮去；那渾瑊也退出宮來，檢點部下尚未完畢，那德宗已帶著妃嬪公主和太子一大群人，悄悄的從後宮逃出，逕奔向西門城外，意欲幸梁州去。這奉天地方，只留刺史戴休顏留守；滿朝大臣聽說萬歲爺已出奔了，大家急急丟下家私，趕出城去，跟上了御駕，一路上的狼狽情形，不堪設想。

渾瑊統領部下五六百人斷後，君臣們淒淒惶惶的，正在山僻小路中行著；忽見樹林深處，隱隱露出一片旌旗。探路的禁兵急回身奏明萬歲，萬歲忙傳諭約退車馬，命渾瑊拍馬上前，探問何處軍馬，攔住去路；渾瑊上前去看時，只見當頭一員大將，後面漫山遍野的人。渾瑊心想，萬歲爺此番休矣；萬一那人馬撲向前來，教我單槍匹馬，如何抵敵！

正想時，那大將一人一騎迎上前去；待走近時，渾瑊卻認得便是李晟。渾瑊不待他開口，便先問一聲，道：「李將軍亦從李懷光反耶？」

李晟慌忙下馬，躬身道：「末將如何敢反。」又問：「車駕現在何處？」

渾瑊忙搖著手，道：「禁聲些，萬歲爺便在後面大榆樹下，快去見來！」

李晟便隨著渾瑊到德宗駕前，慌忙跪倒，奏說：「逆臣李懷光反叛，欲與臣合軍，同犯御駕；是臣婉辭推托，帶著本部一萬人馬，脫身出來，特來保駕。」

德宗聽了，不覺點頭讚嘆，便在車前拜為右將軍，令帶領本部人馬，回軍先去取長安；渾瑊依舊保護車駕，前往梁州。當時不受李懷光誘惑，肯出死力為皇帝殺賊的，還有崔漢衡、韓游環、李楚琳一班大將；他們奉了皇帝詔書，合兵一處，晝夜攻打長安城池。

那朱泚自從兵敗回守長安，便也無意於天下，終日佔據在宮中，與那班宮眷美人等放縱淫樂；自從與懷光約為兄弟以後，他仗著懷光兵多將勇，每日攻得唐家城池，他便坐享現成。那懷光每得一郡縣，便送書與朱泚，商決進退之計；朱泚見懷光如此忠順，便不覺驕傲起來，覆書召懷光進京輔政，拜他為

大師司，公然自稱為朕，稱懷光為卿。

這懷光如何肯受，接了朱泚覆文，又慚又憤，擲書在地；朱泚原與懷光約分關中之地，各立帝號，永為鄰國；不料朱泚忽然變卦，竟要收懷光為臣。不由他大怒，放一把火，把自己營壘燒毀去，拔寨齊起；大掠涇陽十二縣人民，四散逃亡，雞犬不留。

那朱泚走了懷光，便少了一個幫手；再加李晟、渾瑊一班將軍奮力圍攻，那四面勤王兵士，如雲一般會集在長安城外。李晟召集諸軍將，令商議進取方法；諸將請先取外城，佔據坊市，然後北攻宮闕。李晟獨說不可，因坊市狹隘，賊若伏兵格鬥，不特擾害居民，亦與我軍有礙；不若自苑北進兵，直搗中堅，腹心一潰，賊必奔亡，那時宮闕不殘，坊市無擾，才不失為上計。

諸將齊聲稱善，李晟便自領一軍，至光泰門外，督眾星夜建造營壘；到天色平明，剛把營壘造成，突見賊兵蜂擁而至。李晟笑顧諸將道：「我只慮賊兵潛匿不出，坐老我師；今乃自來送死，真天助我也！」便下令使兩路兵奮勇殺出，兩軍相見，甚是驍勇。

李晟匹馬當先，自去找張庭芝廝殺，兩下鏖戰有三四個時辰；朱泚的人馬漸漸不支，齊向白華門退去，李晟也自收兵回營。當夜，尚可孤、駱元光兩路兵趕到，與李晟合兵在一處；次晨李晟下令，牙前將李演及牙前兵馬使王泌帶著騎兵，牙前將史萬頃帶著步兵，合成衝鋒隊，自督大軍押後。直殺入光泰門來。

賊兵抵敵不住，退至苑北神麚村，李晟大兵追蹤而至，撲毀苑牆二百餘步；敵兵豎起木柵，攔住缺口，埋伏弓箭手，躲在柵中刺射。李晟兵士前隊多被射倒，兵士不覺向後退卻；李晟在陣後大聲呵叱，軍心復振。史萬頃甚是勇猛，只見他左手握盾，右手握刀，劈斷木柵數排；步兵如潮水一般湧進柵門去，把柵木一齊踏倒，那衝鋒隊縱橫馳騾，銳不可當。

朱泚手下一班大將，如姚令言、張庭芝輩，都趕出來拚命力戰；李晟命四路步兵騎兵，包圍住敵軍，且戰且進。正酣戰的時候，忽見有數千騎兵，在內城門左右埋伏著，出擊李晟軍後；晟領百餘校刀手，著地滾殺過去，砍斷馬腳。命兵士且戰且喊，道：「相公來！」這三字才喊出口，那騎兵都已驚得四散奔逃；姚令言見敵不住李軍，急急回進宮去，報與朱泚知道。

朱泚聽說全城被破，驚得魂不附體；姚令言勸朱泚速速棄城而逃，朱泚獨攜著虞貴嬪，由姚令言、源休一班人，率領著殘敗軍士約有萬人，保著朱泚出西門逃去。李軍進至內城，先搜捕餘孽，捉住李希倩、敬釭、彭偃數十人；又回至含元殿，使軍士們掃除宮禁。

後宮一班妃嬪，曾被朱泚所姦污過的，如今聽說李晟入城，唐天子快要回宮，便含著一腔羞憤，各自淹死的淹死，縊死的縊死；李晟一面派人收拾宮中的屍體，一面傳諭將士，不得騷擾民間。次日，有

別將高明曜，私取賊妓一人；尚可孤偏將司馬由，私取賊馬一匹，被李晟察覺，把二人斬首示眾；全軍肅然，便真的秋毫無犯了。

那朱泚從長安敗走出來，逕向涇州地界來；沿途因缺糧食，所有萬餘人馬都零落散去，只剩得騎士數百人。待到得涇州城下，城門卻緊緊閉上；朱泚令騎士大呼開門，只見城樓上站著一將，大聲說道：「我已為唐天子守城，不願再見偽皇帝矣！」

朱泚抬頭看時，認得是節度使田希鑒；便對希鑒說道：「我曾授汝旌節，如何臨危相負？」

希鑒冷笑說道：「汝何故負唐天子？」

朱泚不覺大怒，便命騎士縱火燒門；希鑒取旌投下火中，大喝道：「還汝節，速退休！」

朱泚部下見無路可去，不禁流下淚來；希鑒對朱泚部下說道：「汝等多係涇原舊卒，為何跟著姚令言自尋死路？如今唐天子不追既往，許汝等自新，汝等速降我，便得生路！」

那士卒聽了此言，齊聲說願降；姚令言站在朱泚身後，忙上前喝阻，被士卒拔刀亂砍，立即倒斃；朱泚大駭，急轉過馬頭，向北馳去，那虞貴嬪遺落在後，被他部下擄去，不知下落。

那朱泚奔至驛馬關，被寧州刺史夏侯英，帶領人馬上前攔住；朱泚沒奈何，又轉赴彭原，隨身只得十餘騎士。部將梁庭芬、韓旻二人起了歹心，密謀殺泚；梁庭芬在朱泚身後，偷偷的發過一支箭去，正射中朱泚的頸項。朱泚大叫一聲，翻身落馬，落在路旁深坑中；韓旻趕上前去，咯嗒一聲，斬下朱泚的首級來。

二人又同至涇州投降希鑒，獻上首級；希鑒用檀木盒子裝著朱泚的首級，送至梁州。德宗下諭，拜希鑒為涇原節度使，把他從前私通朱泚的罪狀，概置不問；又封李晟為司徒中書令，一面下詔回鑾，自梁州啟行，直抵長安。

渾瑊、韓游環、戴休顏一班大臣，俱從咸陽迎謁，護從至京；李晟、駱元光、尚可孤出京十里，恭迎御駕。統領馬步各軍十餘萬，前呼後擁，旌旗遍野；德宗率領妃嬪、公主、太子逕自還宮。檢點宮眷，死亡大半；德宗甚是淒愴，按所有宮女，每人賜絹一匹，名為壓驚。又隔一日，宴饗功臣；自然李晟居首，渾瑊次之，所有隨征將士，具依次列坐。

飲酒中間，李晟起身奏稱：「如今尚留有大逆二人：一是李懷光，一是李希烈，請陛下下旨聲討。」德宗准奏，便命渾瑊統兵，前往征討李懷光；李晟統兵五萬人馬，去征討李希烈。

那李希烈佔據了汴州地方，僭稱帝號，兵馬四出劫略各地；那時有一項城縣，是往來要道，李希烈急欲攻得此城，便可進取咸陽。那時項城縣令李侃，是一個拘窘小儒，不能當大事的；聽說李希烈派兵來攻，嚇得他欲棄城而逃。他夫人楊氏，卻是一位女中豪傑；便厲聲對她丈夫道：「寇至當守，不能守

當死！奈何欲逃耶？」

李侃嘆著氣道：「兵少財乏，如何可守？」

楊氏道：「此城如不能守，地為賊有，倉廩為賊糧，府庫為賊利，百姓為賊民；國家要汝守土官何用？今盡所有財粟，招募死士，共守此城；城存俱存，城亡俱亡，方能上對朝廷，下對百姓。」

那李侃總是搖著頭，不肯發兵，楊氏大憤，便召吏民入庭中；楊氏出庭，高聲向吏民說道：「縣令為一邑之主，應保汝吏民，但歲滿即遷，與汝等不同；汝等生長此土，田廬在是，墳墓在是，當共同死守，誰肯失身事賊。」

眾吏民聽了，都攘臂大呼，道：「吾等誓不從賊！」

楊氏又下令道：「我今與汝等約，有能取瓦石擊賊者，賞千錢；持刀矢殺賊者，賞萬錢。」

眾人聽了，都十分踴躍；楊氏復從後堂去推出李侃來，逼令率眾登城，楊氏親為造飯，遍餉吏民。忽見一賊將鼓噪而至，李侃膽寒，逃下城來；楊氏即代丈夫登城，向城下賊人說道：「項城父老都知大義，誓守此城；汝等得此城，不足示威，不如他去，免得多費心力。」

賊眾見城上站一婦人，忍不住大笑；楊氏下城，復推她丈夫上城，率眾抵禦。倉猝間，敵陣中飛來一箭，射中李侃肩頭；李侃忍痛不住，返身下城，正與楊氏相遇，楊氏道：「君奈何下城，吏民無主，城亡在即；今日之事，雖戰死地城上，亦得千古留名。」

李侃不得已，裹住創口，重復登城，督吏兵反射；萬弩齊發，敵勢稍挫。賊見刀攻不得，便豎起雲梯；一敵將首先登城，忽被城中守卒飛出一箭，射中面頰，墜死城下。敵中失了主將，陣勢頓亂，如鳥獸一般，向四處退散；這項城縣幸得保全。事後，刺史官把楊氏守城的功，列表上聞；德宗下詔，陞李侃為太平令，這是後話。

如今李希烈的兵，見攻項城不下，又去圍攻陳州，相持一個月，也不能攻下；那希烈的兄弟希倩，反被朝廷捉去正法，希烈大怒，令部將崇暉拚力攻取陳州，又親自督兵攻打寧陵。誰知被李晟遣部將劉洽、高彥昭，用十面埋伏之計，攻破希烈陣線；兵士傷亡過半，希烈逃至汴梁。

那陳州崇暉的兵馬，被李晟派都虞侯劉昌、隴右節度使曲環等戰將，率兵三萬人，大破陳州圍兵，殺得希烈部下首級三萬五千人；又生擒大將崇暉，兵威大震，遠近驚心。李希烈站腳不住，出奔至蔡州；那汴州、滑州一帶地方，都歸順唐朝。

那渾瑊、韓游環二人，奉德宗手詔征討李懷光，也甚得手；召集十二路人馬，力攻渡河。懷光聽說唐朝兵馬大集，便吩咐放起蜂煙，卻不見人馬來救他；部下將士反自相驚擾，忽嚷西城被圍了，又鼓噪著說東城投降了。

第二天，城中將士都改易了章飾，自寫著太平字樣；懷光住在宮中，一夕數驚，他一時良心發現，便自縊而死。當有朔方將士牛石俊，割下懷光的首級來，獻城出降；渾瑊麾眾入城，捕殺懷光部下閻晏等七人，奏凱至京師，德宗皇帝親自出城勞軍。

此時，惟有李希烈固守蔡州，倔強不服；至貞元二年正月，又遣他部將杜文朝來攻取襄州，被唐山南東道節度使樊澤所擒。三月，又遣部將襲取鄭州，又被義成節度使李澄所敗；希烈眼看著兵勢日衰，便不覺積憂成疾，終日惟奄臥在床褥中。

希烈有一個最寵愛的姬妾竇氏，小名桂娘，原是汴州戶曹參軍竇良的愛女；不但長得面貌美麗，更兼文才豐富。希烈取得了汴州，便慕桂娘的艷名，先使人送聘至竇家，言明欲聘取桂娘為次妻；那竇良愛他的女兒，好似掌上明珠一般，如何肯捨，便將那來使辱罵了一場，又把他的聘禮擲出庭心去。

第八十八回　郜國公主

李希烈見娶不得竇桂娘為妻，心中萬分懊恨；又聽說竇良對他遣去下聘的人如此無禮，便老羞成怒，立刻遣發將士，領親兵數十人，湧至竇桂娘家中，把這脂粉嬌娃強劫了去。

她父親見來人如此無禮，如何甘心忍受，便提著劍，在後面追趕著；可憐這竇良是快六十歲的人了，年老力弱，如何追趕得上？看看那班強人，劫著他的女兒在前面跑著；他氣急敗壞的在後面追著，不知不覺追了二十里路。

竇桂娘在前面，看看她父親追得可憐，又怕她父親真的追上了，免不了要遭強人的毒手；便回頭，帶哭著對她父親說道：「阿父捨了孩兒吧！兒此去必能滅賊，使大人得邀富貴。」竇良聽了他女兒的勸告，眼看他女兒是奪不回來的了，便忍著一肚子冤氣回家去；他兩老夫妻相對大哭了一場。

這竇桂娘見了李希烈，卻也不十分抗拒；希烈當日便如了他的心願，曲盡歡愛。從此日夕相依，愛如珍寶；後來希烈稱帝，便冊立桂娘為貴妃。桂娘趁此時機，便竭力拿她的美色去媚惑希烈，又故意賣

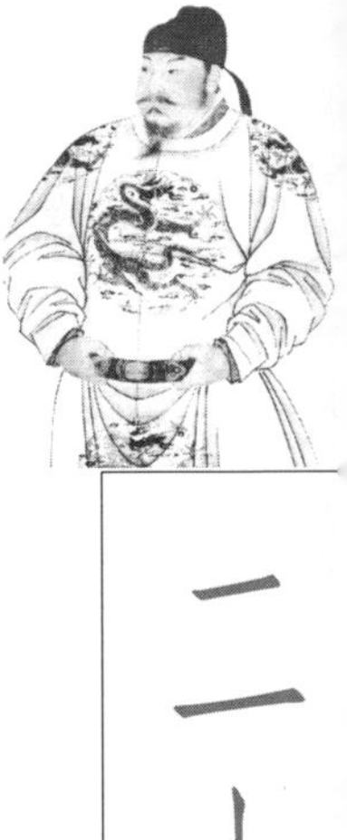

弄她的才情，常常替希烈管理軍國大事；因此希烈平日無論什麼機密，都被桂娘知道。

待後來希烈奔至蔡州，桂娘對希烈說道：「妾觀諸將不乏忠勇之士，但皆不及陳光奇；妾並聞之光奇妻竇氏，甚得光奇歡心，若妾與之聯絡，將來緩急有恃，可保萬全。」

希烈這時十分寵愛桂娘，豈有不言聽計從之理；便令桂娘去結納竇氏，閨中互相往來。桂娘小竇氏數歲，便稱竇氏為姊，日久情深，便互訴肺腑；桂娘便趁間對竇氏說道：「蔡州一隅之地，如何能敵得全國；妹察希烈，早晚不免敗亡，姊須早自為計，免得有絕種之憂。」

竇氏聽了，頗以桂娘之言為是，便把這一番話去轉告光奇；光奇便從此變了心，欲謀殺希烈，苦於無隙可趁。湊巧，這時希烈有病，便拿黃金去買通了希烈的家醫陳山甫，把毒藥放在湯藥裏；希烈服下藥去，果然毒性發作，立刻七竅流血，翻騰呼號而死。

希烈有一子，甚是機警，見父死於非命，知為部下所害；便故意把父親的屍體收藏起來，秘不發喪，意欲假希烈之命，盡殺舊時將吏。計尚未定，恰巧有人獻入含桃一筐，桂娘趁機說道：「先將此含桃遺光奇妻，可免人疑慮。」希列之子依她的話，便由桂娘遣一女僕，拿含桃去贈與竇氏。

竇氏也是精明之人，見含桃內有一顆形式相似，卻非真桃，只是一粒蠟九，外面塗以紅色；心中知道必有蹊蹺，待女僕轉身去後，便檢出此蠟丸，與光奇剖丸驗看。中露一紙，有細小蠅頭楷字，寫著：

「反賊前夕已死，今埋屍於後堂；孽子秘不發喪，欲假命謀殺大臣，請好自為計。」

光奇連夜把他部下將士召來，告以機密之事；內有牙將薛育，說道：「怪不得希烈屋中樂曲雜發，晝夜不絕；試想希烈病劇，如何有這般閒暇？這分明是有謀未定，偽作音樂，以掩飾外人耳目；吾等倘不先發制人，必遭毒手矣！」光奇便與薛育二人，各率部兵闖入牙門，聲稱請見希烈。

希烈之子見事已敗露，倉皇出拜，道：「願去帝號，一如李納故事。」

光奇厲聲道：「爾父悖逆，天子有命，令我誅賊。」說著，也不待答話，便上去，一刀把希烈之子殺死；又殺死希烈之妻，並割下希烈屍首來，共得頭顱七顆，獻入部中，只保留著桂娘性命不殺。

德宗以光奇殺賊有功，便拜光奇為淮西節度使；又因竇桂娘智勇有謀，此次希烈死亡，全出於桂娘之計，便把桂娘宣召進宮。王貴妃見桂娘長得十分美麗，便認她做義女，留養在宮中；一面奏請德宗，拜她父親竇良為蔡州刺史，真應了桂娘「使大人得邀富貴」一句話了。

德宗時候，被朱泚一變，接著李懷光、李希烈東也稱王，西自稱帝，鬧得天翻地覆；直至此時，方得略見太平。誰知疆埸烽煙未盡，而朝內意見又生；只因德宗心喜文雅，不樂質直，當有李泌，因文采風流，深得德宗皇帝賞幸，加封至鄴侯。惟丞相柳渾，素性樸直，常在當殿直言敢諫，為德宗所不喜；柳渾又與張延賞屢生齟齬，延賞暗使人與柳渾通意，道：「公能寡言相位，尚可久保。」

柳渾正色答道：「為我致謝張公，渾頭可斷，渾舌不可禁！」不久，柳渾被德宗下詔，罷為左散騎常待；這原延賞從中進讒，使柳渾不能安於相位。

延賞又與禁衛將軍李叔明有仇，欲設法陷害，竟欲連及東宮；叔明原是鮮于仲通的弟弟，賜姓為李氏，有一子名昇，與郭子儀的兒子郭曙，令狐彰的兒子狐建，同為宮中宿衛。講到他三人的面貌，真如潘安、宋玉、衛玠相似，長得眉清目秀，年少風流，甚是得人意兒；德宗西奔時，三人都因護駕有功，待德宗回鑾以後，便各拜為禁衛軍。

從來說的，自古嫦娥愛少年；你想，這三個美少年在宮中宿衛多年，宮中的妃嬪媵嬙多半是久曠的怨女，見了這粉搓玉琢似的男孩兒，豈有不垂涎之理？他三人平日在宮中出入，和一班宮娥彩女調笑廝混慣了，便漸漸的瞞著萬歲爺耳目，做出許多風流事情來；起初，各人找著各人心愛的，在月下偷情，花前訴恨。

自來宮廷中的婦女，心中的怨恨最深，她年深月久的幽閉在深宮裏，有終身見不到一個男子的，因此，對於男子的情愛，也是最深；如今得與這幾個美少年，在暗地裏偷香送暖，怎不要樂死了這班女孩兒。當時，德宗皇帝最寵愛的妃嬪，除王貴妃、韋淑妃幾個人以外，大都是長門春老，空守辰夕的；那班背時的妃嬪們，因同病相憐，彼此十分親暱，日長無事，便各人訴說著自己的心事，毫不隱瞞。

在這班妃嬪中，頗有幾個年輕貌美的；像當時的榮昭儀、郭左嬪，都是長得第一等的容貌。只因生性嬌憨，不善逢迎，既不得皇帝的寵幸，手頭便自然短少金銀了；平日既沒有金銀去孝敬宮中的總管太監，那太監在萬歲跟前，只須說幾句壞話，那妃嬪們愈是得不到帝王的寵幸了。

如今，那些宮女們得了這三位少年宿衛官的好處，想起那榮昭儀、郭左嬪二人，長得美人胚子似的，終日守著空房，甚是可憐，便也分些餘情給她們。從此郭曙和榮昭儀做了一對，令狐建和郭左嬪做了一對；他們每到值宿之期，便悄悄的在幽房密室中盡情旖旎，撤膽風流。

獨有這個李昇，在他同伴中年紀最輕，面貌也是最漂亮；宮中幾百個上千個女人，都拿他當肥羊肉一般看待，用盡心計，裝盡妖媚去勾引他。這李昇卻有一種古怪脾氣，他常常對同伴說：「非得有絕色可愛的女子，我才動心；像宮中那班庸脂俗粉，莫說和她去沾染，便是平常看一眼，也是要看壞我的眼睛的。」

你看，他眼光是何等的挑剔！因此，他看那郭曙、令狐建一班同僚的宿衛官，見了宮中的女人，不論她是香的臭的，蠢的俏的，一個個的摟向懷中去，寶貝心肝的喚著；他只是暗暗的匿笑。

他們原好好的在長安宮中各尋歡樂，忽然霹靂般的一聲，反賊殺進長安城來了；德宗皇帝慌張出走，看那萬歲爺，左手牽住王貴妃的衣袖，右手拉住韋淑妃的纖手，在黑夜寒風裏，腳下七高八低，連

爬帶跌的逃出北門去。

這時候，皇帝後面還跟著一班六宮妃嬪，和公主、太子等一大群男女，啼啼哭哭的在荒郊野地裏走著；走了一個更次，眼前白茫茫的一片，攔住去路。原來已在白河堤上，便有幾個護駕的宿衛官，沿著河岸去搜尋船隻；好不容易，被他們找得了三艘漁船，自然先把萬歲爺扶下船去，後面妃嬪們，連滾帶跌的也下了船。

無奈船小人多，堤岸又高，又在黑暗地裏；有幾個膽小足軟的宮眷，卻不敢下船去。那船在河心裏行著，許多妃嬪公主沿岸跟著船，連爬帶跌的走著哭著；北風吹來，哭聲甚是淒咽。這時，李昇也保護著幾個妃嬪，在堤岸上一步一步慢慢的走著；忽有一個婦人暈倒在地，正伏在李昇的腳旁。

李昇這時，明知這婦人是宮中的貴眷，但也顧不得了，便伸手去把這婦人攔腰抱起，扛在肩頭走著；覺得那婦人的粉臂，觸在自己的脖子上，十分滑膩，那一陣陣的甜香，不住的往鼻管裏送來。任你坐懷不亂的柳下惠，到此時，也不由得心頭怦怦的跳動起來；李昇暗暗的想道：「這麼一個有趣的婦人，不知她的面貌如何呢？」

這真是天從人願，李昇心中正這樣想著，忽然天上雲開月朗，照在那婦人臉上，真是一個絕世的美人；看她蛾眉雙蹙，櫻唇微啟，這時口脂微度，鼻息頻聞，直把李昇這顆心醉倒了。正在這時候，那宿衛官又搜得了幾條漁船，扶著那岸上的妃嬪們，一齊下了船去；那李昇懷中抱著的婦人也清醒過來了，李昇便慢慢的扶她下了漁船。

說也奇怪，李昇自抱過這婦人以後，這顆心便好似被那婦人挖去一般，只是不肯離開她；這婦人一路行去，李昇也一路追隨裙帶，在左右保護著。德宗駐蹕在奉天城中，李昇也在行宮中，當著宿衛官；後來又奔至梁州，李昇和他的同僚郭曙、令狐建三人，亦在宮中守衛著。李昇在暗中探聽，那婦人究是何等宮眷；後來被他探聽明白，這婦人原不是什麼妃嬪，竟是當今皇上的幼女郜國公主。

這位公主，是德宗皇帝最心愛的女兒，自幼生成聰明美麗；只是，卻是一位薄命的紅顏。公主在十六歲時候，便下嫁與駙馬裴徽，夫妻兩口兒過得很好的日子；第二年，便生下一個女孩兒來，長得和她母親一般美麗，小名箏兒。她父親裴徽更是喜歡她，常常抱著她，到宮中去遊玩；德宗見箏兒長得可愛，便聘她為太子的妃子。

誰知公主和裴徽夫妻做至第六年時，便生生的撒開了手；駙馬死去，公主做了寡鵠孤鸞。有時，德宗接她進宮去住著，總見她愁眉淚眼的，甚是可憐；德宗便替公主做主，又替她續招了一個駙馬，便是長史蕭升。那蕭升長得面如冠玉，年紀還比公主小著幾歲；公主下嫁了他，很覺得人意兒。

但薄命人，終究是薄命的，他夫妻二人聚首了不上十年，蕭駙馬又一病死了；郜國公主進宮去，摟

住父皇的脖子，哭得死去活來。她和蕭駙馬又不曾生得一子半女，此時箏兒已長成了，德宗便替她做主，把箏兒娶進宮來，做了太子妃；又把郜國公主接進宮去，和太子一塊兒住著。從此午夜夢迴，一燈相對，嘗盡寡鵠孤鸞的淒涼滋味。

這位公主雖說是三十以外的年紀，但她天生麗質，肌膚嬌嫩；又善於修飾，望去宛如二十許的美人。公主雖在中年，但德宗每次見面，還好似摟嬰兒一般摟著，公主也在父皇跟前撒癡撒嬌的；德宗傳旨，所有公主屋子裏的一切日用器物，皆與王貴妃、韋淑妃一樣的供養著。如此嬌生慣養的美人，叫她如何經得起這樣的風波驚慌！幸得天叫有緣，遇到了這個多情的宿衛官李昪。

他因迷戀郜國公主的姿色，平日在宮中值宿，總愛站立在公主的宮門外守望著；他便是遠遠的望見公主的影兒，心中也覺得快樂的。日間在宮中來往的人多，耳目也雜，李昪也不敢起什麼妄想；每到夜靜更深的時候，李昪便悄悄的走進宮門去，站在公主的窗外廊下，隔著窗兒廝守著。

在李昪心中，這已是很值得安慰了；但郜國公主秉著絕世容顏、絕世聰明，正值中年善感，又在流離失所的時候。人孰無情，誰能遣此？因此在五更夢迴的時候，常常從屋子裏傳出一兩聲嬌嘆來；聽了這美人嘆息，又勾起了李昪心中無限的憐愛來。

那時，公主倉皇出走的時候，得李昪溫存扶持，郜國公主一寸芳心中，未嘗不知道感激；便是那李昇的一副清秀眉目，看在公主眼中，也未嘗不動心。但自己究是一個公主的身分，便是感激到十分，動心到十分，也只是在無人的時候想想，嘆著氣罷了；她卻不料她心上想的人，每夜站在她窗外伺候著。

這時候，天氣漸漸的暖了，聽那公主每到半夜時分，便起身在屋子裏閒坐一回；接著，便有宮女走進去服侍她，焚香披衣。有時聽得公主嬌聲低吟著詩歌，那歌兒嗚咽可憐；有時，從窗上看見公主的身影兒，從燈光中映出雲鬢鬆墮，玉肩雙削，李昇恨不能跳進屋子去，當面看個仔細。

後來天氣愈熱，公主每愛在半夜出房來，站在臺階兒上望月納涼；如雪也似的月光，照著公主如雪也似的肌膚。看她袒著酥胸，舒著皓臂，斜躺在一張美人榻上，有兩個丫鬟輪流替換著，在一旁打扇；最可愛的，是她赤著雙足，潔白玲瓏，好似白玉雕成的一般。這時，公主因夜深無人，身上只穿一件睡衣；愈顯得腰肢一搦，嬝娜可愛。

這月下美人的嬌態，每夜皆盡看在李昇的眼中；原來這時，李昇隱身在臺階下的一叢牡丹花裏，看得十分清楚。覺得郜國公主竟是一位天仙下凡，嫦娥入世；他愛到萬分，便是死也不怕。滿心想跳身出去，跪在公主肩下，求她的憐惜；便是得美人發惱，一劍殺死，也是願意的。但他又怕在這夜靜更深時候，驚壞了美人兒；更怕當著宮女的跟前，羞壞了美人兒。

守著守著，這一夜，公主又出至廊下來納涼，忽因忘了什麼，命宮女復進屋子去；這時只剩公主一

人，斜倚在榻上，她抬著粉頸，正望著月光。李昇心想，這是天賜良機，他便大著膽，悄悄的爬上臺階，從公主身後繞過去；那公主一條粉搓成似的臂兒，正垂在榻沿上，月光照在肌膚上面，更顯得潔白可愛。

李昇看著，也顧不得什麼了，搶步上前，捧住公主的臂兒，只是湊上嘴去發狂的親著；公主冷不防背後有人，不覺大驚，嬌聲叱吒著。便送過一掌去，打在李昇的腮兒上，清脆可聽；急回過身去看時，月光照在李昇臉上，公主認得原是一路扶持著她的那個少年宿衛。

但公主平日何等嬌貴，從不曾被人輕薄過；如今被一個宿衛官輕薄著，心中忍不住一股嬌嗔。再看李昇時，他早已直挺挺的跪在公主跟前，低著頸子，不說一句話；又見他腰上佩著寶劍，公主便伸手去，把他的寶劍拔下來。那劍鋒十分犀利，映著月光，射出萬道寒光來；公主也不說一句話，提起那寶劍，便向李昇頸子上砍去。

那李昇依舊是直挺挺的跪著，反伸長了頸子迎上去；說是遲那時快，李昇的頸子正與寶劍相觸的時候，忽聽得那兩個宮女，在屋子裏說笑著出來。公主心中忽轉了一念，忙縮回手中的劍，伸著那腳尖兒，向李昇當胸輕輕的一點；李昇是何等乖巧的人，便趁勢向公主的榻下一倒，把身子縮做一團，在公主的身體下面躲著。

那公主也把裙幅兒展開遮住，又把寶劍藏在身後；兩個宮女站在公主左右，一個替公主搥著腿，一個替公主打著扇，公主口中儘找些閒話，和宮女們說笑著。聽那公主的口氣，卻不似和從前一般的長吁短嘆；李昇縮身在榻下聽了，知道公主心中也有了意思，心頭也不覺萬分的得意。

她主婢三人說笑多時，公主便起身，一手扶住一個宮女的肩頭，頭也不回的回進屋子睡去；獨丟下了這個李昇，冷清清的縮身在榻下。他不知公主心中是喜還是怒，便一動也不敢動，直候到月色西斜；他因縮身在榻下，十分侷促，不覺手足十分麻木，那耳中好似雷鳴，眼前金星亂迸。

正在窘迫的時候，忽見榻上伸下一隻纖手來，扶著李昇的身體，把他慢慢的從榻下扶出來；又扶他悄悄的走進公主房中去，從此兩人都如了心願。這郜國公主雖是三十許的婦人了，但長得十分妖媚，把個李昇迷戀得幾乎性命也不要了；李昇是只有二十餘歲的少年，但廝磨了不久，竟已是十分消瘦。

第八十九回　成事在天

從來說的，中年妾如方張寇；這不但是妾，凡是中年的婦人，她的性慾總是十分旺盛的，尤其是中年的寡婦，更尤其是中年寡婦的對於少年男子。

如這李昇的遇到郜國長公主，一個是深憐熱愛，一個是貪戀癡迷；他們也不問自己地位的危險，也不管名譽的敗壞，儘是暗去明來的，終日幹著風流事情。滿宮中，沸沸揚揚都傳說著李昇和公主二人的風流事，傳在太子妃子的耳中，萬分的羞恨。

這太子妃子，原是郜國公主的生女；她母親做了這丟人的事，叫她做女兒的臉面，擱到什麼地方去！她也曾悄悄的去勸她母親，在形式上檢點些；但她母親正在熱戀的時候，如何肯聽她女兒的話。卻不料朝廷中，有一班大臣是和禁衛將軍李叔明作對的，那李昇正是李叔明的兒子；他們打聽得李昇有這污亂宮廷的行為，便要藉為口實，去陷害叔明父子二人。

其中有一個張延賞，最是和李叔明有仇恨，又與太子作對的；他非但欲藉李昇污亂宮廷的事，去推

倒李叔明，又想要連帶推倒東宮，從中掀起極大的風潮來。便獨自進宮去，朝見德宗皇帝，竟把李昇私通郜國長公主的情形，一一直奏出來；那郜國公主，是德宗平日所最寵愛的，如今聽她做出這種寡廉鮮恥的事情來，由不得心中十分憤怒，當時便要立刻去傳公主來查問。

這張延賞萬分刁惡，他又奏道：「如今東宮妃子是長公主的親女，陛下若查問起來，於東宮太子和東宮妃子面上，十分的丟臉；東宮將來須繼陛下為天子，若今日此事一經傳揚，他日使太子有何面目君臨天下？萬歲若必欲徹查此事，須先將太子廢立，然後方可以放膽行去。」

一句話點醒了德宗皇帝，便低頭思索了一會，對張延賞說道：「卿且退去，朕自有道理。」延賞知道自己的計策已行，便退出宮去。

那德宗便立刻把丞相李泌傳進宮去，這李泌年高德厚，是德宗生平最敬重的人；如今把李泌傳進宮去，便拿張延賞的一番話對他說了。這李泌是何等有見識的人，聽了德宗的話，便知道張延賞有意要搖動東宮；便奏道：「此是延賞有意欲誣害東宮的話，望陛下不可輕信。」

德宗便問：「卿何以知之？」

李泌奏道：「延賞與李昇之父李叔明有嫌惡，李昇自回鑾以後，蒙陛下恩寵，任為禁衛將軍，眷愛正隆，一時無可中傷；郜國長公主原是太子生母，從這穢亂之事入手，便可以興一臣案。陛下尚須明察。」

德宗聽了這番話，不禁點頭稱是；但李昪污亂宮廷的事，在李泌也頗有知聞，便趁此機會奏道：

「李昪年少，入居宿衛；既已被嫌，理宜罷斥，免得外間多生是非。」

到了第二天，德宗真的依了李泌的言語，免了李昪禁衛之職，從此也不聽信延賞的言語了；張延賞弄巧成拙，心中鬱鬱不樂。

你想，李昪得了郜國公主的私情，平日言動何等的跋扈；那郜國公主因得德宗的寵愛，在宮中也有很大的勢力，如今見她所寵愛的人，無端被張延賞在萬歲跟前進了讒言，便革去了官職，她心中便把這張延賞恨入骨髓。

從來說的，最毒婦人心；郜國公主平日在宮中，原和一班禁衛官通著聲氣的，當時，她便悄悄的打發一個有本領的禁衛官，在半夜時分跳牆進去，把張延賞殺死。李昪見死了他的對頭人，愈是膽大了；如今他是沒有官職的人了，更覺出入自由，終日伴著公主，在宮中盡情旖旎，放膽風流。

那公主初死丈夫的時候，尚能貞靜自守，如今一經失節，便十分淫放起來；她與李昪晝夜縱樂，還嫌不足，打聽得那郭曙和令狐建二人，也是一樣的少年美貌，便令她宮中的侍女，悄悄的去把二人引誘進宮來，藏在屋子裏。三個少年男子伴著一個中年婦人，輪流取樂；這郜國公主卻十分勇健，不到三個

月工夫，便把三個強壯少男調弄得人人容貌消瘦，筋疲力盡。

後來，李昇看看公主的愛情，漸漸的移轉到別人身上去了，不覺醋念勃發；有一夜，在更深時候，三個少年在公主的屋子裏大鬧起來，甚至拿刀動杖，弄得沸反盈天，連太子的宮中也聽得了。太子便帶領一隊中官，趕來把三人綑綁起來，鎖閉在暗室裏，第二天發交內省衙門審問；那郭曙和令狐建二人，因在宮中當著禁衛將軍之職，自然有言語推託。但這李昇已是革職的人員，深夜在內宮中喧鬧，該當死罪；但念他從前護駕之功，便從寬問了一個充軍的罪名，流配到嶺表去。

宮中自出了這一樁風流案件，人人傳說著，郜國公主淫蕩的壞名兒，更鬧得內外皆知；但婦人的性情十分偏執，她若守貞節時，便能十分貞節，她若放蕩的時候，便也十分放蕩，任你旁人如何勸告，總是勸告不轉來的。可憐那太子妃，是一個十分貞靜的女子，她去跪在郜國公主跟前哭著勸著，那公主總是不肯悔悟；她見去了郭、李、令狐三人，轉眼又勾引了三個強壯有力的少年，進屋子去尋著歡樂。

那三個少年，一個名李萬，一個名蕭鼎，一個名韋惲；這三人中，李萬最是淫惡，他不但污亂了宮廷，還要謀為不軌。他趁著郜國公主迷戀他的時候，說服郜國公主去謀弒德宗皇帝；他日自己篡了位，這部國公主便穩穩的是一位皇后了。這部國公主聽了李萬的話，起初不肯；後來，李萬想得了一個巫術的法子，把德宗的生辰八字寫在紙上，墊在公主的床褥下面，七天工夫，保管這位皇帝便要無疾而亡。

誰知事機不密，到第四天時，那德宗跟前便有人去告密；德宗大怒，立刻調了十個禁衛武士，到郜國公主宮中去搜捕，把三個人一齊捉住，又搜得那巫術的物件。德宗十分惱怒，親自動手，在郜國公主的粉頰上用力打了幾下，喝令打入冷宮去監禁起來；又把李萬拖至階下，十個武士各拿金根一陣亂打，生生的把他打死在階下，蕭鼎、韋惲二人，一齊流配到塞外去。

德宗餘怒未息，又召太子進宮，當面訓責了一番；太子見父皇盛怒不休，十分恐懼，便叩頭認罪，又說情願與太子妃離婚。德宗又召李泌進內，德宗此時便有廢立太子的意思；當時對李泌說道：「舒王年已長成，孝友溫厚，可當大位。」

李泌聽了，十分惶駭，便奏道：「陛下立儲，告之天地祖宗，天下咸知；今太子無罪，忽欲廢子立姪，臣實以為不可。」

德宗道：「舒王幼時，朕已取為己子；今立為太子，有何分別？」

李泌跪奏道：「姪終不可為子，陛下有親子而不能信，豈能信姪乎？且舒王今日之孝，原出於天性；若經陛下立為太子，則反陷舒王於不義，而兄弟間漸生嫌隙，非人倫之福也。」

德宗正在憤怒頭上，聽了李泌的一番話，便不覺勃然變色，大聲斥道：「此朕家事，丞相何得強違朕意，豈不畏滅族耶？」

李泌卻毫不驚懼，只哀聲說道：「臣正欲顧全家族，所以為此忠言；若一味阿順，不救陛下今日之失，則恐他日太子廢後，陛下忽然悔悟，反怨臣不盡臣子諫勸之道。彼時罪有應得，雖滅族，亦不足以贖臣誤國之罪！臣只有一子，他日同遭死罪，便有絕嗣之憂；臣雖亦有姪，然臣在九泉，以無嫡子奉宗祠，雖欲求血食而不可得矣！」李泌說著，便不禁痛哭流涕。

德宗原是素來敬重李泌的，如今聽了他一番痛哭流涕的話，也不禁動容；李泌知道皇帝漸有悔悟之意，便進一步奏道：「從古到今，父子相疑，天倫間多生慘禍；遠事且不必說他，那建寧之事，想陛下也還能記憶。」

德宗卻又不便就此罷手，便又問道：「貞觀開元二次，也曾俱更易太子過來，何故卻不生危亂？」

李泌奏答道：「承乾謀反，事被覺察，由親舅長孫無忌及大臣數十人，問成實罪，便下詔廢立；但當時言官尚入奏太宗，請太宗不失為慈父，承乾因得終享天年，太宗亦依議，只廢魏王泰。如今太子並無過失，如何可以承乾比之？況陛下既知建寧蒙冤，肅宗躁急；今日之事，更宜詳細審察，力戒前失。

萬一太子確實有過，猶望陛下依貞觀故事，並廢舒王，另立皇孫；庶萬世以後，仍是陛下嫡派子孫。至如武惠妃進讒陷害太子瑛兄弟，海內冤憤，可為痛戒，望陛下勿信讒言；即有手書如晉愍懷，衷甲如太子瑛，亦當辨明真假，豈因妻母不法，女夫便為有罪乎？臣敢以百口保太子。」李泌說著，臉上露著堅毅的神色，毫不畏懼。

德宗冷冷說道：「此乃是朕家事，於卿何與，必欲如此力爭耶？」

李泌應聲道：「天子當以四海為家，臣今得任宰相，四海以內，一物所失，臣當負責；況坐視太子含冤？若臣知而不言，是宰相溺職矣！」

德宗到此時，也便無話可說，揮著手說道：「丞相且去，容朕細思，明日再議可也。」

李泌知道皇帝心志尚未堅定，他如何肯放，便又叩著頭泣諫，道：「陛下果信臣言，父子必能慈孝如初；但陛下今日回宮，在妃嬪前，幸勿露絲毫辭色，恐有襝衽宵小趁隙生風，欲附舒王以得富貴，則太子從此危矣。」

德宗點頭說：「知道了。」李泌退歸私宅。

接著，太子來求見，謝過丞相保全之德；又說此事若必不可救，當先自仰藥，免受恥辱。

李泌勸慰著太子，說道：「殿下不必憂慮，萬歲明德必不至此；只願太子從此益勤於孝敬，勿露怨

望，泌在世一日，必為太子盡力一日。」

果然隔不多日，德宗獨御延英殿，召泌入見，流淚說道：「前日非卿切諫，朕今日已鑄成大錯了。朕今日方知太子仁孝，實無大過；從今以後，所有軍國重務及朕家事，均當與卿熟商。」

李泌見大事已定，自己年紀亦太老，便上表告老回鄉去了；誰知李泌回到家中不多幾天，那朝中的黃門官便奉著聖旨，接二連三的召李泌進京去。但李泌年老龍鍾，再三辭謝，不肯入朝；德宗便派親信大臣，就李泌家中議計。

原來這時，吐蕃集合羌渾，大舉入寇隴州，連營數十里；關中震動，連京城百姓一齊恐慌起來。西邊將士多堅壁自守，不敢出戰；隴右民人盡被擄掠，丁壯婦女悉受番人的姦污，選那年輕的，齊擄回營去享用。那些老弱百姓，大半被他斷手鑿目，拋擲路旁；同時雲南、大食、天竺各部落，都與吐蕃響應，騷擾中國內地。

德宗連得警報，無計可施，便又想起李泌來，派親信大臣去問退兵之計；那李泌說道：「這事容易，吐蕃心目中最懼怕的，便是回紇國；如今我只須遣一使，去與回紇連和，那吐蕃聞知，必驚駭而退。」

那大臣便問：「我朝廷因先帝蒙塵陝州之事，久與回紇結怨；今又與之修和，恐反被夷狄恥笑。」

李泌便就書案上寫就國書一通，約依開元故事，來使不得過二百人，市馬不得過千匹，又不得攜中國人及胡商出塞；當時，德宗便依計，遣使臣到回紇國去。那回紇國可汗正因多年不朝，心懷疑懼，如今見中國反遣使連和，傾覺十分榮耀，當即帶領人馬，親自入關來朝見中國皇帝；那吐蕃的軍馬一見回紇國的兵將，果然消聲匿跡的退出關外去。

德宗在宮中，設宴款待回紇可汗；見那可汗長得狀貌魁梧，年正少壯，便下詔將第八皇女成安公主，許配與回紇可汗。回紇可汗喜出望外，便就當筵拜謝；德宗令先將公主畫像攜回國去，在宮中張掛，使外臣俱得瞻仰天朝貴女，又約定至次年春天，由回紇可汗來中國親迎。

一轉眼到了婚期，那回紇可汗果然親送牛羊聘禮；又怕公主在途中寂寞，便由可汗之妹骨咄祿毗伽公主，及回紇國中大臣妻五十人，到中國來宮中陪伴著，回紇可汗親帶騎兵一千人護衛著。德宗親御延喜門接見回紇可汗，行子婿禮；可汗又奉上手表，那表上寫道：「昔為兄弟，今為子婿；陛下若患西戎，子願以兵除息，且請改名回鶻，是取捷鷙如鶻的意思。」

德宗許諾，次日，德宗皇帝親宴骨咄祿公主，又遣使去問李泌宴饗的禮節；李泌道：「從前敦煌王嘗妻回紇女，後至彭原謁見肅宗；肅宗與敦煌王原是從祖弟兄，當時便呼回紇公主為婦，不稱為嫂，公主亦拜謁庭下。彼時國勢艱難，借彼為助，尚不失君臣大節；況今日回紇可汗係就婚於我。」

德宗於是引骨咄祿公主入銀臺門，由長公主三人延見，朝拜德宗，禮節十分隆重；又有女官導公主入宴所，由賢妃降階相迎。骨咄祿公主先拜，然後賢妃答禮，妃與公主遨坐席間；遇帝賜必降拜，非帝賜亦避席才拜，俱由女譯官傳達。

前後兩次盛宴俱不失禮，德宗心中甚是歡喜；便下旨設咸安公主官屬，立親王府，拜回紇可汗為親王，授滕王湛然為婚禮正使，右僕射關播為護送使，骨咄祿公主伴著一同西行。第二年，又命滕王賚送冊書，封合骨咄祿為長壽天親可汗，咸安公主為長壽孝順可敦。

誰知天不從人願，長壽的壽反不長；咸安公主嫁到回紇國去，不到一年，那長壽天親可汗，便不幸短命死了。妙年公主，孤孤淒淒，別國萬里，卻做了寡鵠孤鸞；公主修了一封傷心訴苦的信，奉與中國大皇帝。那德宗見女兒在外國做了寡婦，活活地葬送了大好一生，便也覺可憐；忙打發一個使臣，隨帶了幾個宮女，和許多金珠緞帛，德宗又親自寫了一封信給公主，信上說了無數安慰憐息的話。

誰知這封御書送到回紇宮中，那咸安公主早已配對成雙；錦衾繡窩中，早已有一個如意郎君安慰著她。原來番人習俗，父死子得妻母；咸安公主正是妙年美貌，那合骨咄祿的兒子多羅斯可汗，也正在盛年，兩個相見，如何不愛？咸安公主便也顧不得一生的名節了，竟和前子配成一對兒；那賚信去的使臣見了這情形，也只得悄悄地回到國中，一句話卻不敢提起。

這一年八月，德宗正帶著一班妃嬪，在御宛中望月；忽見月色暗淡無光，當時太子隨侍在一旁，德宗便問主何吉凶？太子奏稱：「昔年燕國公逝世，亦見月蝕東壁；今又見月蝕東壁，想必又欲喪一大臣。」不多幾天，果然地方官報來說，前丞相李泌逝世；德宗聽了，不覺流淚。

這李泌自幼便富於智略，七歲時有神童之名，玄宗召入宮中相見；李泌入宮時，正值玄宗與張說對弈，玄宗便令張說面試李泌才器。張說即隨手指著棋盤說道：「方若棋局，圓若棋子，動若棋生，靜若棋死。」

李泌當時不加思索，隨口答道：「方若行義，圓若用智；動若騁材，靜若得意。」張說大為嘆服，起身拜賀得此奇童。當時，宰相張九齡與李泌結為小友；後來李泌歷仕三朝，因才高器大，俱得帝王重用，死時年已六十八歲。

德宗因李泌已死，每遇軍國大事，實無人可與諮商；當時有戶部侍郎裴延齡，為人十分奸險，遇事能迎合皇帝旨意，德宗也愛聽裴延齡的話，不悟其奸。這一年，因四海澄平，德宗便欲大修神龍氏寺，報答天恩；裴延齡便奏稱：「同州谷中，有大木數十株，高約八十丈；可以採作寺材。」

德宗驚喜道：「朕聞開元天寶年間，因宮中大興土木，在近畿搜求美材，百不得一；如今從何處忽得此嘉木？」

延齡即獻著訣辭道：「天生珍材，必待聖君乃出；開元天寶年間，何從得此！」德宗聽之甚喜。

延齡欲得皇上歡喜，便又上疏奏道：「在糞土中得銀十三萬兩，緞疋雜貨百萬有餘；此皆是庫藏羨餘，應移雜庫別供支用。」

當時即有韋少華上表，彈劾延齡「欺君罔上，請令三司查核，庫藏何來如許糞土中物；此物明明是延齡移正藏為羨餘，欺君大罪，殺不可赦。」

無奈，此時德宗寵用延齡，任你旁人如何諫諍，德宗總是不悟；太子誦在東宮，見此情形，操心憂慮，頗稱練達。

第九十回　中興氣象

太子誦，身旁有侍臣二人，最稱相得；一個是杭州人王伾，一個是山陰人王叔文，均拜為翰林侍詔，出入東宮。

叔文詭譎多謀，自言讀書明理，能通治道；太子嘗與諸侍讀坐談，論及朝中宮中雜事，眾人大放厥辭，呶呶不休，獨叔文在側，不發一言。及侍臣齊退，太子乃留住叔文，問他何故無言？叔文答道：「殿下身為太子，但當視膳問安，不宜談及外事；且皇上享國日久，如疑殿下收攬人心，試問將何以自解？」

太子不覺感動，說道：「若無先生今日之言，我未能明白此理；今後當一惟先生之教是從。」

從此，王伾和王叔文二人，甚得太子的信任；王伾善書，王叔文善弈，兩人早晚以書弈二事娛侍太子。在弈棋的時候，二人趁機進言，或推薦某人可為相，某人可為將；這原是二王的私黨，在二王，便欲依附太子的聲勢，植立他的黨羽，一朝太子登位，他二人便可以大權在握了。誰知人生疾病無常，那

太子忽然染了瘋癱的症候；病勢十分沉重，竟成了一個啞子，不能發音說話。

這時，正是貞元二十一年的元旦，德宗御殿受群臣朝賀；那太子的病勢正在危急的時候，不能上朝，德宗知太子病勢厲害，心中也十分悲傷。退朝回至後宮，且嘆又泣，身體漸覺不豫；便也臥倒在床，得了感冒之症，病勢也是一天沉重似一天。直過了二十多天，並不見天子坐朝，太子的病勢也不見減輕；朝廷內外都不通消息，百官日日在朝堂上候駕，人人疑懼。

到了八月初二，這一天晚上，忽然內廷太監傳出諭旨來，宣召翰林學士鄭絪、衛次公進內宮去草遺詔；到此時，那兩位學士才知道德宗早已崩逝，便握管匆匆立即定稿。正落筆時，忽有一內侍出語，道：「禁中因嗣皇帝未定，正在計議；請學士暫且停筆，聽候禁中消息。」

衛次公聽了，便忍不住大聲說道：「太子雖然有病，位居冢嫡，中外歸心；必不得已，也須立廣陵王，否則必致大亂，一朝事變，敢問何人能擔當此責？」

鄭絪在旁，亦應聲道：「此言甚是。」那內侍聽了這兩位學士的話，便傳達至禁中。

這廢立之議，原是宦官李忠言一班人，在那裏從中播弄；如今聽了這一番話，知道不能違背眾人意思，才宣言德宗皇帝已駕崩，立太子誦為嗣皇帝。鄭絪、次公二人，依旨寫就詔書，立刻頒發出去；太子知因自己害病，人心憂疑，使力疾出御九仙門，召見諸軍使，群臣齊呼萬歲。次日，即位太極殿，衛士還疑非真太子；待嗣皇帝陞座，群臣入謁，引領相望，果是真太子，不覺大喜，甚是泣下。

這位新皇帝便是順帝，尊德宗為神武皇帝，奉葬崇陵；舉殯之日，那德宗賢妃韋氏，便請出宮奉侍園陵。順帝替她在陵旁造幾間房屋，韋賢妃便移入居住，守制終身；宮廷內外，都稱道韋氏的賢德。

這時，順宗皇帝雖能勉強起坐聽政，但喉音瘖啞，終未痊癒，不能躬親庶務；每當百官入宮奏事，便在內殿設一長幔，由幔中太監代傳旨意，裁決可否。百官從幔子外面望去，常隱隱見順宗皇帝左右，互陪著兩人；一是順宗親信的太監李忠言，一是順宗寵愛的妃子牛昭容。外面王叔文主裁草詔，王伾便專司出納帝命；叔文如有奏白，便託王伾入告忠言，忠言又轉告牛昭容，昭容代達之順宗。

順宗甚信任此四人，往往言聽計從，無不照行；從此翰苑大權，幾高出於中書、門下二省。叔文復薦引韋執誼為相，得拜為尚書左丞同平章事；又引用韓愈、柳宗元、劉禹錫一班人，互相標榜。不是稱伊周復出，便是說管葛重生；所有進退百官，都要從他們跟前通疏過，可進則進，不可進則退。

從此一班利祿小人，各以金帛奔走於二王之門，昏夜乞憐，賄賂公行；叔文和伾的私宅中，門庭若市，日夜不絕，金帛略少的，往往不得傳見。那鑽營利祿的人，都不遠千里萬里而來，一時不得進見，

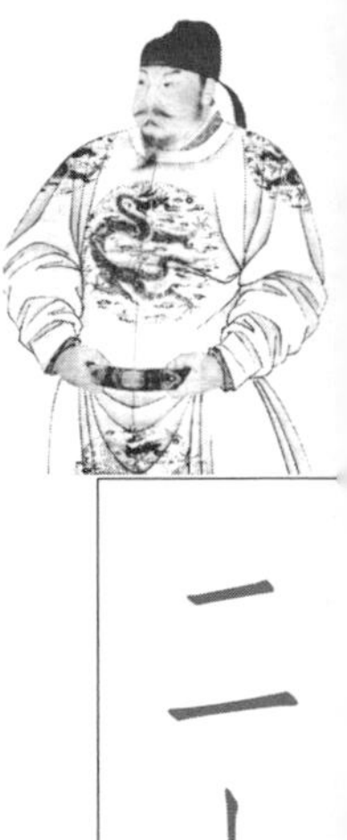

便多就鄰近寓宿；長安市上，凡餅肆酒壚，都客滿賓客。

那店家定出規矩來，每夜須出旅資一千文，方准留宿；一時市上滿坑滿谷，全是來求見二王要差使的。那王伾尤其是愛財如命，他接見賓客，按人取賄，毫無忌憚；所得金帛，用一大櫃收藏起來，伾與他夫人，每夜共臥櫃上，以防盜竊。

這時，順宗久病不痊，而儲君尚未立定，一日若有不測，便起內變；朝中大臣俱各憂慮，便欲上表請皇上早定儲位，只有王伾和王叔文二人欲便自私，便多方撓阻。宮中有宦官二人，一名俱文珍，一名劉光錡，亦甚有權勢；見二王專權，心中也甚是憤恨，便趁二王不在跟前的時候，密奏順宗，速立太子。

順宗皇帝因自己久病不起，也曾想到立嗣這一節；今見二人密奏，便傳諭宣召翰林學士鄭絪進宮，商議大事。那鄭絪進宮去，朝見過萬歲，萬歲不能言語，只把手指向身後指著；鄭絪會意，便書「立嫡以長」四字，進呈御覽。順宗看了，也點頭微笑；絪便就御案前草就詔書，立廣陵王純為太子。

原來，順宗有二十七子，廣陵王是王良娣所出，為順宗長子；順宗又怕立純為太子，諸子不服，便又封弟諤為欽王，誠為珍王，封子建唐郡王經為郯王，洋川郡王緯為均王，臨淮郡王縱為溆王，弘農郡王紓為莒王，漢東郡王綱為密王，晉陵郡王總為郇王，高平郡王約為邵王，雲安郡王結為宋王，宣城郡王緗為集王，德陽郡王絿為冀王，河東郡王綺為和王。

又封子絢為衡王，纁為會王，綰為福王，紘為撫王，緄為岳王，紳為袁王，綸為桂王，繟為翼王；這詔書全由鄭絪一人起稿，其中只太監俱文珍預聞其事，連牛昭容也不及聞知。次日傳下聖旨去，宮中朝中都不覺驚詫。

太子奉詔遷入東宮居住，平日侍奉父皇、接見大臣，甚是賢孝；陸質為侍讀史，入講經義，趁間進勸太子監國，太子不禁變色，道：「皇上令先生來此，無非為寡人講經，奈何旁及他務？寡人實不願與聞。」陸質抹了一鼻子的灰，便也不敢再說。

但這位順宗皇帝自從登位以後，病勢只是有增無減，已久不登殿坐朝了；便有西川節度使韋皋，也上表請太子監國，表上大意說：「皇上哀毀成疾，請權令太子親臨庶政；俟帝躬痊癒，太子可復歸東宮。」又另上太子書，道：「聖上諒陰不言，委政臣下；王叔文、王伾、李忠言等，謬當重任，樹黨亂紀，恐誤國家。願殿下即日奏聞，斥逐群小；令政出人生，治安天下。」

接著荊南節度使裴均、河東節度使嚴綬紛紛上表，促請太子監國；那太監俱文珍，也在宮中順宗皇帝跟前，朝夜奏請，許太子監國。那順宗看看自己的精神，也實在不能支持，便依群臣之請，下詔令太子即日監國；太子出臨東朝室，引見百官，受百官朝賀。這位太子純孝天成，念父皇疾病，便逡巡避

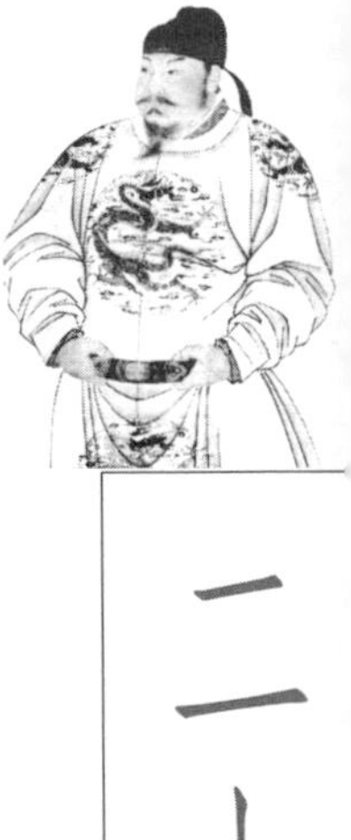

席，忍不住流下淚來，暗地裏用袍袖拭著眼淚；臣下見了，無不稱頌。

這時，宮外一個王叔文，宮內一個牛昭容，頓時失了權勢；獨有太子生母王氏，卻終日陪伴在順宗皇帝身旁，扶持疾病。順宗皇帝因不理朝政，身心安閒起來，病勢也略略減輕了些。太子欲使父皇在病中得消遣之物，便下詔使四方貢獻珍奇之物。

當時便有拘弭國貢卻火雀一雌一雄，又有履水珠、常堅冰、變晝草各種名物。那卻火雀毛純黑，只和燕子一般大小，鳴聲十分清脆，不似尋常鳥鳴聲；捉此雀投入火中，那火燄頓時熄滅。順宗皇帝甚愛之，配以水晶籠，懸在寢殿中；每夜使宮女持燭炬燒之，終不能毀牠的羽毛。

履水珠是黑色的，和鐵質相似，大和雞卵相似；上面有水波縐紋，正中有一眼。拘弭國貢此珠的使臣說：「人握此珠在掌中，入江海內，可以在波濤中行走，不被水打濕。」

順宗皇帝聞之，初不之信，便命宮中內侍善於泅水的，掌中握珠，躍入太液池中；只見此內侍能在水面下往來行走，宛如平地，又能鑽入池中，良久出水，衣帽乾燥，毫無水漬。順宗十分詫異，令將此珠藏入內宮。

這年夏天，天氣奇熱；有一宮女十分美貌，因年輕好弄，私竊水珠入液池沐浴。忽聞水中響起霹靂一聲，手中珠化作黑龍，衝天而去；此宮女亦被捲上天去，無可追尋。順宗嘆為奇事。

常堅冰，原是一塊極尋常的冰，產在拘弭國大凝山上；山中冰千年不化，從拘弭國送至京師，清潔堅冷如故。雖在盛暑烈日之下，亦不溶化。

變晝草，葉如芭蕉，長有三尺；每一枝有千葉，樹在室中，或庭中百步以內，不見人面，昏黑如夜。順宗見之，不禁大怒道：「此背明向暗之物，我中國不足貴也！」令督庭焚去。

拘弭國使臣不覺大慚，退謂鴻臚卿曰：「我國以變晝為異，今皇帝以向暗為非，真明德之君也！」

此時，嶺表又獻一奇女子，名盧眉娘，年只十四歲，而美麗入骨；最動人的，因她眉彎細長，眉彩綠色，因名曰眉娘。順宗召入宮中相見，問她的家世；原來，她的祖宗是後漢盧景祚、景宣、景裕、景融兄弟四人，為皇帝師傅，後避難流落在嶺表，傳至眉娘，已十二世了。

順宗問：「有何技能？」

眉娘獻上繡本，見是一尺白絹，上繡《法華經》七卷，字大小如半粒米；但點畫分明，細如毛髮，書上品題章句，無有遺缺的。眉娘又獻上一物，名「飛仙蓋」；是用一縷絲染成五彩，在掌中結成華蓋五重，中有十洲三島，天人玉女，臺殿麟鳳之象，外列執幢捧節之童，亦有千數。蓋闊一丈，稱之無三數兩重；用靈香膏敷之，便宛轉堅硬而不斷。

順宗見之，十分嘆賞，稱她神姑；又令走近御床，細看她的肌膚，明淨嬌膩，十分可愛。順宗嘆

道：「好女兒！」命送至太子宮中；眉娘在宮中，每日只食胡麻飯三四兩，太子亦甚愛之，宮中群呼為神姑。

此時，順宗體愈衰弱，便禪位與太子，自稱太上皇，改元名永貞，循例大赦；隔五日後，太子純即位太極殿，稱為憲宗。奉太上皇居興慶宮，尊生母王氏為太上皇后；貶王伾為開州司馬，王叔文為渝州司戶。

憲宗初登帝位，竭力振作朝綱，一時奸佞小人都被罷黜；當時有昇平公主，便是郭子儀之子，郭曖的妻子，入宮朝賀，又獻女妓數人。憲宗道：「太上皇尚不受獻，朕如何敢受！」便命將女妓退還。

接著，荊南地方獻上毛龜，憲宗亦不受；下詔道：「朕所寶惟賢才；嘉禾神芝，全是人臣諂媚君王之事，何足為寶？從今日始，勿再以瑞兆上聞；所有珍禽異獸，亦毋得進獻。」從此臣下十分畏懼，天下有治。

每月朔望，憲宗必帶領百官，至興慶宮朝賀順宗皇帝；元和元年，奉上尊號，稱為應乾聖壽太上皇。順宗皇帝見憲宗如此孝順，心中也甚是歡喜；到了第二年，太上皇病體愈劇，醫藥無效，便爾崩逝，年只四十六歲。計順宗在位，前後僅有半年；此後憲宗皇帝登位，順宗病倒在床，足有三年工夫。

在這三年之內，憲宗皇帝常在太上皇榻前侍奉湯藥；太上皇每到十分痛苦的時候，便欲傳喚仙姑，至榻前唱遊仙歌，歌聲婉轉美妙，太上皇的神情漸漸的安靜下來。這神姑是天生嬌喉，每一闋曲終，便細如游絲，餘韻繞樑；便是憲宗皇帝在一旁聽了，也為之神往。又見她面容美麗皎潔，襯著彎彎的眉兒，小小的唇兒，真好似天仙一般。

這神姑每與憲宗皇帝在榻前相見，便掩唇一笑，頓覺百媚橫生；直到順宗皇帝升遐，憲宗因在服喪中，不便視朝，終日惟在宮中起坐。每到憂悶無聊的時候，便命宣召神姑盧眉娘來唱遊仙歌；今天也唱，明天也唱，憲宗皇帝漸漸的有非眉娘不歡了。眉娘年紀也漸漸的長大了，出落得苗條嫵媚，又是嬌憨爛漫；叫人見了，不由得不愛。

這位憲宗皇帝，雖說是不好女色的；但天天聽著她宛轉的歌喉，曼妙的姿色，便不由得不動心起來。憲宗皇帝在眉娘身上，既然有了心；以後每傳眉娘進宮，便把左右宮女以及伺候他的妃嬪，一齊支使開去，只留眉娘在跟前。

那眉娘見了憲宗皇帝，也十分嬌酣；每次憲宗命她唱歌，她便盤腿席地，偎著憲宗膝前坐下，嬌聲唱著。唱到幽揚動神的時候，那憲宗皇帝便忍不住伸過手去，摸著眉娘的脖子；那眉娘便如小鳥入懷，婉戀依順。待憲宗要去把她摟在懷中時，那眉娘卻又嗤嗤的笑著；如驚鴻一般的，把柳腰兒一折，避去

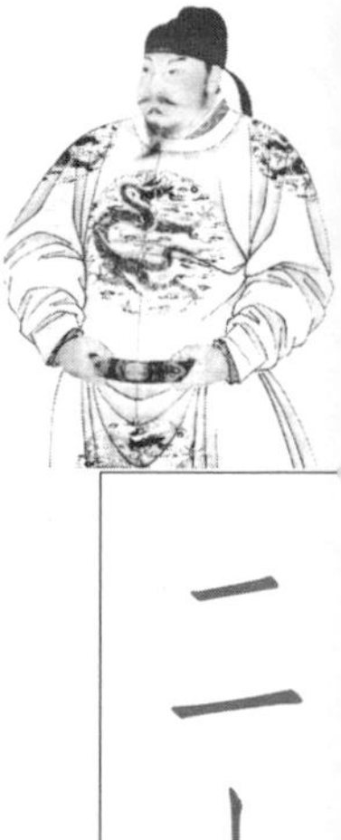

在壁角上，只是憨笑。

憲宗皇帝見她這天真爛漫的樣子，倒也不忍逼得她太緊；但從此寵愛眉娘的念頭，卻一天深似一天，宮中每有珍寶脂粉，便先去賜與眉娘。看憲宗皇帝的情形，幾有非眉娘不歡的了；待到見了眉娘的面，卻又奈何她不得。

這時，天氣漸漸的暖了，憲宗皇帝每日聽眉娘唱歌，便移在殿東南角廊下；這時已月上黃昏，一片皎潔，照射在眉娘臉兒上，好似擦脂抹粉一般。憲宗皇帝目不轉睛的，注視在眉娘臉上；看她長眉侵鬢，珠唇含嬌，實在忍不住了，便趁眉娘正抬著脖子唱著的時候，過去摟住她纖腰，向懷中一坐。那眉娘驚得玉容失色，憲宗湊上臉去，正要和她親熱；那眉娘卻一納頭，倒在憲宗的懷裏，嚶嚶的啜泣起來。

這一哭，哭得帶雨梨花似的，粉面上珠淚淋漓；任你是鐵石人看了，也要動起憐惜之念來。做皇帝的，調弄幾個宮眷，原是尋常事情；這盧眉娘實在嬌憨得厲害，憲宗又是一位多情天子，終於不忍下這個辣手。便也放開了手，又用好言勸慰她，拿袍袖替她拭去了臉上的淚痕；又賞她輕紗明珠，命宮女們好好的伴送她回房去。

這眉娘自受了這次驚恐以後，到第二天便病了；渾身發燒，病勢十分凶險，一連七八天不能唱歌。

那憲宗皇帝原是一天也離不得眉娘的，如今多日不見眉娘，萬歲心中十分掛念；過了七八天，憲宗再也忍耐不住了，便親自移駕至後宮，探望眉娘的病情。

從此，憲宗每日朝罷，便在眉娘房中，伴坐在病榻旁；那眉娘病勢漸漸減輕，神情也慢慢的清醒過來，她見了憲宗皇帝，偏又百般的撒嬌，十分的親熱。眉娘善哭，在病苦時候，更是愛哭；每哭時，必得憲宗皇帝勸慰一番，才住了悲傷。

憲宗每日和她在床頭枕畔廝混熟了，憲宗便慢慢的，把要納她為妃子的話，對眉娘說了；眉娘聽了卻也不拒絕，只奏說：「婢子年紀尚幼，不知禮節，怕冒犯天顏；萬歲爺若有意憐惜婢子，求開恩緩一二年，容婢子學熟得禮節，再奉侍萬歲不遲。」

憲宗聽她話說得婉轉可憐，便也許她緩一二年冊立妃子；那眉娘又求著憲宗，釋放後宮年長宮女五百人，過了幾天，又求釋放教坊女妓六百人。憲宗因寵愛全在眉娘身上，便事事聽從；那宮女們都誦揚眉娘的功德。

在憲宗皇帝心目中，卻只愛這個眉娘，原也不用這班宮女和妓女了；憲宗皇帝心中所盼望的，只是在一二年以後，冊立眉娘為貴妃。到那時，有這樣一個美人陪伴著，還要那三千粉黛何用；莫說那三千粉黛，便是憲宗皇帝平日所最寵愛的郭皇后、鄭淑妃，也十分厭惡的了。

憲宗度日如年的捱過了一年、二年，直過了三年；有一天，憲宗皇帝到後宮去探望眉娘，只見她雲鬢蓬鬆，已把三千煩惱一齊剪去了。憲宗這心中的失望，到了極地，忙拉住眉娘的手，連連追問；那眉娘只說得一句：「萬歲爺饒放了奴婢吧！」便跪倒在地，嗚咽痛哭起來。憲宗看她哭得十分傷心，便也不忍強逼她。

到了第二天，憲宗又去探望，原想把她的心勸慰過來的；誰知憲宗不曾開得口，那眉娘仍是一樣的哭著說著。如此接連五六天，憲宗看看眉娘終是不肯回心轉意了；便嘆道：「此天上女仙，非朕等俗人所得享其艷福。」便賜金鳳環，憲宗去替她束在臂兒上，說道「留作紀念」；又賜作姑子，賜號「逍遙仙子」，放歸南海。

第九十一回　神仙道術

憲宗皇帝自眉娘去後，終日鬱鬱不樂，心中只是想念著眉娘的秀美；任妳郭皇后、鄭淑妃百般的勸慰，又令後宮嬪妃歌舞取樂，在憲宗皇帝心中，終覺好似失了一樣什麼東西似的。正想念得苦，忽內侍報說：「逍遙仙子已仙去了！」憲宗萬分悲傷，命高僧高道在宮中大做法事，超渡仙子。

又有人報說：「在東海上，常常見眉娘乘一片紫雲，往來遨游。」憲宗忙遣中使，備香車寶馬，往東海迎接眉娘仙駕。那中使去了三個月工夫，空手回來，說：「不見眉娘仙蹤。」憲宗卻從此信了神仙不死之術。

便有東萊節度使薦高僧田佐元，又僧人大通，憲宗召入宮禁，朝夕講道；大通又能煉石成仙，憲宗特備淨室，大通選一玉石，日夜磨煉，石竅窕如美女形，大通再加以雕鑿工夫，衣袖翩翩。憲宗望去，宛如眉娘佇立的形狀，便十分寶愛；裝以錦盒，藏在寢宮中，朝夕撫摸。

同平章事李絳又奏稱：「青兗間有奇人玄解，能知過去未來事；童顏鶴髮，吹氣如蘭，跨一頭黃色

牝馬。馬身只三尺高，不食草穀，日飲酒三數升，不用鞍勒，只以青氈一幅披背；玄解騎著，往來街市間，與人談話，道千百年間事，歷歷在目。」憲宗召之入宮，供養在九英室中。

憲宗平日自用紫茭席，色紫如茭葉，光軟香潔，冬暖夏涼；今將此席賜與玄解坐用，又賜飲龍膏酒。此酒原是烏弋山離國所獻，色黑如漆，飲之使人神爽；憲宗每日罷朝回宮，便往來於僧道間，訪問仙法，十分的信仰。

那玄解生性樸實，不知禮節；憲宗常問：「先生年歲已高，何以顏色卻不老？」

玄解答道：「臣家在海上，常在海邊種靈草食之，能使人容顏不老。」玄解說著，便從衣袋中，取靈草種子三包；憲宗吩咐太監，去種在殿前。

這靈草有三種，一名雙麟芝，二名六合葵，三名萬根藤；雙麟芝為褐色，一莖分兩穗，隱約如魚鱗，頭尾俱全，結子有如瑟瑟。六合葵為紅色，葉如茂葵，初生有六莖，至枝梢合成一株，共生十二葉，開二十四花；形如桃花，一朵千葉，一葉六角，結子如相思子。萬根藤，一本有萬根，枝葉都成碧色，鉤連盤屈，蔭遮一畝；其花鮮潔，形如芍藥，花瓣細如髮絲，長略五六寸，一朵之花，有蕊千根。靈草既成，玄解奏請皇上朝晚採食之，果覺精神日健；憲宗愈禮重玄解。

又有西域進美玉二方，一圓形，一方形，徑各五寸；光彩凝冷，可照見毛髮。玄解見之，奏道：

「此圓形者為龍玉，方形者為虎玉。龍玉為龍所愛，生於水中，今若投之水中，必生虹蝦；虎玉為虎所愛，如以虎毛拂玉，便見紫光四射，群獸畏服。」

憲宗不信，問西域使臣：「此二玉從何處得來？」

使臣奏道：「圓玉是從一漁人處得來，方玉是從一獵人處得來。」

憲宗便命將二玉如法試之，將圓玉投入液池，便見波濤洶湧，雷雨齊作，水底隱隱有龍吟聲；又將方玉在後苑萬牲園中拂拭之，果見紫色光四射，園中野獸齊俯首貼耳不敢動。憲宗大喜，即命以錦囊分裝二玉，藏入內府。

玄解住宮中三年，便欲求去，憲宗強留之；玄解奏道：「野人出入三山，疏野性成；如今侷促於宮禁，久不見三山景色，心甚念之。」

憲宗便傳命巧匠，令刻木作三山形狀，嵌以珠玉，憲宗與玄解同往觀看；憲宗笑指三山，道：「若非上仙；如何能登此蓬萊仙境？」

玄解笑答道：「臣視三山猶咫尺耳！」只見他笑言未畢，即縱身向此木刻三山中跳去；那玄解的身體頓時縮小，細如小指，入珠玉殿閣中，忽已不見。憲宗命左右大聲喚之，竟不復出，憲宗十分懊傷，便稱此三山為「藏真島」；每日朝罷，在島前焚鳳腦香，表示崇敬追念之意。

只隔十餘日，便有青州司馬奏稱：「見玄解又跨黃馬過東海去矣！」憲宗覽奏，心念玄解，不能去懷；便命內給事張維則，去青萊間尋訪神仙。

一日，張維則停船在東海島嶼間，時正夜深月朗，忽聞雞犬吠鳴聲，海面頓起煙霧；張維則出視，向煙霧中望去，隱約見樓臺重疊。張給事趁月色信步行去，約走一二里，便見花木臺殿，金戶銀闕中，出公子數人；戴章甫冠，著紫霞衣，吟嘯自如。

維則上去拜見，公子問：「汝從何來？」張維則自稱是大唐天使。

公子笑道：「唐皇帝原是吾友，汝回朝時，為吾傳語唐皇。」便命一青衣，捧金龜印以授維則，即將此印置於寶盒；復對維則道：「為我致意唐皇帝。」維則攜之回舟中，回視樓臺人跡都已消滅。

那金龜印長有五寸，面方一寸八分，上負黃金玉印，有篆刻八字，為「鳳芝龍木，受命無疆。」；維則送至京師，面呈與憲宗皇帝。

皇帝大喜道：「此海上公子，當是玄解化身；朕前生當亦是仙人。」但不解印上文意，命藏以紫泥玉鎖，懸在帳門；每夜有五色發射，光長數尺。忽見寢殿前連理樹上，生靈芝二株，形狀類似龍鳳；憲宗大悟印文上「鳳芝龍木」四字之意。

自憲宗信神仙之術，四方常進奇異之物；八年，大軫國貢重明枕、神錦衾、綠色麥、紫色米。大軫國在海東南三萬里，因在軫星之下，所以稱為大軫國。重明枕，長一尺二寸，高六寸，潔白過於水晶；中有樓臺之形，四方有道士十人，持香執簡，繞行不休，稱做行道真人。其中樓臺瓦木丹青，以及真人衣服簪帔，無一不精細完美；裏外通澈，好似隔水視物。

神錦衾，是用冰蠶的絲織成方二丈，厚一寸，上有龍紋鳳彩，細精非人工能成；在大軫國中，用五色石砌成一池塘，採大柘葉，飼蠶在池中。初生時，細才如蚊蟻，游泳於水中，待長成，長有五六寸；池中種荷，荷葉茂盛，荷幹挺直，雖大風暴雨不能吹折。葉大有三四尺，蠶經十五日後，便跳入荷葉中，吐絲成繭，形如方斗，自成五色；大軫國人取其絲，織成神錦，又稱靈泉絲。

憲宗初見此錦衾，與嬪妃觀之，不禁大笑說道：「此區區不足以被嬰兒，豈能被朕體耶？」大軫國使臣在一旁奏道：「此錦是織水蠶所吐之絲而成，若噴以水，則能倍寬，遇火則縮。」便命四太監各執一衾角，力拽之；又使人在表面上噴以水，立刻寬至二丈，五色光彩愈覺鮮明。

憲宗嘆道：「本乎天者親上，本乎地者親下，此言信不虛也！」便又令以火燻，立即縮小如舊時。

綠色麥粒，粗於中國之麥子，裏外通明，顏色深綠，氣息芬芳如粳米；人食之，體重漸輕，可以乘風飛行。紫色米則如巨藤，炊米一升，可得飯一斛；人食之，鬚髮衰白的可變黑色，顏面不老。憲宗十分寶貴，在中元日，祭祀玄元皇帝，煮碧麥、紫米以薦；祭畢，與宮中道人分食之。

接著，又有吳明國，進貢常燃鼎、鸞蜂蜜二種。吳明國，離東海數百里，須經過挹婁、沃沮等國才到；吳明國的土地宜種五穀，出產珍珠、白玉最多，國中人民最講禮樂仁義，沒有做盜賊的人。人壽可活至二百歲，國中人都解神仙法術；常常見有坐雲車、騎白鶴的仙子，在天空中來往。吳明國國王因望見西方空中，有黃氣如蓋；知道中國有聖人出世，便特遣使臣來進貢。

所謂常燃鼎，可容三斗，鼎光潤如玉，顏色純紫；在鼎中煮食物，不用柴炭，而能自熟。食物香潔，與平常釜中所煮的食物不同；久食此鼎中所煮之食物，可令人反老還童，疾病不生。

所謂鸞蜂蜜，因吳明國所產之蜂，其鳴聲如鸞鳳；身有五色，大者約十餘斤，築巢在高山巖谷之中。最大的窠巢，占地有二三畝大，每年產蜜甚多；但每次取蜜，每一巢中只能取二三兩，如採取過多，便有風雷的變異。倘誤被蜂螫，便生瘡毒；只須採石上菖蒲根塗之，便能痊癒。蜂蜜作綠色，貯之白玉碗中，裏外明澈，有如碧琉璃一般；久食之，可令人長壽，顏面如童子，白髮亦長成黑色。如有聲啞殘疾的，食此蜜都能痊癒。

憲宗得此二物，也十分愛惜，常將蜂蜜賜與后妃，又常與諸親貴大臣，用常燃鼎煮食；君臣之間，甚是和樂。但憲宗皇帝因迷信神仙之術，常在空屋中靜坐，摒去妃嬪，又欲絕食，修成仙體；戒食稻米，終日拿藥餌瓜果充食，漸漸弄得身體瘦弱。

郭皇后和鄭淑妃再三勸諫，又親自調弄食物進獻，憲宗皆拒絕不食；后妃二人退至私室，憂愁萬分。郭皇后說：「萬歲如此迷惑左道，必致妨礙聖體；為今之計，須以聲色改易萬歲心意。」鄭淑妃亦深以皇后之言為是，但環顧六宮粉黛，卻無一人有絕世容態，能怡情悅性的；郭皇后便私用財帛，令中官至四方，去訪求有奇才絕世的女子。

那中官至貝州清陽地方，訪得宋氏有姊妹五人，均有奇才絕色，俱在閨中，尚未字人；宋氏父名庭芬，富於才華，膝下有女五人，不獨容顏長得個個美麗，且又聰明絕倫。庭芬家居無事，便授五女以經藝，又教以詩賦；年未及笄，皆能文章又富於詞藻。

長女名若莘，次女名若昭，三女名若倫，四女名若憲，五女名若荀；若莘、若昭二女之文尤淡麗，性亦貞靜嫻雅，不喜粉華之飾，遠近聞其名，遣媒求聘者甚眾。若莘姊妹五人相約不嫁，願以學藝，揚名顯親；若莘在家教誨四妹，有如嚴師，又著《女論語》十篇，其文氣都模倣論語體裁，以韋逞母宣文君宋氏代孔子，以曹大家等代顏閔。其間問答辭意，全是講究婦道；若昭又從而註解之，一時鄉黨傳誦，賢德之名四起。

那中官亦聞名而至，與宋庭芬相見，多贈以金帛；宋庭芬說：「我女都立志不嫁，我不能以富貴屈之。」

中官說採若莘姊妹所著書進獻，庭芬便將若昭所寫之本，交與中官攜至宮中；郭皇后問宋氏姊妹姿容，中官對稱，姊妹五人均艷絕人寰，而若昭尤美。郭皇后又慮萬歲無情於女色；鄭淑妃思得一計，即將《女論語》薰以蘭麝，趁憲宗不留心之時，便悄悄的拿去陳列在寢宮御案上。

憲宗在夜靜更深時閉目靜修，忽覺奇香觸鼻，從案頭傳來；憲宗不覺心中一動，急近案尋覓，忽見一錦盒黃標，寫著《女論語》三字。憲宗便隨手打開盒子來，翻讀過幾頁，心中不覺起敬；次日即傳中官訊問，中官即奏稱，為昭義節度使李抱真所獻。

憲宗又詳問宋氏家世，中官把宋氏姊妹五人的才色，詳細奏說了一番；憲宗大喜，立命中官賚詔至清陽，宣宋氏五女入宮。誰知那宋若莘姊妹卻很有志氣，說：皇帝如不以禮聘，我姊妹決不入宮；如屈我姊妹在妃嬪之列，雖死亦不入宮。中官無法，只得拿此話轉奏皇上。

憲宗此時欲見宋氏姊妹的心很切，便令昭義節度使李抱真，用厚幣賚著皇帝的聖旨，到宋家去聘請若莘姊妹五人，進宮教讀后妃；又拜若莘父宋庭芬為金華令。昭莘姊妹五人進宮，憲宗命宮中后妃嬪嬙，俱以師禮事之；又闢延秋宮為講室，令后妃嬪嬙都從若莘姊妹誦讀《女論語》。一時，六宮嬪嫒及諸王、公主、駙馬，俱拜若莘、若昭為師；女弟子百餘人，宮中成為女學堂。

憲宗常至學堂中遊幸，只見粉龐雲髻，濟濟一室，各擁一卷，嬌聲吟誦著；憲宗看著，甚是歡樂。

看若莘長得容光端麗，儀態萬分，若昭卻又是美麗在骨，顧盼動人；若倫則嫵媚天成，若憲嬌艷照人，若荀則嬌憨嬝娜，令人神往。憲宗見她姊妹五人俱生成麗質，便常召在左右，談笑為歡；偶問經史大義，試以詩賦，都能奏答稱善。

此中，惟若莘最擅文才，憲宗便令掌管後宮記注簿籍，兼批答奏牘；文詞麗潔，中外傳誦。若昭則為姊妹中最美，又善於辭令；憲宗常召至內宮縱談經史，又與她敲詩唱和，甚樂。日久情意甚洽，憲宗便將若昭臨幸了，又臨幸了若莘，寵愛甚深；憲宗欲將她姊妹二人冊立為貴妃，若昭卻再三辭謝，說：「進宮之初，原立意不作妃嬪，今因萬歲情意不可推卻，致成兒女之好；但妃嬪的封號，抵死不敢承受。」

憲宗無法，便下詔稱若昭為學士，稱若莘為先生；若昭情意深長，憲宗在若昭宮中臨幸的次數也最多，若莘因耽於翰墨，倒也不計較及此。只是若昭自得皇帝寵幸以後，那若倫、若憲、若荀姊妹三人，也常在內宮中行走；與憲宗皇帝起坐不避，談笑無忌。

憲宗也愛她姊妹可憐，日子久了，她姊妹五人都承受了皇帝的恩寵，卻都不願受妃嬪的封號；除若昭稱學士以外，姊妹四人都稱先生，此四先生、一學士，在內宮中權勢甚大。憲宗皇帝每日與五位美人周旋著，心中十分得意，早把那班修道之士丟在腦後；便是憲宗自己，也不再打坐修道了，終日縱情酒

色，荒棄朝事。

從來色欲最大，這位憲宗皇帝，自從開了這「色」字的戒以後，在宋氏姊妹五人以外，便常常挑選後宮美女臨幸；一時寵愛的妃嬪甚多，共有二十餘人，有立為貴嬪的，有立為昭容的，個個都出落得美麗輕盈。在數年之中，各宮眷共生皇子二十人，公主三十二人。

其中最得寵的宮眷，除宋氏姊妹五人以外，有紀美人和郭貴妃。紀美人生子最長，名寧；當時丞相李絳奏請立儲，憲宗便立寧為皇太子。郭貴妃原是郭子儀的孫女，她的父親名曖，母親便是昇平公主，與憲宗皇帝原是中表兄妹；以母家豪貴入宮，便立為貴妃。

郭貴妃生一子一女，子名恆，後亦立為太子；女稱岐陽公主，公主生性十分賢淑，憲宗甚是溺愛，歷命各宰相，揀選朝中各公卿子弟，如有才貌清秀的便招為駙馬。只因憲宗鍾愛公主甚深，選婿也甚是詳慎；雖有宰相薦舉了十餘個官家子弟送進宮去，由憲宗召見，但都不能合適。

足足選了一年，最後選到太子司議郎杜悰，果然才貌清秀，憲宗十分合意；又送入內宮，令郭貴妃與岐陽公主傳見。那岐陽公主見了杜悰這副秀美的面貌，不禁盈盈一笑；又見杜悰彬彬有禮，郭貴妃也大喜，便把岐陽公主下嫁與杜悰為妻。

這杜悰的祖父，便是杜佑；因祖父有功勳於國家，便世襲太子司議郎官職。到成婚的一日，憲宗皇帝親御麟德殿，送公主下嫁；由西朝堂出發，再由憲宗御延喜門，送公主登輿，大賜賓從金錢，在昌化里建立府第，鑿龍首池為恩沼。

杜氏原是世代貴族，今又尚公主，遇此大典，自然竭力鋪張，服用十分豪華；但公主生性謙抑，並不自恃尊貴，下嫁至杜家，毫無驕傲的舉動。孝奉舅姑，敬事尊長，杜家老少長幼不下數百人，公主一一以禮接待；成婚才數日，便和杜悰說道：「皇上所賜奴僕，恐未肯從命，倘有忤逆，轉難駕馭；不如奏請納還宮中，另買貧家子女，較為易治。」杜悰依了公主的話，從此閨房靜好，不聞喧噪。

第二年，杜悰陞任殿中少監，駙馬都尉，又外放為澧州刺史；公主隨駙馬赴任所，只帶僕從十餘人，奴婢皆令乘驢，不准食肉。沿路州縣供張，概不領受；杜悰自持亦十分廉潔，不敢有驕侈之色。數日後，杜悰母抱病，公主晝夜侍奉，親嘗湯藥；杜母終至不起，公主哭泣盡哀。總計公主在杜家二十餘年，無一事不循法度，府中上下人人稱揚；這原是郭貴妃平日，能以禮教養兒女的好處。

郭貴妃生了這一位賢德的公主，又生一位遂王恆，長得品貌端正，性情溫厚；當時原已立有太子，名寧的，是宮中紀美人所生。長子初封鄧王，元和四年，由李絳奏請立為皇子；但憲宗皇帝甚是寵愛遂王，遂王是第三皇子，又是郭貴妃所生。

郭貴妃是郭子儀的孫女，又是昇平公主所出，在一班妃嬪中，再也沒有比她高貴的了；便是憲宗皇

帝也以另眼相看，因此頗招妃嬪們的妒嫉。大家便在憲宗皇帝跟前，說了郭貴妃許多的不是；說她仗著母家的勢力，在宮中攬權植黨。恰巧皇太子寧又死了，憲宗便立遂王恆為太子；從來說的，母以子貴，宮中一班妃嬪，見郭貴妃的兒子立為太子，深怕皇帝冊立郭貴妃為皇后，大家便齊心去傾軋郭貴妃。

第九十二回　宮中煉丹

憲宗皇帝在後宮中，寵愛的妃嬪甚多，尤其是宋氏姊妹五人；那宋若昭生成慧美絕倫，最能得憲宗的寵愛。因若昭是一位女學士，連皇帝也十分敬重她，稱她為先生；若昭的長姊若莘，雖也一樣美貌，只是生性端莊，憲宗皇帝便命她掌管後宮記注簿籍的事情。

不料在元和末年，若莘一病身亡，憲宗甚是哀痛，從此愈加寵愛這個若昭，便令若昭亦掌管後宮記注簿籍的事；但若昭終日陪伴著憲宗皇帝宴飲遊樂，不得閒暇，便把這管理簿籍的事情，交給她妹妹若憲、若倫二人分別掌理。那若憲得了大權，宮中上自妃嬪，下至諸媛，誰不趨奉孝敬她姊妹；憲宗又進封若昭為梁國夫人，一時，她姊妹在宮中的威權很大。

獨有那郭貴妃，自己仗著門第清高，又是皇太子的生母，如何肯屈節，來趨奉宋氏姊妹呢；因此宋氏姊妹皆仇恨這郭貴妃，趁著憲宗皇帝臨幸的時候，便在枕席上詆毀郭貴妃，說她私結大臣，陰謀大權。那若倫、若憲、若荀姊妹三人，更裝盡妖媚；把個精明強幹的憲宗皇帝迷惑不已，竟深深陷入她們

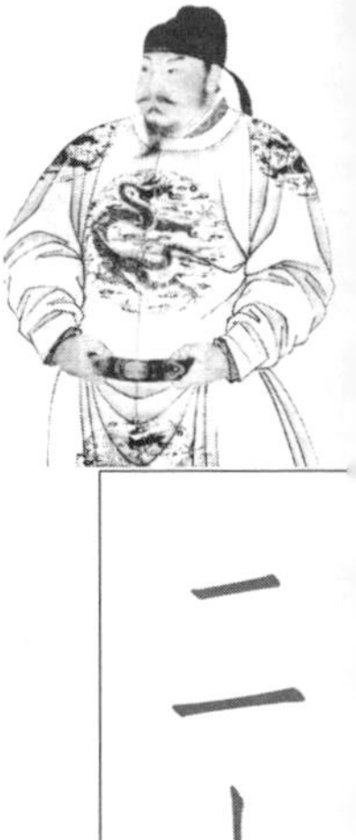

的迷魂陣中去，日子久了，便也聽信了她們的話。

這一年，恰恰正宮皇后死了，群臣交章，奏請立郭貴妃為后；這一來，越發動了憲宗的疑心，宋氏姊妹所說「郭貴妃私結大臣」的一句話，更是有了著落。這時，憲宗後宮得寵的妃嬪，不下二十餘人；只怕一立郭氏為皇后，便從此受她的鉗掣，因此愈不肯立郭氏為皇后了，所有宮中一切大權，都交與若昭一人。

可惜美人福薄，若昭得寵了不多幾年，也是短命死了；憲宗這一回的傷心，真是哀慟欲絕，無日無夜的在宮中淌眼抹淚，任妳後宮三千美人百般歡慰，百般獻媚，終不能止住他的悲哀。憲宗下詔，在若昭靈柩出殯的這一天，京師全城市街居民，一齊懸帛致哀；令有司盛供鹵簿，假用皇后鳳輦，憲宗親自執紼。

百官交章助阻，憲宗正在悲哀時候，如何肯聽；那若憲見有機可趁，便終日追隨著萬歲，陪寢陪宴。憲宗看若憲的面貌，竟與若昭相同；便又把一腔癡情用到若憲身上去，終日與若憲淫樂。又把掌管後宮的大權，交給若憲一人；若憲和她姊姊若倫、妹妹若荀，都是年輕貌美的，不怕這位多情天子，不入了她們的彀中。

她姊妹一面迷惑皇帝，一面招弄權勢；外有神策中尉王守澄，與若憲暗通聲氣，招權納賄，聲勢甚大。王守澄手下有兩個死黨，一個是翼城醫人鄭注，一個是司空李訓；他們在朝中結合徒黨，欺壓良儒，所有朝中正直大臣，都被他們傾軋得不能安於職位。

獨有宰相李宗閔、李德裕，剛正不阿，上殿奏參王守澄勾通宮禁，狼狽為奸；無奈，這時憲宗正迷戀著若憲姊妹，又在若憲口中，常常聽得說起，王守澄是一個忠良的大臣。這美人的話，當然比外面大臣的話有力；任你李宗閔如何一諫再諫，憲宗皇帝總是一個不信。

那一切奏章公文，全由若憲一人掌管，見有臣工忠正勸諫的議論，若憲早已把這奏牘藏匿起來；從此憲宗左右，只聽得婦人小臣阿諛的話，愈加把個皇帝弄得昏昏沉沉。若憲姊妹卻得了外間許多賄賂，不要說別的，便是駙馬都尉議私送若憲的黃金，便足足有十萬兩；若憲則暗暗的把所有錢財，統統運至清陽家鄉，交給她父親庭芬收藏。

若憲在宮中，只有學士先生的名義，原與一班妃嬪不同；若皇帝去世以後，一樣可以出宮回家去，享受富貴。因此若憲在宮中得了四方的賄賂，又因能得憲宗的歡心，常常受皇帝的賞賜；她便一齊搬回家去，預備他日出宮享用。

若憲迷惑憲宗皇帝，卻與各妃嬪打通一氣，二三十個美人把個皇帝包圍起來，裝著千嬌百媚，不由這皇帝不動心；招引得憲宗，連日連夜在宮中宴遊淫樂，把朝廷大事丟在腦後。你想，一個人的精力能

有多少，那二三十個妃嬪，天天用淫聲媚態去引誘著憲宗，弄得憲宗皇帝漸漸精力不濟起來。

那時在宮中養著的一班和尚道士，見皇帝迷於色慾，不把修佛學道的事情放在心上，冷落了這班方士道家；他們便在背地裏商量，如何把這萬歲爺的心恢復過來，依舊使他信奉仙佛之法。

那時憲宗皇帝，因寵愛這班妃嬪，終日帶領這班妃嬪，在御苑宮殿中遊玩，還嫌玩得不暢快；便召度支使皇甫鏄、鹽鐵史程異，動用百萬國庫銀兩，大興土木，建造麟德殿、龍首池、承暉殿。龍首池上，建一座龍宮，窮極美麗；憲宗便把若憲搬在裏面住著。

那若憲忽然得了身孕，一班諂佞的大臣，都奏說學士先生腹中的是龍種，便是憲宗也是十分歡喜；待十月滿足，生下地來果然是品貌不凡，啼聲宏亮。若憲說，這是上天賜陛下的貴子，陛下宜為此子祝福；因若憲一句話，憲宗卻又想起那班和尚道士來了。

恰巧，李道古薦入一個方士柳泌，和浮屠大通，說能為人祝福延壽；憲宗便命他們在宮中建設道場，做三十三天法事，為新生的皇子祝福。那時，憲宗後宮寵幸既多，生子亦多；都由憲宗領導著柳泌、大通二人，到妃嬪床前去，一一替嬰兒摩頂祝福。柳泌拿長生不老的藥獻與皇帝，憲宗服下，果然精神倍長，眠食都足；憲宗恃著自己精神充足，便日夜與後宮各妃嬪周旋著。

憲宗所寵愛的，除若憲以外，另有章昭儀、吳左嬪、金良娣一班十餘人，個個都出落的月貌花容；

憲宗雨露遍施，恩愛倍濃。但一人的精力究屬有限，日夜剝削著，漸漸覺得精神不濟起來；那柳泌欲得皇帝的歡心，便暗進房中藥丸，憲宗服下，果然精神抖擻，百戰不疲。

憲宗因寵愛的妃嬪太多，有了這個，又丟不下那個；他如今仗著藥丸之力，便每夜宣召了七八個妃嬪，伴著他尋歡作樂，居然哄得那班美人個個歡喜，人人開懷。憲宗見藥有奇驗，愈加把個柳泌看得和神靈一般；又替柳泌在華清宮中建一座煉丹室，每天憲宗陪著柳泌，二人在室中修道煉丹。柳泌拿著金塊、石塊，向丹爐中去燒煉著，給憲宗服下；他的精力十倍於丸藥，頓覺神氣清爽，精神健朗。

郭貴妃知道了，便去朝見皇帝，極口勸諫，說金石不合於人體；從來服金石的人，都害及身體，請萬歲屏除金石，另求延年益壽之方。憲宗非但不肯聽貴妃的話，反把那丹爐中煉出來的金石，賞幾塊與貴妃服下；可笑郭貴妃當初勸諫皇上不可服用金石，如今卻自己也服用起來，果然覺得身體清健，從此不但不勸皇上，反和憲宗搶著服用金石。

柳泌又奏稱，天台山多生靈草，須有道之士方能尋得；服食靈草比服食金石更有益，壽至千年。憲宗聽了，甚是歡喜，便下諭命柳泌做台州刺使；這宮中煉丹燒汞的事，便交託與大通。當時有許多諫議大夫，紛紛上奏章，說歷代從無有任方士為親民之官的；憲宗看了，心中十分不樂，便下諭道：「如今

只煩勞一州的民力，能令人主長生，臣下何竟不樂從耶？」這幾句話，嚇得人人不敢再開口。

這時，宮中只有一個浮屠大通，他見柳泌在宮中的時候，十分得皇帝的信用，自己卻毫無權勢；如今這柳泌不在皇上跟前，無人和他爭權的了，他便慢慢的拿佛法去打動皇帝的心。這位憲宗只知崇信仙佛，自己心中卻毫無主意；今見大通說佛法無邊，他也十分相信大通和尚。

大通又說，鳳翔法門寺塔上，有一節佛指骨留存著；便勸憲宗派京師高僧，去把佛骨迎進宮來供養著，便能得佛天保佑，萬壽無疆。憲宗聽從了大通和尚的話，便下旨京中各寺院主持僧，隨著欽使大臣前往鳳翔，恭迎佛骨；一時，朝中大臣便如醉如狂一般，都隨著和尚去迎佛骨。佛骨到京師之日，真是萬人空巷；男女膜拜的，壅塞整個道路。

當時，獨有一位刑部侍郎韓愈，他是一代大儒，文章泰斗；看了憲宗皇帝只是迷信仙佛，把國家大事丟在腦後，心中便覺萬分難受，便借迎佛骨的事，上了一道奏章。說道：

「佛者，夷狄之一法耳；自後漢時始入中國，上古未嘗有也。昔黃帝在位百年，年百一十歲；少在位八十年，年百歲；顓頊在位七十九年，年九十歲；帝嚳在位七十年，年百五歲；堯在位九十八年，年百一十八歲；帝舜及禹年皆百歲。其後，湯亦年百歲，湯孫太戊在位七十五年，武丁在位五十年；史不言其壽，推其年數，當不減百歲。

周文王年九十七，武王年九十三，穆王在位百年；當其時，佛法未至中國，非因事佛使然也。漢明帝時始有佛法，明帝在位才十八年，其後亂亡相繼，運祚不長；宋、齊、梁、陳、元、魏以下，事佛漸謹，年代尤促。唯梁武帝在位四十八年，前後三捨身施佛，宗廟祭不用牲宰，晝日一食，止於菜果；後為侯景所逼，餓死臺城，國亦侵滅。

事佛來福，乃更得禍；由此觀之，佛不足信，亦可知矣。高祖始受隋禪，則議除之；當時美臣識見不遠，不能深究先王之道，古今之宜，推闡聖明以救斯弊，其事遂止。臣常恨焉！今陛下令群僧迎佛骨於鳳翔，御樓以觀，舁入大內，又令諸寺遞加供養；臣雖至愚，必知陛下不惑於佛，作此崇奉以祈福祥也。

但以豐年之樂，徇人之心，為京都士庶設詭異之觀，戲玩之具耳！安有聖明如陛下，而肯信此等事哉?然百姓愚冥，易惑難曉；苟見陛下如此將謂真心信佛，皆云天子大聖，猶一心信向，百姓微賤，豈宜更惜身命。逐至灼頂燔指，十百為群，解衣散錢；自朝至暮，轉相仿效，唯恐後時，老幼奔波，棄其生業。若不即加禁遏，更歷諸寺，必有斷臂臠身以為供養者；傷風敗俗，傳笑四方，非細事也。

佛本夷狄，與中國語言不通，衣服殊製；口不道先王之法言，身不服先王之法服，不知君臣之義、父子之情。假使其身尚在，來朝京師，陛下容而接之；不過宣政一見，禮賓一設，賜衣一襲，衛而出之

於境，不令惑眾也。

況其身死已久，枯朽之骨，豈宜以入宮禁？乞付有司，投諸水火，斷天下之疑，絕前代之惑，使天下之人知大聖人之所作為，固出於尋常萬萬也。佛如有靈，能作禍祟，凡有殃咎，悉加臣身！上天鑒臨，臣不怨悔！」

憲宗這時正迷信佛法，見了韓愈這一疏，不覺大怒，說他褻瀆神佛，當即發下召書，欲定他死罪；幸得當時丞相裴度，還能主持公道，上書力言韓愈語雖狂悖，心卻忠懇，宜寬容以開言路。憲宗還是怒不可遏，後經崔群一班大臣再三求懇，便念在諸位大臣和丞相分上，把韓愈刑部侍郎的官位革去，降為潮州刺史。

從此，憲宗在宮中，終日與僧道為伴，滿朝文武不但沒有人敢勸諫一句；大家也都順著皇帝的旨意，從朝到晚跟著皇帝，東也求神，西也拜佛。

當時皇甫鎛是一個大奸臣，專門獻媚貢諛，他領頭兒奉憲宗尊號，稱為元和聖文神武法天應道皇帝；令四方度支使、監鐵使多多進奉賀禮，那左右軍中尉，亦各獻錢萬緡。那些錢財，卻個個都是剝削百姓得來的；弄得人民怨恨，少壯流亡。

那柳泌自從奉了聖旨，去做台州刺史以後，便天天威逼著百姓入山採藥；當時，柳泌為要討好皇帝，把百姓逼得走投無路。誰知他採了一年，卻不曾採得一株仙草；那憲宗皇帝因日夜與妃嬪們尋歡作樂，身體漸漸有些支持不住，便很想天台山的仙草，常常打發使臣，到台州去催取。

柳泌怕犯了欺君之罪，便去躲在山中，不敢出來；憲宗大怒，便令浙東觀察使捉獲柳泌，送進京去。幸得那皇甫鎛和李道古一班人，都和柳泌是通同一氣的；便竭力替柳泌求情，憲宗便免了柳泌的罪。那柳泌又在宮中，合了金石酷烈的藥，獻與憲宗服下；憲宗因一時貪戀女色，那藥力十分勇猛，果然添助精神不少，憲宗便又重用柳泌，拜他為侍詔翰林。

從此，憲宗的親信大臣各立黨派，互相傾軋；那柳泌一班人結成一黨，吐突承瓘一班人結成一黨，又有那宮內太監王守澄、陳弘志一班人結成一黨。

這憲宗因沉迷在神仙色慾的路上，早把朝廷大事置之度外；一聽那朝外大臣和宮中太監互相爭奪，那憲宗皇帝因服金石之藥太多，中了熱毒，性情十分躁烈，一時怒起，那左右太監往往被殺。內侍們人人自危，便與王守澄、陳弘志、馬進潭、劉承、韋元素一班太監，暗地裏結成一死黨；常常瞞著眾人的耳目，在宮中密謀大事。

那吐突承瓘與二皇子澧王惲，交情甚厚；前太子寧病死的時候，承瓘即進言，宜立惲為太子，憲宗原也愛二皇子的，只因皇子的母親出身微賤，便改立逐王恆為太子。如今宮中各立私黨，每黨又各擁一

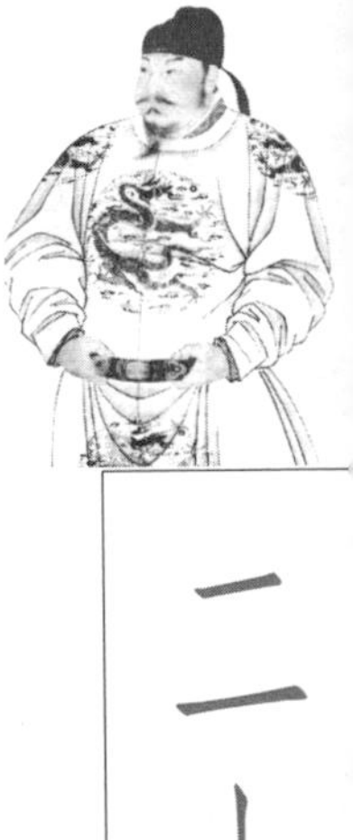

皇子，大家陰謀廢太子恆；太子恆得了消息，甚是恐慌，便密遣人，去問計於司農卿郭釗。郭釗原是太子的母舅，便進宮來面見太子，勸道：「殿下只須存孝謹之心，靜候天命，不必惶恐。」

不多幾天，便是元和十五年的元旦，群臣齊集麟德殿朝賀；憲宗精神十分清健，便賜百官在明光殿筵宴。皇上與各丞相、王公同席飲酒，甚是歡樂；席間，君臣雅歌投壺，直到黃昏時候才盡歡而散。不料到了第二天，宮中竟傳出消息，說皇上聖駕已賓天了；那文武大臣急入宮問候。

走到中和殿前，那殿內便是御寢所在；只見殿門外，已由中尉梁守謙帶兵執戟，環繞殿門，不放眾大臣進去。遙望門裏，那班管宮太監如王守澄、陳弘志、馬進潭、劉承、韋元素等，各自執劍怒目；陳弘志高聲向門外諸大臣說道：「萬歲爺昨晚因誤服金丹，毒發暴崩。」

郭釗大聲問道：「大行皇帝可留有遺詔？」

那王守澄答道：「遺詔命太子恆嗣位，授司空兼中書令韓弘攝行冢宰；太子現在寢室，應即日正位，然後治喪。」

其中，惟吐突承璀十分憤怒，便大聲說道：「昨夜，萬歲爺好好的飲酒歡樂，何得今日便無病而崩？我們身為臣子，不能親奉湯藥於生前，亦欲一拜遺體，爾等何得在宮內掛劍，攔住大臣？」他說著，一手拉住澧王惲的袍袖，便欲闖進宮去。

那班執戟武士，如何肯放他進去？便橫著戟，攔住宮門，兩面爭鬧起來。那皇甫鎛和令狐楚一班人，原是怕事的；見他們愈鬧愈激烈了，便上前去，竭力把吐突承璀和澧王惲二人勸出宮來。誰知那班太監的手段，十分惡辣，見承璀、澧王二人退出宮去，便暗暗的派了兩個刺客，去跟在他二人背後；第二天，滿京師人傳說，那承璀和澧王二人，在半途上被人刺死了。

這時，宮中被眾太監包圍住，誰也不敢把這消息，去奏與新皇帝知道；承璀和澧王二人，也白白的送了兩條性命。

事後有人傳說，那憲宗也是被宮內太監刺死的！只因那日黃昏時候，憲宗皇帝宴罷群臣，回進宮來；行至中和殿門口，便回頭吩咐侍衛退去，只留兩個小太監掌著一對紗燈，慢慢的走進宮來。正走到正廊下，忽聽得屋中有男女的嬉笑之聲；憲宗因多服丹藥，性情原是十分躁急的了，如今聽了這種聲音，叫他如何不怒。

正要喝問，忽見屋子裏奔出一男一女來，男的在前面逃，女的在後面追，口中嬉笑著，不住的嬌聲喚著：「小乖乖！」那男的一面假裝逃著，卻不住的回過臉兒去，向那女的笑著。憲宗皇帝迎面行去，他兩人都不曾看見，那男子竟與憲宗皇帝撞了一個滿懷；憲宗大喝一聲，這一對男女方才站住，借著廊下的燭光看去，認得那男子，便是太監王守澄，那女子便是學士先生若憲。

若憲是憲宗皇帝心中最寵愛的人，如今親眼見她做出這種事來，真把個憲宗氣破了胸膛；當時也不說話，劈手去拔出小太監腰上掛的劍來，向若憲的酥胸前刺去。卻不防頭背地裏，王守澄也揮過一劍來，深深刺在憲宗皇帝的腰眼上；只聽得皇帝「哎喲」喊了一聲，便倒地死了。若憲見惹了大禍，十分慌張，便要哭喊出來；王守澄搶上一步，把若憲的嘴按住。

第九十三回　曹國夫人

太監王守澄因與女學士若憲調戲，以致犯了弒君的大罪；若憲在一旁，見萬歲爺死得甚慘，一時良心發現，正要叫喚，那王守澄便上去，把若憲的嘴按住。

他到此時，一不做，二不休，立刻把宮內一班有權勢的同黨，召集在密室裏；當時，陳弘志、馬進潭、劉承、韋元素，和那中尉梁守謙一班內侍，在密室中足足商議了一個更次，便決定假說是皇上誤服金丹，中毒暴崩，把這消息傳出宮去。

一面把皇上的屍體安放在龍床上，拭淨了血污；又拿棉絮塞住腰間的傷口，外面罩上龍袍，停屍在寢宮裏，誰也不放他進宮來見皇上的屍體。便是太子恆，他們假著皇帝的遺詔，宣召進宮去，只把他留住在東偏殿裏；直到皇帝棺殮已畢，那太子才御太極殿接皇帝位，稱為穆宗。

這時宮內外大權，都在王守澄一班太監手中；他們假著穆宗皇帝的命令，去把方士柳泌，和浮屠大通二人提來，活活的在當殿杖斃。又說丞相皇甫鎛是薦引方士，同謀藥死皇上的；便下詔把丞相收監，

充軍到崖州去。

這王守澄，原是和女學士若憲有私情的；但因那夜王守澄殺死憲宗皇帝，若憲一時慌張，叫喊起來，這行兇的情形，是若憲親眼目睹的。王守澄只怕若憲日後宣揚他的罪惡，因此由愛反成仇，便也假用皇帝詔旨，把若憲幽囚在外第；又恐若憲怨恨，便賜若憲死。

若憲母家的弟姪、女婿一班人，共十三人都被捕，流配到嶺表去；一時，滿朝全是王守澄的死黨，還有誰敢說一個不字！便是穆宗皇帝和皇太后郭氏母子二人，也見了王守澄一班黨羽十分害怕；所有朝廷大權，全在那內侍手中，穆宗從不過問。

當時，穆宗迎生母郭太后移居興慶宮，每遇朔望，穆宗率領百宮，至宮門上壽；每遇良辰令節，穆宗又率領六宮妃嬪，陪奉皇太后，在御苑中遊覽宴飲。王守澄欲拿女色去引誘穆宗，便以陪奉太后遊玩為名，密令內外命婦、後宮親戚，個個華裝艷服進宮去；穆宗也夾在眾命婦堆裏，左顧右盼，看看那些命婦，個個都長成仙姿國色，顰笑宜人，便也忍不住和她們輕薄調笑起來了。

那班命婦，誰不愛親近皇帝；因此在花前月下，鬧出許多風流事故來。其中有一位金吾將軍的夫人曹氏，出落得最是美麗冶蕩；橫波流處，魂意也銷。她初次入宮和穆宗相見，兩人便深情默契；當夜，穆宗便假著宮中宴飲為由，把曹氏留住在興慶宮中。

兩人酒至半酣，便偷偷的避出席來，走到花深月靜的地方，穆宗竟在一幅草茵上，臨幸了曹氏；第二天，曹氏辭別出宮，穆宗皇帝便賞她一箱珍寶，又封她為曹國夫人。從此，穆宗常把曹國夫人宣召進宮去遊玩；一進宮去，總是十天八天不放她出來。

這曹氏生性又是十分好動，她在御苑中愛好騎馬；穆宗便替她在御堤上開一馬道，夾路種著桃柳，軟泥十丈，芳草如茵。穆宗皇帝跨一匹栗色馬，曹國夫人跨一匹銀鬃馬，兩人並著馬頭，在馬道上往來馳驟，笑樂相親；一到春天，那道旁桃紅柳綠，萬花齊放，曹國夫人又打扮得十分嬌艷，在花下徘徊著，望去好似天上仙子。

穆宗又怕曹國夫人一人在宮中太寂寞了，便把王公命婦一齊召進宮來，陪曹國夫人飲宴遊玩；這御花園中，頓時繡帶招展，粉面掩映，穆宗插身在裏面，調情打趣，十分快活。這日是七夕良辰，穆宗皇帝親御丹鳳門，宣詔大赦；因欲博曹國夫人的歡心，便召入教坊娼妓，令在殿前搬演雜戲，眾夫人夾在娼妓隊中，往來笑樂。

當時京師地方，有一個名娼，名楊雪雪的，也入宮供奉；只見她容光煥發，轉側動人，穆宗便在當夜召幸了她。那楊雪雪還有一動人之處，她的一串珠喉婉轉動人，且她唱的詞意艷雅，盡是新曲兒；穆宗常攜雪雪在花前月下嬌聲歌唱，不多幾天，那宮中妃嬪盡傳遍了她的歌詞。

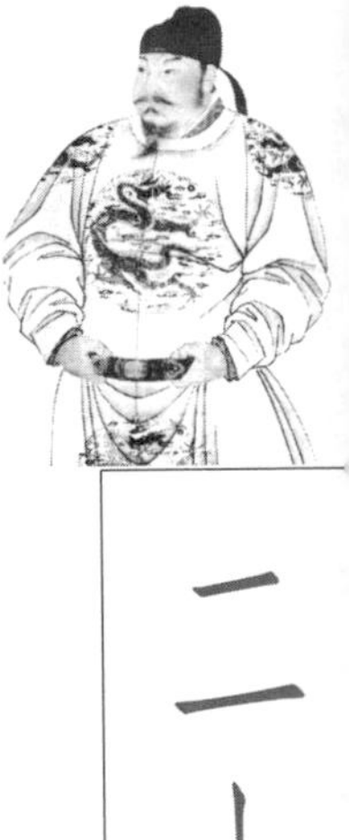

穆宗問：「這歌詞何人所作？」

雪雪奏對：「是江陵士人元稹製的歌曲。」穆宗便把元稹召進宮來，拜為知制誥；卻終日陪侍在宮中，為雪雪製艷曲。

當時有一位中書舍人，名武儒衡的，瞧他不起；一天，正是大熱天氣，各文武朝罷，與同僚坐閣下食瓜。元稹亦在座，儒衡見瓜上有蠅飛集，便用扇揮去之，且斥道：「適從何來，遽集於此！」同僚聞之失色，元稹也滿面羞慚，低頭退去。

但那時，元稹因雅擅詞曲，頗得皇帝的寵用；元稹又製一首「端陽競渡曲」獻與穆宗，令後宮歌女五百人，齊歌唱起來，嬌媚動人。穆宗便命王守澄打造五十條龍舟，雕刻綵畫，十分生動華麗；令小太監扮作各種魚妖水怪，在水面上，繞著龍舟游行往來。

到了端陽佳節，穆宗皇帝便帶了六宮妃嬪和各命婦夫人，駕臨魚藻宮，觀龍舟競渡；那五百名宮女打扮得人人妖艷，個個嬌美，齊起著珠喉，唱起「端陽競渡曲」來，婉轉悠揚，從水面渡來。這時，穆宗皇帝正與諸宮妃嬪傳杯遞盞，談笑取樂，尤其和曹國夫人十分關情；兩人在筵前眉來眼去，履舄交錯，說到情濃之處，便不覺忘形起來，拉住曹國夫人的手，逕向御苑中走去。

那一群宮女，知道這位風流天子的性格，便忙各人捧著巾櫛盆盒，去跟在身後；看著萬歲爺倚在曹國夫人的肩頭，慢慢的走到花障子後面去，那宮女們也很知趣，忙齊齊的站住，屏氣靜息的候著。只聽得曹國夫人一陣一陣的嬌笑，和那萬歲爺低聲喚著愛卿的聲音，傳出花障外來；那班宮女個個羞得紅潮上頰，妳看著我，我看著妳，儘是抿著嘴笑。

隔了半晌，那萬歲爺才笑嘻嘻的拉著曹國夫人的手，從花障子後面轉出來；便有幾個宮女上去擁著曹國夫人，走進更衣室去，梳洗沐浴，那萬歲爺自然也有一班宮女服侍他。

這位穆宗皇帝，專門喜歡玩弄外來的夫人命婦，那妃嬪宮女們也看慣了；其中獨有與曹國夫人最是情濃。這曹國夫人，又是放誕風流的，最愛圍獵的遊戲；穆宗皇帝也因寵愛曹國夫人，每到秋天，便親自帶領神策軍，到蹈山去打獵。

又因伴著曹國夫人，給臣民看了不雅，便推說奉郭太后遊幸華清宮；待到了華清宮，便又撇下郭太后一人冷冷清清的住下，自己便和曹國夫人同坐著車兒，向驪山進發。兩人住在驪山行宮裏，整天整夜的遊玩著，也不想回宮去。

這一天，穆宗皇帝正帶著曹國夫人圍獵；那曹國夫人柳腰粉臂，紮縛得和賣解兒似的，由一匹銀鬃馱著。她要在萬歲跟前，顯示她的好身段，便往來馳驟，追兔逐鹿，十分快活；那位萬歲爺，也拍馬跟在她後面，幫著曹國夫人追逐。

忽有一神策軍人翻身落馬，那匹馬吃了一驚，便在圍場中飛也似的亂跑，直衝到御駕跟前；那穆宗跨下的一匹栗色馬大吃一驚，擎著前蹄，和人一般的直立起來。穆宗兩腿失了勁，也從馬背上直撞下來；正在這時候，那匹溜了韁的馬，竟向穆宗皇帝身上直奔過去。

這時，穆宗皇帝因跌閃了腰，倒在地上，一時動不得；那匹奔馬舉起前蹄，直向穆宗的面門上踏下去。左右大臣個個嚇得臉上失色，齊發一聲喊；在這喊聲裏，忽然斜刺裏飛過一支箭來，不偏不倚的射中在那馬眼上。那馬立刻應聲倒地；接著，那曹國夫人拍馬過來，輕舒玉臂，把萬歲爺扶起。

原來，這一箭也是曹國夫人射的；曹國夫人本領高強，一箭救了御駕，穆宗皇帝心中，更是說不出的歡喜。便攀住曹國夫人的肩頭，正要站起身來；忽然他手腳抽搐起來，頓時因受了驚嚇，成了風疾，一團掃興，眾文武百官保住皇帝的聖駕，回到華清宮中。郭太后看皇上，只是四肢不停的抽搐，目瞪口呆，也不覺慌張起來；急急回至長安京城裏，一面傳御醫服藥調治，一面由郭太后召集大臣會議立嗣的事情。

其中，丞相李逢吉一力奏請，立景王湛為太子，那中書門下兩省和翰林學士等官，都紛紛上奏；原來穆宗在位多年，還不曾冊立正宮，生有王子五人。長子湛，原是後宮王氏所生，當時封為景王；有許多臣子，紛紛請立長子為太子，穆宗便立景王湛為太子，冊王氏為妃。

這穆宗雖患了癱瘓之症，但依舊不能忘記淫樂之事；每日坐在一小車上，用四個小太監前後推擁著，一群美人繞住了這位風流皇帝彈唱調笑。到十分動情的時候，便把這美人拉進小車去，四面窗幔放下；頓時笑停樂止，只聽得車中低低的喚聲，輕輕的笑聲，直到歡盡樂極，才放那美人出來。

穆宗皇帝最不能忘懷的，便是那曹國夫人；這時，把夫人留住在宮中，穆宗每夜宿夫人宮中。這樣夜以繼日的伐之不休，任你是鐵石人也要倒壞的；何況穆宗是多病之軀，早已支撐不住，神色敗壞起來。郭太后看了，十分心痛，想起憲宗在日服方士丹石，一時頗能見效；如今眼見這位穆宗精力不濟，死在眼前了，便沒奈何，令方士修煉丹藥，與穆宗服下。

無奈穆宗此時真陽已涸，元氣愈虧；看看大變即在眼前，郭太后便下諭，命太子監國。這時，太子年紀只有十六歲，性情又是十分痴呆；內侍們便請郭太后臨朝。郭太后大怒，斥退內侍，厲聲說道：「爾等欲我為武后耶？」

誰知，那穆宗皇帝正在這時候一病而崩，宮中頓時慌亂起來；國太舅郭釗受穆宗顧命，欲扶太子湛為皇帝。誰知四處尋覓，卻不見這個太子，直尋到西偏殿下，那太子正與一個小太監，在殿下踢毬玩

耍；眾大臣把太子簇擁到太極殿東序，即了皇帝位，便是敬宗皇帝。尊帝母王氏為皇太后，封次弟涵為江王，三弟湊為漳王；四弟溶為安王，幼弟瀍為潁王。

這敬宗做了皇帝以後，自免不了有許多坐朝的儀式；敬宗因受不了這拘束，往往在朝會的時候，溜下座來，偷偷的跑到中和殿去，找幾個小太監和他打球玩耍。見有略具姿色的宮女，便不肯放手；當著眾太監的面前，便胡亂姦淫著。此時穆宗的靈柩，尚供奉在太極殿上，敬宗每過梓宮，毫無敬意；常帶著一群小太監，在穆宗柩前打著大鑼大鼓，大聲歌唱。

這時，李逢吉為丞相，見皇上荒淫無道，便屢次勸諫；敬宗不肯聽從，李丞相無法，只得捉住幾個小太監斬首，說他犯了大不敬的罪。敬宗見殺了小太監，從此也不坐朝了，也不出宮來遊玩；終日在宮中，只與那班妃嬪宮女們嬉戲淫樂。

一天，正追著一個小宮女，那小宮女長得十分美麗，只因年紀尚幼，害怕皇帝的淫暴；見皇帝追著她，知道幹的不是好事，便也顧不得了，只向那宮門外跑去。這敬宗見了美麗的女孩子，如何肯捨，便也追出宮門來；頂頭撞見了那左拾遺官劉栖楚；這劉栖楚是著名的忠直之臣，見了這樣子，不覺大怒，隨舉手中牙笏，向那宮女面門上打去。

只聽得啊唷一聲，那宮女被打破了腦門，倒地死了；慌得劉栖楚跪倒在地，連連叩頭，口稱：「臣罪萬死！」可憐劉栖楚額上直碰出血來，響聲直聞殿角；只聽他一面磕著頭，口中奏道：「陛下年富力強，今在嗣位之初，正當宵旰勤勞，以問政事；今陛下迷於聲色，日晏方起，梓官在殯，鼓吹不休。陛下之令聞未彰，而惡聲已遠佈，如此荒淫，福祚不長；今臣請碎首階前，以謝曠職之罪！」說著，又叩頭不已；敬宗厭聽劉栖楚的話，便令左右太監，扶劉拾遺出宮去。

當時又有大臣德裕，獻玉屏六幅，屏上寫著六箴：「一曰宵衣，是譏諷敬宗坐朝稀晚；二曰正服，是譏諷敬宗服裝怪異；三曰罷獻，是譏諷敬宗貪得物玩；四曰納誨，是譏諷敬宗不聽忠言；五曰辨邪，是譏諷敬宗信任奸臣；六曰防微，是譏諷敬宗輕於出遊。」敬宗如何肯聽這些話，他把玉屏兒圍著眾妃嬪，令眾美女脫去衣裙，裸著身體，在屏中跳舞；德裕和劉栖楚二人探聽得皇帝如此荒淫，便一齊推說有病，辭去冠帶，回家去了。

那敬宗又欲率領六宮，至驪山溫湯沐浴；右拾遺張權輿，手捧勸諫表文，跪在紫宸殿下，口呼萬歲。那敬宗久不坐朝，紫宸殿上，也無人接受他的表文；可憐這張權輿，不住的叩頭號泣，從辰牌時分直跪到申牌時候，那值殿太監看他哭得可憐，便替他把表文送進宮去。

敬宗見表文上，滿紙都是勸諫不可巡幸的話，又說：「昔周幽王幸驪山，為犬戎所殺；秦始皇幸驪山，卒至亡國；唐玄宗幸驪山，因祿山作亂；先帝幸驪山，而享年不久。」敬宗讀罷奏文，仰天大笑道：「驪山有如此的凶惡嗎？朕更宜一巡幸！」便大舉巡幸驪州。

驪山上的行宮，因荒廢日久，成了野獸狐狸的巢穴；敬宗住在行宮中，狐狸作祟，不得安寧。敬宗大怒，便鞭殺管宮太監十餘人，又親自拿著龍燈，隱身殿角，捉射狐狸；妃嬪一齊勸諫，敬宗不聽。

當時宮中妃嬪，有很多與太監們通姦的；其中有一劉克明，長得性情伶俐，皮膚白淨，原是太監劉光的養子。因善蹋球，敬宗在東宮的時候，劉克明便伴著太子蹋球玩耍；到年紀長大，也不曾閹割。此時他在宮中，便暗暗的與美貌宮女通姦；漸漸的膽大起來，又與董淑妃結識上私情。

不料事有湊巧，這一夜，敬宗皇帝又在半夜時分，躲身在東偏殿角上，守候著擒捉狐狸；一個小太監懷中藏著龍燈，正在暗地裏靜悄悄的守著。忽聽得那東廊盡頭，有窸窸窣窣爬抓之聲，接著，一團黑影著地滾著，漸漸的走近身來；敬宗皇帝在暗地裏看得清楚，便抽弓搭箭，颼的一箭飛去，接著那邊「啊唷」一聲，一個人倒下地來。

敬宗皇帝十分詫異，忙搶步上去看時，見倒在地下的不是別人，正是宦官劉克明；小太監拿起龍燈，照住他的臉，大聲喝問著，那宦官一時慌張，答不出話來。敬宗皇帝見他支吾著，愈加起了疑心；那劉克明才哼著說道：「奴婢打聽得萬歲爺深夜出宮來，特在暗地裏保護著萬歲爺的。」

那敬宗皇帝原是毫無心機的人，聽了劉克明的話，便信以為真，哈哈大笑；這一笑，把那宿殿的太監一齊驚起，那敬宗便吩咐眾太監，扶著劉克明回房養傷去。

這劉克明自從中了萬歲爺這一箭，足足睡在床上，養傷二十多天不得下床；他和董淑妃正在打得火熱時候，如今因受著傷，兩地裏不能暗去明來，心中萬分焦急，便將這一把無名火，全算在萬歲爺身上。在敬宗皇帝，早已不把這事放在心上了；但從來做賊的心虛，劉克明卻總是疑心，萬歲爺已經窺破了他的秘密，從此啣恨在心，把個敬宗皇帝當做眼中釘看待。

這劉克明在宮中多年，威權很大，宮中大小太監，全是他的黨羽；他病在床上二十多天，那班太監天天在他榻前開會，秘密商議，舉行大逆不道的事情。這時到了嚴冬，敬宗皇帝也覺興倦，便回鑾長安宮中；有兵部尚書余應龍奏稱：「有征西大將軍蘇佐明，班師回京。」敬宗皇帝忽然高興起來，便傳旨，當晚在正儀殿賜宴。

當時與宴的，除蘇佐明、余應龍二人以外，共有二十八個文武大臣；君臣對酌，倍覺開懷。這敬宗皇帝原是酷好杯中之物的，如今君臣同座，毫無拘束，便不覺酩酊大醉，頓時嘔吐起來，狼藉衣袖；由小太監扶著，退回隔室去更換衣服，眾大臣齊坐在筵前守候著。正在這時候，忽聽得隔室中一聲慘呼，聽去好似皇帝的呼聲，嚇得眾大臣一齊變了臉色；那蘇佐明便忍不住了，推案而起。

正慌張的時候，忽見殿上的燈火一齊熄滅了，眼前一片漆黑，眾大臣一步也行走不得；隔了半晌，才有小太監把燈火重明起來。回頭看時，只見殿屋四周站滿了兵士，肩上掮著雪亮的刀槍；眾大臣知道是中了計，大家面面相覷，開口不得。又隔了半晌，只見那太監劉克明帶劍上殿，滿臉露著殺氣，身後隨著一隊鐵甲軍士。

第九十四回　禁宮雙艷

太監劉克明對眾大臣厲聲說道：「萬歲爺已崩駕了！」一句話，嚇得眾大臣目定口呆；那蘇佐明止不住撲簌簌滾下淚來。

余應龍只問得一句：「萬歲爺好好的，如何忽然崩了駕？」那劉克明便瞪著雙眼，一手按住劍柄，大有拔劍出鞘之勢；嚇得余應龍忙低下頭去，不敢作聲兒。

這時學士路隋，坐在余應龍左首肩下；劉克明右手仗著劍，騰出左手來，上去一把把路隋揪下席來。喝著小太監，叫捧過筆硯來，逼著路學士草遺詔，命傳位給絳王悟；因絳王年幼，便令劉克明攝政，尊為尚父。遺詔發出宮去，人人詫異；明知是劉克明一人搞的鬼，但滿朝中儘是宦官的勢力，大家也奈何他不得。

眾文武二十八人入宮赴宴，一齊被劉克明監禁在宮中，不放出來；大家再三向劉克明哀求著，直到敬宗的屍體收殮完畢，那絳王悟入宮來，在柩前即位，諸事停妥，才把眾大臣放去。這二十八人在宮

中，足足被關了三天三夜。

待放出宮來，獨蘇佐明一人十分悲憤；他扮作農人模樣，混出了京城。又悄悄的召集樞密大臣王守澄、楊承，和中尉魏從簡、梁守謙一班忠義之臣，秘密商議；由蘇佐明率領兵士，往涪州迎江王涵，趁城中不備攻入京師，直至宮中。

這時宦官劉克明，竟與董淑妃成雙作對，也不把絳王放在眼中；聽得宮門外喊殺連天，忙命小太監打聽，知道是蘇佐明率兵士，已把宮禁團團圍住，水洩不通。他便指揮眾太監，出至宮門外抵敵，蘇佐明出死攻打；這時，宮中有左右神策飛龍兵，幫助守住宮門，實是不易攻打，余應龍扶住江王，命兵士高聲齊呼：「有真天子在此！快開宮門！」

那宮中神策兵聽得了，忽然自相殘殺起來，蘇佐明兵士趁勢殺入；那神策飛龍兵見了江王，便齊呼萬歲，轉過身來，便幫著殺太監死黨。蘇佐明眼快，在人叢中，看見劉克明抱著一位小王，東西亂竄；蘇佐明站在高處，看得十分清楚，便在冷地裏發過一箭去，那劉克明應弦而倒，眾人一擁上去，舉刀亂砍，頓時剁成肉泥。

可憐那絳王悟，也和劉克明陳屍在一處；眾太監見劉克明已死，便如鳥獸一般四散奔逃。江王入宮，見了絳王的屍首，兄弟之情，免不了撫屍一哭；眾大臣奉著江王，在凝禧殿即皇帝位，稱做文宗。

文宗是穆宗皇帝的次子，母后蕭氏尊為皇太后。

第二天，宮中發出一道聖旨來，命宮女非有職事者，一律放出宮去，共有三千多宮女；又放去五坊的鷹犬，罷田獵之事，更裁去教坊總監閒職太監，共有一千二百餘人。這一年大熟，文宗命司農收藏五穀，以備荒年；文宗天性儉樸，在宮中布衣麥飯，見有文繡雕鏤的器物，便命撤去，藏入府庫。

此時，太極殿久不坐朝，兩墀下草長幾及人肩，文宗便命割除；從此每逢單日，便坐朝聽政，眾大臣奏事至日午，還不退朝。固為從前敬宗皇帝在日，每月坐朝只一二日，百官公事壓積日多；文宗一一查問，不覺日長。

此刻劉克明的死黨，都已搜殺盡絕，只是中監仇士良，原是文宗最親信的人；他在江王藩府中，已服侍文宗多年，如今奉文宗入宮。因當時保護聖駕的功勞，文宗便另眼看待他；誰知小人得志，便頓時跋扈起來。仇士良在宮中暗結黨羽，把持朝政，凡有朝命出入，都是仇士良一人從中操縱著；如加一官、晉一爵，仇士良都要向那官員索取孝敬，千金萬金不等。

這位文宗皇帝，卻又出奇的信任仇太監；每日坐朝，遇有疑難不決的事，便問士良。這仇太監，原也很有口才，他便當殿代萬歲爺宣佈旨意；日子漸久，滿朝政事都聽仇士良一人的號令，慢慢的太阿倒持。每天朝堂上，只聽得仇士良一人說話的聲音，遇有臣下奏請，仇士良便代皇帝下旨，處斷國家大

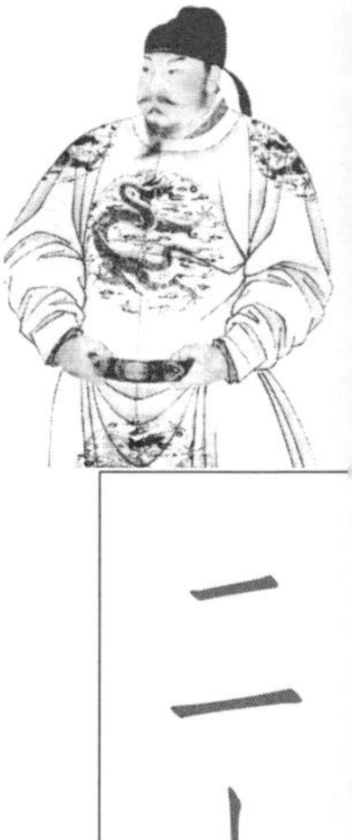

事；那文宗高坐在龍椅上，好似木偶一般，心中甚是氣憤。

但仇士良黨羽已成，文宗在宮中的一舉一動，都被一班太監鉗掣住了，舉動不得自由；文宗到此時，也便心灰意懶，無志於國事。漸漸的也不坐朝了，所有內外大事，都操在仇士良一人手中；頓時招權納賄，大弄起來。

文宗終日在宮中閒著無事，便和一班妃嬪們廝纏著，漸漸的沉迷色慾；那時，文宗皇帝最寵愛的是紀昭容，長得容貌端麗，性情賢淑，文宗常去臨幸。但這紀昭容屋中，忽然有一對姊妹花出現；論她們的姿色，比芙蓉還艷，她們的肌膚，比霜雪還白。行動婉轉，腰肢嬝娜；她姊妹每見文宗駕到，便和驚鴻一瞥般，轉身遁去。

天下的美人，最好是不得細看，模模糊糊，好似霧裏看花；然而越是看不清楚，越是愛看，越是愛，又越是想。這時，文宗眼花撩亂，心旌動搖，越是心中想得厲害，越是口中不敢問得；只因紀昭容妒念甚重，文宗寵愛著紀昭容，也不願兜這閒氣。

但美色誰人不愛，文宗越是口中不說，越是心中奇想；從來說的，天從人願。這一天，文宗獨自在御園中閒走，慢慢的走到萬花深處；一瞥眼，從葉底露出一雙美麗的容貌來。文宗認得她們，便是在紀昭容屋中遇到的一雙姊妹花，如今不怕她們飛上天去了；到了這時，他也忘了自己是天子之尊，便滿臉堆著笑容，迎上前去。

那姊妹二人見避無可避，只得拜倒在地，嬌呼萬歲；這如出谷新鶯似的嬌聲，聽在文宗耳中，萬分歡喜。當時也不暇問話，便伸過手去，一手拉住一個，慢慢的踱出來；就近轉入延暉宮，一夜臨幸了她姊妹二人，初入溫柔，深憐熱愛，一連十多天不出宮來。

那紀昭容打聽得萬歲爺有了新寵，心中雖萬分悲怨，但卻也不敢去驚動聖駕；直到第二十天，還不見萬歲爺出延暉宮。紀昭容滿肚子醋氣，再也挨不住了，便借著叩問聖安為由，闖進宮去；打算看看萬歲爺的新寵，究竟是怎麼一個美人兒。誰知不看時，便也糊裏糊塗的過去；待到一見面，卻把個紀昭容急得忙跪下地去，連連叩頭說道：「萬歲爺錯了！萬歲爺錯了！」

文宗聽了，也便怔怔的；那姊妹二人聽了紀昭容的話，也一齊羞得粉靨紅暈，低垂雙頸。紀昭容又說道：「萬歲可知道，這兩個新寵是萬歲爺的什麼人？她姊妹二人，原是萬歲爺的侄女呢！」

文宗聽了，不覺直跳起來；忙問：「是什麼人的女兒，卻是朕的侄女？」

紀昭容奏道：「她姊妹二人，原來是李孝本的女兒。」

文宗聽說，是他哥哥湘王李孝本的女兒，便急在屋子裏亂轉，嘴裏連說：「糟了！糟了！」

紀昭容又接著說道：「她姊妹二人，是新出閣的，嫁與段右軍為妻室；只因平日和賤妾最是性情相

投，因此常常進宮來起坐，不想給萬歲爺看上了眼。如今這事，卻如何打發她姊妹二人？」

文宗一眼見她姊妹二人嬌啼宛轉，倍覺嬌艷，心中萬分愛憐；當時心中一橫，便把雙腳一頓，說道：「這事木已成舟，如今一不做，二不休，朕也顧不得什麼侄女不侄女！她姊妹二人，朕如今愛定了，明日朕便當下旨，冊立她姊妹做昭儀；在宮中另選兩個美貌的宮女，賞給段右軍罷了。」

紀昭容聽說，萬歲爺欲冊立自己的侄女做昭儀，這亂倫的事如何使得？忙磕頭苦勸；無奈，這時文宗被美色迷住了，如何顧得這倫常的大義。第二天，竟發下諭旨去，立她姊妹為昭儀；滿朝大臣不覺大嘩。

有拾遺魏暮上疏，道：「數月以來，教坊選試以百數，莊宅收市猶未已；又召李孝本之女，不避宗姓，大興物議，臣竊惜之！」

文宗讀此奏章，不覺自慚，便親筆批在表文後面，道：「朕廣選女子，原欲以賜諸王；孤憐孝本孤露，故收養其女於宮中，並無冊立之事。」把這亂倫的穢德輕輕抹去，那魏暮卻也無話可說了。

文宗又怕這勸諫之事一開了端，大臣們紛紛都要上奏章勸諫，便又假裝做有道德的模樣；當時有起居舍人，專記皇帝平日起居，文宗便向舍人要那起居注查看。舍人奏道：「起居注專記人主善惡，是儆戒人主的意思；陛下只須力行善政，不必觀注。帝王若自讀注記，則從此舍人不敢直書帝王之善惡，他日不能取信於後人。」

魏謩又請早立太子，文宗每日遊玩，必令長子永隨侍左右；那王子永，已是二十歲年紀，長得長身玉立，自幼便愛蹋球騎馬。待年紀慢慢長大，自有一班大臣子弟，陪著他在外面鬥雞走狗；漸漸的在娼家出入，行動十分放浪。

他又仗著自己容貌長得漂亮，每遇王公大臣家中私宴，他便闖席進去；見有內室美眷，他便施展手段，百般勾引。竟有許多閨秀命婦，因貪他富貴，又愛他年少貌美；私地裏和王子永偷香送暖，給她丈夫暗暗的戴上綠頭巾的。

他這性情，便合了他父皇的脾胃，因此文宗在宮中，每有宴樂，便召王子永隨侍左右；王子永當著父皇跟前，與宮女們調笑無忌。那時有一位楊賢妃，原是文宗最近在教坊中，挑選進宮去臨幸的；只因這女子生成美麗的容顏，活潑的性情，文宗得了她，又是出奇的寵愛她。

誰知事有湊巧，從前王子永在教坊出入，原和楊賢妃結下一段深情，兩人海誓山盟；只因王子永是當今的長王子，將來有做太子的希望，若娶了一個妓女去做妃子，只怕招惹物議，因此兩邊延宕著。

卻不知那裏一個大臣，要討皇帝的好兒，把這楊賢妃長得如何美貌，傳在天子耳中；這文宗正在愛好色慾的時候，如何肯輕輕放過，便立刻打發宮監，去把楊賢妃接進宮來，居然一見鍾情，一宵雨露，

便冊立為楊賢妃。

滿朝大臣為迎合萬歲爺的心意，紛紛上表進賀，四方官員又進獻脂粉珠玉；文宗要得楊賢妃的歡心，便在熙春殿上大排筵宴，賜群臣飲酒。酒罷，退至後宮，又傳各王子、各公主拜見賢妃，尊以母禮；第一個便是王子永。

他不行禮也還罷了，待進宮去行禮，一抬頭，見坐在上面的新妃子不是別人，正是和他在枕上花開並蒂、海誓山盟的意中人！他心中一酸，如何能不氣？但當著父皇跟前，不得不拜倒在他意中人的石榴裙下。拜罷起來，一肚子骯髒氣，便覺按捺不住，便立刻退出宮；回至府中，一時無處發洩，便把自己書室中陳列著的文具珍寶，打成雪片模樣，把全府上下的人，驚得個個目瞪口呆。

正在不可開交的時候，忽報說父皇冊旨下來，王子永捺住氣憤，忙排香案接旨；中官宣讀詔旨，原來是冊立長子永為皇太子。一班趨炎附勢的大臣，得了這個消息，又紛紛忙齊集在太子府中賀喜；三日三夜的笙歌宴飲，險些不曾把這一座府第鬧翻。

舉行過慶賀以後，照例太子遷入東宮去居住，又派了一群東宮的官員，天天陪著太子飲酒遊樂；這太子雖天天和一班近臣、太監們遊玩著，但他每一念起那意中人，不覺心中如搗。這時，東宮離楊賢妃的凝暉宮近在咫尺，他每日清早便在樓頭眺望；只見煙樹迷濛，封住了凝暉宮的屋項，太子見屋懷人，常常嘆息。

有一天，這太子趁人不留意的時候，便一個人悄悄的溜進凝暉宮去；這時正值黃昏月上，那宮廷廊下，映著紅綠的燈光，照在院子裏十分黯淡。太子隱身在燈光後面候著；半晌，果然見楊賢妃扶著一個小宮侍，慢慢的步出廊下來，倚定欄杆，望著月兒。

太子因心中想念多時，意中人驟然相見，他心中如何忍耐得住？便也顧不得避開宮侍的耳目，急縱身出去，伸著兩手，攀住楊賢妃的肩頭，只說得一句：「害得我想得好苦啊！」

那楊賢妃大吃一驚，立時玉容失色，不覺雙眉緊蹙，嬌聲吒道：「有賊！」那太子見不是路，怕驚動宮中侍衛出來，不好意思，便急急轉身遁回東宮去。

此時楊賢妃攀上高枝兒，早已不拿這太子放在心眼中了；如今太子當著宮侍面前，做出這輕薄樣兒來，這楊賢妃心中又氣又羞。她又怕落在宮侍眼中，口沒遮攔，把太子的輕薄樣兒，在人前說出來；若傳給萬歲爺知道了，疑心自己和太子有什麼曖昧事情，保不定失去了皇帝的寵愛。因此，楊賢妃便打了一個狠毒的主意，索性先發制人；在文宗皇帝跟前，日夜說著太子的壞話。

這文宗皇帝正是寵愛楊賢妃時，聽說太子膽敢調戲賢妃，便立刻要傳旨，廢去太子名位，發交刑部看管；這消息傳在太子的耳中，知道大禍即在眼前，心中又悲傷又恐慌，一個人關上屋子，在室中繞行

著，躑躅通宵。他愈想愈害怕，便悄悄的在室中自刎而死；第二天，東宮侍臣奏與萬歲知道，萬歲爺勃然大怒，把所有東宮近臣一齊收了監。

這消息傳至楊賢妃耳中，這時，楊賢妃正伴著一位少年王爺，在密室中談心；這王爺便是文宗皇帝的弟弟溶，現封為安王。在諸位王爺中，面貌長得最美；因此楊賢妃入宮之初，一眼便看中了，他二人早晚秘密來往著。如今楊賢妃聽說太子已死，她便趁萬歲爺夜間臨幸的時候，在枕席之間替安王進言；請萬歲爺立安王為太子。

那安王原也神通廣大，他用黃金買通了宮中太監；第二天，那宦官仇士良為首，率領一班總管太監，一共有二十多個人，去見萬歲爺，奏稱願請立安王為太子。說話的時候，其勢洶洶，聲色俱厲；文宗一向害怕宦官的威權，如今見他們眾口一辭，欲立安王為太子，心中明知安王與他們結了同黨，當面也不敢說破，只推說立儲是國家大事，須與宰相商量。

次日，文宗皇帝召左丞相李玨，至密室中，告以宦官欲立安王之事，李玨力言不可；文宗嘆著氣，說道：「朕如今身心受制於宦官，豈尚有朕的說話嗎？」說著，不覺流下淚來。

李玨也伏地流涕，奏道：「老臣必有以報陛下！」他匆匆退出宮來，便在相府中，召集了眾文武大臣秘密商議；眾意欲立敬宗少子成美為太子，只怕宮中宦官不願意，便聯合眾文武大臣，在奏本上具名，共有五百多人一體入奏，請立成美為太子。

這成美卻是一位循規蹈矩的少年，文宗見有許多大臣具著名，便也膽大起來；便是仇士良一班太監，見有許多外臣扶助成美，便也不敢有什麼反抗的話，文宗才得大膽下著聖旨，冊立成美為皇太子。

文宗在宮中，時常受宦官的氣，心中鬱鬱不樂；從來說的，憂能傷人，文宗心中鬱積日久，便一病不起。文宗在病中，欲傳命太子監國；這時，宮中密佈仇士良的心腹，見皇帝寢宮中傳出密旨來，早被仇士良派心腹侍衛，在半途中劫去。

仇士良一人的主意，便私改詔書，立皇弟瀍為太弟，命太弟監國；次日，文宗駕崩，那太子成美得了消息，便欲至寢宮哭送。走到寢宮門外，忽然跳出四個方士來，不由分說，擒住太子；送至密室中，活活的被太弟用麻繩縊死。

這太弟見太子已死，便膽大放心的自立為皇帝，坐朝聽政，稱為武宗皇帝。這武宗皇帝，卻是精明強幹的，因他是用陰謀，強力把這皇位霸佔過來，只怕內外人心不服，便用威力整頓朝綱；所有從前文宗時候旁落的大權，在武宗手中，一併統統收復過來。

那中尉仇士良，自己仗著有扶立之功，每值朝會，便高視闊步，叱吒百官；武宗心中含怨已久，當時宮中太監，俱是仇士良的同黨，不便下手，武宗便多與內侍金帛，使他叛離士良，都歸心於皇帝。士

良漸漸的覺得勢孤，便告老回家；當時便有許多太監，在士良府中飲酒餞別。

士良對眾內官說道：「諸位皆欲在宮中立權威，第不可令天子過於精察；常宜引導奢靡，娛其耳目，使日新月異，無暇更及他事，然後吾輩可以得志。慎勿使天子親近儒生，彼知讀書，即知前代興亡，反知憂懼，則吾輩無所用其權矣！」幾句話，說得眾人點頭嘆服。

因此，仇士良去後，宮中太監又朋比為奸起來。那時武宗明察內外，眾內侍無所用其技，武宗皇帝又別無嗜好，眾太監亦無法使天子昏惰；然武宗平日，惟愛杯中物，常常飲酒至醉。

第九十五回　帝運潛移

眾太監聽了仇士良的話，便又結合私黨，背著武宗皇帝，在暗地裏做招權納賄的勾當；但武宗卻是一位英明之主，朝廷政事不論大小，都是親自管理。那太監便是要在暗地裏舞弊，也是無可下手；因此太監們在背地裏商議，欲探聽萬歲爺有什麼嗜好，便設法投其所好，使萬歲爺沉迷在這嗜好之中，便也無暇顧及國家的政事了。

後來，打聽得萬歲爺酷好杯中之物，眾太監便設法，去搜羅各處的名酒；武宗愛酒的名兒傳至四方，便有那幽州刺史官，蘇允中來湊趣兒。他獻上十二罈名酒，又把一個勸酒的美人兒，一齊送進宮去；那勸酒的美人，原是揚州的娼妓，名小翠兒的。

她不但容貌美麗，更是善於勸酒；每當華筵初張，小翠兒便頓著嬌喉，唱酒中八仙歌。每唱一闋，便勸酒一巡；座中的賓客，既貪她的美色，又愛她的嬌喉，便不覺舉杯痛飲。那小翠兒又藏著滿肚子的新奇酒令兒，屋中十景架上，滿排列著片籌玉筒；每一筒便是一種酒令，又風雅，又香艷，牙籌上雕著

艷雅的詞句，人見了便是不能飲酒的，也由不得鼓動興趣，強飲幾杯，湊著趣兒。

因此，一班文人雅士、達官富商，都擠在小翠兒的粧閣中，盤桓不忍離去；那小翠兒的名氣，一天大似一天，便有那官府大員，常常把她喚進府去，陪伴飲酒，十天八天，不放她出來。從此，小翠兒也不把那班文人商賈放在眼中，專門巴結大臣貴人；每一次坐著香車出行，前呼後擁，招搖過市，如今，她索性巴結上了皇帝。

武宗雖是一個英明之主，但見了這個如花一般的美人兒，又能歌唱，又能說笑，不由得把這萬歲爺的神魂兒迷住了；當時宮中太監，見她把這一位英明的萬歲也迷弄倒了，大家便趁萬歲爺沉迷的時候，在暗地裏招權納賄。

那武宗得了這個小翠兒，每日伴在絳雲軒裏飲酒聽歌，猜拳行令，把個英明天子灌得酒醉如泥；當時有一位節設使杜悰，看萬歲如此沉迷不醒，便上了一道奏章，力勸皇上須勵精圖治。此時，武宗皇帝因飲酒過量，傷害肺腑，臥病不起，心中深自悔恨，不該好色貪酒；如今讀了杜悰這本奏章，心中萬分悲傷，倚著床頭不住的流淚。

無奈，他的肺病一天沉重一天，掙扎到冬天時候，便晏了駕；這時宮中太監的威權，一天大似一天，在武宗皇帝病勢危急的時候，便在宮中秘密會議，欲立太叔光王忱為太子。說起這光王忱，當初也有一段風流故事，留傳在宮廷間。

這光王忱是武宗皇帝的弟弟，憲宗皇帝的少子；光王的母親鄭氏，原是當初丞相李錡的姬人。李錡和憲宗自幼兒在東宮，原氣味很是相投；有時，憲宗還在李錡家中遊玩，自朝至暮，十分快樂，也忘了回東宮去，便留住在李錡府中。

那李錡的內眷、妻妾、子女們，也都和憲宗談笑無忌；其中惟有愛姬鄭氏，長得更是美豔出眾，尤其善於烹調。恰巧這位憲宗皇帝，又是講究飲食的；如今在李錡家中，嘗了美味的酒菜，那李錡也要討好憲宗，便令這愛妾鄭氏出堂拜見。誰知他二人真是前世的冤孽，一見了面，便各自生了心；但此後的來往，便與從前大不相同了。

從前憲宗到李錡家去，總是趁著李錡在家的時候，兩人吃喝遊玩著，大說大笑，十分親熱；自從憲宗心中有了鄭氏以後，便常趁著李錡不在家的時候，偷偷的走去，和鄭氏私會。他是一位東宮太子，又是將來的皇帝，有誰敢去管他的閒事；每次憲宗到李錡家中去，便和鄭氏在花園中盡情旖旎，澈膽風流。

後來，也被李錡親自撞破過幾次，李錡心中雖覺酸溜溜兒似的，萬分難受；但總不肯因兒女之私，而壞了君臣的義氣。因此，李錡便忍了心頭的痛，索性向憲宗說明，把這個愛姬奉贈與憲宗；憲宗大

喜，把這鄭氏接進宮去，不到半年工夫，便生下這個光王忱。

待憲宗即位以後，因寵愛鄭氏，也便寵愛這位光王；無奈這光王，因他母親在驚恐羞恥時所生的，自幼兒便有幾分呆氣，又是生性十分殘刻，宮中諸王子都不和光王親愛，在背地裏說他是私生子。憲宗見他不容於眾口，只得立文宗為太子；這光王見自己不能得勢，便也在宮中安分靜守，直守了十多年，忽然又得時起來。

原來光王平日在宮中，與一班太監甚是聯絡，宮中太監都稱他做太叔；在武宗時候，太叔的權勢很大，宮中人人尊敬他，因此一班太監都委仗著太叔的勢力，植黨營私。那太叔也漸漸的起了野心，更有他母親鄭太妃，在一旁竭力攛掇著各太監擁戴光王；又許各太監，將來事成以後，給他許多好處。那太監們便在宮中密議，聯合外面大臣，矯皇帝詔旨；說皇子年幼，宜立光王為皇太叔，權當軍國政事。

待武宗晏駕以後，太叔居然高坐朝堂，裁決庶事；所理國事都井井有條，文武百官十分信服，當時宰相李德裕，便奏請皇太叔自立為天子，號稱宣宗。誰知宣宗一朝登位，卻甚是精明，處事又苛刻少恩，所有舊日用事的幾個太監，都被宣宗假著事故，一齊裁撤；他待外臣也頗少恩德，因此弄得內外怨恨。當時，宣宗因自身貴為天子，便尊生母鄭氏為皇太后；又怕李錡在朝，把憲宗舊日的私情漏洩出來，有關他母子的顏面，便硬說李錡有大逆之罪，拿他家族盡行斬首。

武宗在日，原有一位得寵的王才人，長得美秀玲瓏，武宗生平最是鍾愛；這王才人，原是穆宗時代選進宮去的，那時年只十三歲，已是擅長歌舞。十四歲時，模樣兒長得愈是苗條；武宗為太子時，見了已十分愛悅，穆宗便拿她賞與太子。武宗登位，原欲冊立王氏為皇后，只因她出身微賤，又不生子息；丞相李德裕竭力勸諫，說怕貽天下人譏笑。

但是這王才人，實在長得令人可愛；你道，是怎樣一個可愛的模樣？原來她不但眉眼俊美，且又體格苗條，肌膚白膩，姿態翩躚。最可愛的，她和武宗一樣的披著甲冑，戎裝跨馬，在西山下圍獵；和武宗立馬並肩，遠遠望去，好似一對璧人，剛健婀娜，十分動人。原來武宗長得白皙肌膚，碩長身材，如今武宗欲冊立她為皇后，被大臣諫阻；沒奈何，只得暫屈王氏為才人，宮中均呼為王才人。

這王才人在宮中，直至武宗崩駕，寵幸不曾稍衰；王才人不但容貌美麗，且又心性靈敏，凡是皇帝的嗜好，王才人無不先意承志。武宗看了，愛也愛不過來；從來愛美人的，總不免在床笫之間多用些工夫，因此，武宗的身體漸漸掏虛。

當時，武宗最信道教，卻又痛恨佛法，令京師東都只許留佛寺二所；每寺留僧三十人，各道亦只許

留寺院一所，餘皆毀廢。僧尼勒令還俗，田產沒入宮中，寺院木材改造作公廨驛舍；所有銅像鐘磬一律溶化，改鑄制錢，共計毀去寺院四千六百餘區，閒庵冷廟四萬餘座。勒令還俗的尼僧，共有二十六萬五百人；收沒良田數千萬頃，奴婢十五萬人。

史上排佛的帝王共有三人：一是魏太武，二是周武帝，三是唐武宗；佛家稱為三武之禍。武宗既力排佛教，便專信道教；在即位的初年，便宣召方士趙歸真入宮，傳授符籙之術，拜為道門教授先生。便在西安宮外，建一座望仙觀，供養教授先生；武宗每日朝罷，便至觀中聽講法典，十分的誠敬。

那歸真趁此廣引徒黨，又迎合意旨，為皇帝修合快樂仙丹、不老神藥；武宗服下，陡覺精神倍長，春興甚濃，自暮達旦，採戰不休。武宗只顧得王才人歡心，便也不念傷害身體，漸漸的容顏憔悴，形體枯瘦；這王才人也曾勸諫萬歲爺，以少服丹藥為是，無奈，武宗只圖眼前的快樂，也無暇念及將來的慘痛。

果然捱到會昌六年，武宗竟一病不起，在彌留的時候，只有王才人一人侍立榻旁；此時武宗已不能說話，便用手指著王才人，兩目睜著，注視不瞬。王才人知道萬歲爺捨她不下的意思，便忙拜倒在御榻下；一面拭著淚，奏道：「陛下千秋萬歲後，妾願相從地下。」一句話才說完，那武宗便嚥了氣。

那時宣宗即位，久已打聽得王才人的美貌；那王才人正哭倒在龍床前，宣宗已傳旨下來，宣召王才人進見。那王才人知道新皇帝不懷好意，便推說入室更衣去；她退入寢室，緊閉雙扉，便急急解下衣帶，自縊而死。宣宗十分悼惜，便下旨追封王才人為賢妃。

出殯之日，宮中妃嬪念她在日待人的好處，又可惜她的美貌，便一齊哭送；尤其是宣宗，見死了一個美人兒，便終日長吁短嘆，悶悶不樂。那皇太后鄭氏，原是疼愛皇帝的，見萬歲爺因想念美人，鬧得廢寢忘食，便替他在後宮中，挑選了十個美貌的嬌娃，一任宣宗臨幸；那宣宗眼前有了美人，便也解了心中煩悶。

這時宮中大權，全操在皇太后鄭氏一人手中；鄭太后入宮之初，便和太皇太后郭氏，結下了生死之仇。你道為什麼？原來那太皇太后郭氏，安居興慶宮，頤養多年，歷穆宗、敬宗、文宗、武宗四朝，都十分尊重這位太皇太后；直到宣宗即位，她與太皇太后原有母子之義，只因宣宗是鄭氏所出，鄭氏在當初和郭氏，一個是母后，一個卻是偷偷摸摸來的。

婦人的妒念，是有生俱來的；那鄭氏得了皇帝寵幸，自不免恃寵而驕，在郭皇后跟前，常有失禮的地方。這郭皇后是郭子儀的孫女，詩禮之家最重名節；她見了鄭氏輕狂的樣兒，如何容得？從來，母后

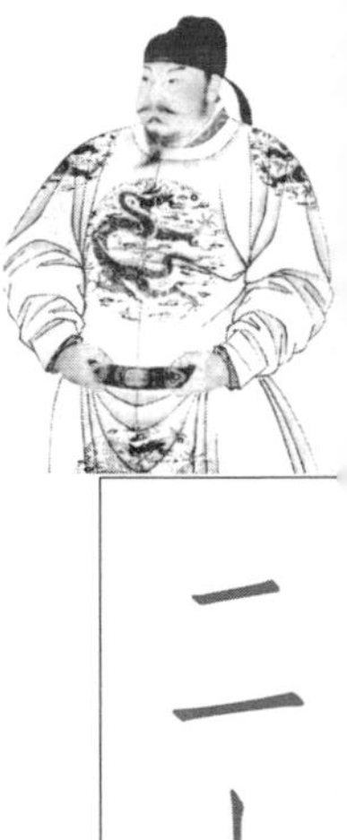

便有統率六宮之權，郭氏便瞞著憲宗的耳目，把一腔怨恨盡發洩在鄭氏身上；鄭氏也自知來路不正，也只得挨打受罵，過著日子。

此次母以子貴，鄭氏得為太后，就將所有從前對於鄭氏的宿怨，便要趁機報復；而宣宗此時，也欲為生母吐氣，對著這太皇太后郭氏便十分失禮。鄭氏又唆使宮中太監造作謠言，說憲宗的暴崩，是太皇太后在暗中下的毒藥；頓時沸沸揚揚，把這個話傳遍了宮廷。傳在宣宗耳朵裏，怎的不悲憤；他便指使興慶宮的太監，斷絕太皇太后的飲食。

那郭氏是六七十歲的老婦人了，一生養尊處優，從未遭人欺凌；如今忽遭此變，叫她如何禁受得起，悲愁交集，終日以淚洗面。

當時，那宮中的太監宮女都走光了，只留下太皇太后孤苦零丁，一人悶坐在宮中；有一個老侍女，原是服侍太皇太后二十多年了，為人甚是忠心。宮中的宮女都走光了，卻獨有這老宮女忍著飢餓，不肯離開；太皇太后幾次令她出宮去，那宮女說：「奴婢願侍奉太皇太后至死。」

一夜，太皇太后睡至三更時分，心中萬分悲涼，見窗外月明如畫，便悄悄的起來，登著勤政樓，眺望一回；不覺悲從中來，心中一陣辛酸，便也顧不得了，一縱身，向樓下跳去。那上身正探出窗外，後面的老宮女早已伸手上去攔腰抱住，太皇太后回進屋子去，兩人便抱頭痛哭；到天色將明，忽然暴崩，因此，宮中謠說太皇太后是服毒自盡的。

宣宗餘怒未息，不願使太皇太后祔葬憲宗，竟葬之於景陵外園；有太常官王皞上奏，請合葬祔廟。宣宗不許，王皞再上疏，說道：「太皇太后係汾陽王孫女，事憲宗為婦；身歷五朝，母儀天下，萬不可廢正嫡大禮。」宣宗不理，貶王皞為句容令。

宣宗除了對太皇太后失德以外，對於朝政，卻能勵精圖治；教訓子女又能守禮。宣宗雖孝養鄭氏太后，但太后之弟光，因出身低賤，舉動粗陋，原出鎮河中；宣宗常得到諫議大夫彈劾他的奏本，便把他召回京師，拜為右羽林統軍，不再令他治理百姓。鄭太后屢在宣宗跟前，說光家貧；宣宗便賜他黃金千兩，又常常賜他珍寶玉帛，但始終不給他好官做。

又有宣宗長女萬壽公主，下嫁起居郎鄭顥；天子嫁女，向例用銀葉裝點車輛，宣宗命易銀為銅，以示天子的儉德。公主臨嫁的時候，宣宗面訓她，要謹守婦道；不得輕視夫族，干預朝事。鄭顥忽得了危險的症候，宣宗特派中使，到駙馬府中去探視；中使回宮，宣宗問：「我家公主何在？」

中使答稱：「在慈恩寺中觀戲。」

宣宗大怒道：「朕家女兒，何得如此驕放！怪道士大夫家，每不欲與朕家聯婚。」立刻令中使至慈恩寺，召公主回宮，面責道：「小郎有病，汝應不離左右，侍奉湯藥，何得自去觀戲？且入寺觀戲，亦

非婦道。」公主謝罪而出，從此貴族都不敢放肆，謹守禮法。

宣宗次女永福公主，面貌美麗，原擬下嫁於琮；一日，永福公主伴宣宗食，適不合意，公主便嬌聲叱吒，把匕箸一齊折斷。宣宗勃然大怒，道：「如此情性，尚可為士大夫妻耶？」便改以四女廣德公主，下嫁為琮妻。

當時公主縣主，甚是不守婦道，在婿家任意出遊；間有駙馬身死，公主便入宮另嫁。宣宗便下詔，道：「國家教化，始於夫婦；凡公主縣主之有知者，已寡不得再嫁。」即此數端，已是難能可貴；當時史官稱宣宗為「小太宗」，因太宗為唐朝極盛之時，如今宣宗在位，也如太宗時候一般的太平。

可惜太平不久，宣宗年至五十，便覺精力衰弱；不知不覺，又犯了從前文宗、武宗的大病，愛服金石丹藥。初服尚稱有效，延至大中十三年秋季，藥性猝發，背上生疽；那精神日見衰敗，不久便崩了駕。宣宗在日，並未立有太子；幸有右軍中尉王宗實竭力主持，立鄆王溫為嗣皇帝，史稱懿宗。

誰知這懿宗，因自幼兒在外居住，遊蕩成性；如今一旦住在宮中，便覺十分拘束，漸漸的也行為放蕩起來。驕奢無度，淫樂不悟；且十分信佛，時時出幸安國寺，賜沈檀講座二，各高二丈，費錢十數萬。又設萬人齋，令人民不論男女，入寺飲食。

傳聞法門寺供養佛骨，便打發中使，香車寶馬，往法門寺迎接佛骨；群臣交章勸諫，日有數起，王宗實一奏，最是沉痛，說憲宗因迎佛骨而晏駕，願陛下謹慎。

第九十六回　中原兵劫

懿宗皇帝是一位昏庸之主，他自即位以來，不及三年，在宮中窮極奢侈；內宮中，又寵愛許多妃嬪，平日起居服用十分豪華，一衣一飾，動輒千金萬金，漸漸弄得國庫空虛。

此時，關東連年水災旱災，百姓傷亡日以千計；懿宗還要窮兵黷武，借著征剿各處盜匪為名，調集軍隊，徵收軍糧。那百姓因懼怕軍糧，流亡在四方，變而為盜；因此盜匪愈聚愈多，到處打家劫舍，那良民也不得安居，天下騷亂。懿宗在宮中，整日和一班妃嬪尋著快樂；外面變亂得不堪收拾，那朝中大臣也相約，不去奏報皇帝。

懿宗生平最寵愛的，便是那郭淑妃；這郭淑妃，原出身微賤，懿宗在王府中的時候，那郭氏的母親，在府中充當裁縫媽媽，郭氏也隨著她母親，在府中遊玩。講到郭氏的面貌，原也不十分美麗，只因她搔首弄姿，善於修飾；看在懿宗眼中，便覺得萬分可愛。

當時背著人，便在私地裏和她勾搭上了；郭氏雖說年紀小，卻很知道攀高，她在懿宗跟前撒癡撒嬌

的，甚得懿宗寵愛。後來懿宗做了皇帝，只因偏愛這位郭妃，在位十年之久，還不曾把皇后立定；屢次要把郭氏立為皇后，那臣下都說郭氏出身微賤，不能母儀天下，懿宗無法，只得封郭氏為淑妃。

郭淑妃生有一女，在嬰兒的時候，便封她為同昌公主；這同昌公主面貌長得平庸，且又是一個啞子，但懿宗因她是郭氏所生，便也出奇的寵愛她。平日千依百順，養成嬌縱的惰性；一衣一食，十分奢華。到十二歲時，這同昌公主忽然說起話來，她一開口，便說道：「今日始得活了。」

郭氏和懿宗皇帝聽了十分詫異，連連追問她，她卻只是搖頭不說；從此以後，這位公主只是嬌聲說話、歌唱著，引得懿宗更是歡喜，拿各種奇珍異寶哄她快活。當時有一個韋保衡，原是諫議大夫韋誠的兒子；只因面貌長得俊美，翩翩如玉樹臨風，年紀比同昌公主長著三歲，郭淑妃見了，出奇的喜歡，常常把他傳喚進宮去，隨著郭淑妃遊玩著。

這時，韋保衡年紀只十八歲，小孩子心性，只知道遊玩，原不知道什麼男女私情的事情；無奈這郭淑妃每見了韋保衡，便把左右宮女支使出去，把韋保衡抱在懷中，百般的挑逗著。任你是鐵石心腸，也不由得動了春情；一個是中年婦人，一個是少年男子，一個是皇妃，一個是臣子，竟輕易的犯了一個姦字。

日子久了，外面沸沸揚揚的傳說；郭淑妃為要遮掩外人的耳目，便和懿宗皇帝商議，願將同昌公主下嫁與韋保衡為妻。懿宗皇帝因寵愛郭妃，郭妃說的話無有不聽從；誰知同昌公主知道，她母親和韋保衡是有私情的，便不願意下嫁。這一下，可把個郭淑妃急死了；在郭淑妃，滿心希望把同昌公主嫁與韋保衡，從此韋保衡是她的駙馬，她是韋保衡的岳母，從此便可以光明正大的來往著，他二人趁便可以偷續舊歡。

不料，如今同昌公主竟是不願，郭淑妃再三勸說著，同昌公主卻總是不願；郭淑妃無法可思，便願把自己所有的珠寶首飾、珍奇玩好，一齊給同昌公主作粧奩。又與懿宗皇帝商量，出內帑五百萬緡，賜與公主為嫁產；又在仁壽宮旁造一座第宅，飛檐畫棟，倍極崇宏。屋中窗牖欄榭，俱鑲嵌珠玉；平常動用器具，均用金銀鑄成。

那朝中文武百官，見懿宗如此寵愛公主，便大家爭獻粧奩。其中有一位司空李從仁，便異想天開，用金銀鑄成一井欄，進贈公主；又有一個吏部官，用金質鑄成一藥臼，進贈駙馬。

同昌公主下嫁之日，賜與京師人民，各得彩緞一方，又制錢一貫；京師大街上都紮著彩幔。所有公主府中的大小器皿，用四萬人扶槓抬著，在大街上遊行一周；京師人民萬頭鑽動，把一條大街擠得水洩不通。這種豪奢情形，便是從前太平公主、安樂公主下嫁時，也不及她的。

那韋保衡得了這樣一位貴婦人，又有許多錢財，早不覺樂得骨軟筋酥；每日除入朝站班以外，便終

日陪伴這位同昌公主，在閨房中說笑遊玩，如膠似漆，寸步不離。那郭淑妃也借著探望女兒為名，時時移駕駙馬府中，留戀宴飲，深夜不歸；母女共事一夫婿，京師臣民傳為笑話。

懿宗也因為愛女寵妃，任她自由出入，無法禁止；韋保衡又得岳母、妻子吹噓之力，得遷授翰林學士。咸通十一年，曹確罷相，韋保衡竟得與兵部侍郎于悰、戶部侍郎劉瞻同時入相，掌握機要；從此朝中文武大臣，都與韋駙馬交歡，打成一氣，內外為奸。一班蠅營狗苟的臣僚，爭著趨承伺候；當時人稱他為牛頭阿旁，是說他陰惡可怕，與鬼相類。

誰知這韋保衡正在得意的時候，忽然同昌公主害起病來了；這病也害得甚是古怪，只見她兩眼向上，四肢拳屈，口中不住的怪聲叫喚著。懿宗立時傳喚禁中醫官二十餘人入府診脈，大家都說不知是何症候，束手無策；奄奄數日，這同昌公主便長辭人世了。

懿宗見失了愛女，心中萬分痛悼；那郭淑妃也是悲念不休，懿宗皇帝自製輓歌，交群臣屬和。駙馬府中供著靈座，懿宗皇帝親自哭臨，令宰相以下，盡往祭弔；又下旨，追封同昌公主為衛國公主，令禮部定謚號為「文謚」二字。

郭淑妃失了愛女，悲痛之餘，便把一口怨氣，出在那醫官身上；她竟私用皇帝玉璽，矯詔盡捕當時為公主診脈的醫官二十餘人，硬說他們誤用方藥，害死了公主。那承審的官員，竟不分皂白，把這二十餘位醫官一律斬首；又搜醫官親族三百餘人，盡繫之獄中。

直至次年正月，葬同昌公主，郭妃命從獄中提出醫官的親族三百餘人來，一齊用鐵索牽住，在公主的柩後匍匐行走，一邊鞭打著；那一鞭下去，便是一條血痕，呼號之聲，慘不忍聞。

懿宗與郭淑妃並坐延興門上，公主靈柩從延興門下經過，皇帝不禁掩面悲啼，郭妃更是哽咽難言；那護喪的儀仗，遠達數十里，拿黃金鑄成開路神，高有三丈，用二百人抬著，在前面引導。此外，所有公主的珍寶服玩，分裝成一百二十車，香車寶馬，輝煌蔽日。

當時，有樂工名李可及的，作嘆百年曲；招民間歌女五百人，各人手執香花，隨著喪車且行且歌。又招舞女五百人，為地衣舞，用雜寶為首飾，彩綢八百疋，繫在腰間，且行且舞；舞女經過之處，珠璣滿地，任民拾取。貧家拾得一珠，可作三年之糧；所有公主生前服玩等件，悉埋入墓中。

同昌公主死後，韋保衡的寵幸依舊不衰；郭淑妃卻不便再至駙馬府中住宿，便常常密召韋保衡進宮，陪伴著郭淑妃遊玩，兩人任意調笑，不避耳目。郭淑妃常常對懿宗皇帝說道：「妾想念亡女，十分痛心；欲常見女婿之面，見吾婿如見吾女也。」懿宗信以為真。

郭妃若不見韋保衡，便愁眉苦眼，鬱鬱不樂；懿宗見妃子不快，便使中官去駙馬府中，把韋保衡宣召進宮來。郭妃一見駙馬，便笑逐顏開，那懿宗見郭妃快樂，他也快樂了；從此韋保衡的權力，更比往

日強大。

當時有于悰與韋保衡同在相位，韋保衡有意排擠他，便常常在皇帝跟前詆毀于悰；懿宗聽信了韋保衡的話，便把于悰貶為韶州刺史。韋保衡欲取于悰的性命，便募刺客在半途相候，欲得便下手；這消息傳到廣德公主耳中，十分驚惶起來。

原來這于悰，便是廣德公主的丈夫，那廣德公主又是懿宗的同胞妹妹；如今聽說韋保衡欲謀死她的丈夫，豈有不驚惶之理！當時心生一計，廣德公主身穿男子衣冠，扮作于悰模樣，端坐在肩輿之中；卻命于悰坐在自己的香車中，夫婦二人沿途謹慎小心的行著。每到一客店，公主便與于悰換榻兒而眠；那刺客幾次要下手，卻找尋不到于悰的所在，于悰方能保全性命，平安到了韶州。

但這韋保衡，卻為什麼要與于悰結下如此的深仇呢？這一半是由於同僚爭權，兩不相容；一半卻也因廣德公主撞破了他的秘密。

那天，廣德公主正入宮去朝見懿宗皇帝，退出宮來，經過御園；一瞥眼，見郭淑妃正和那韋保衡做著不端的事情，把個廣德公主嚇得掩面而走。但郭妃眼快，已看見了她，怕廣德公主在懿宗皇帝跟前多嘴多舌，便唆使韋保衡，為先發制人之計，下這個毒手，把于悰夫婦二人，遠遠的趕到韶州去；從此拔去眼中之釘，韋保衡和郭妃二人在宮中，放膽幹著風流之事。

這時，懿宗已抱病在床，韋保衡更是毫無禁忌；但一對癡男怨女只知貪戀色慾，誰知宮中的太監，早已在背地裏結黨營私。為頭的便是左神策中尉劉行深、右神策中尉韓文約，他二人俱是太監出身；所有宮中大小的太監，都聽他二人的號令。

那懿宗只因寵愛郭淑妃，直到如今不曾立得皇后，也不曾立得太子；講到懿宗親生的兒子，共有八人：長子魏王佾，次子涼王健，三子蜀王佶，四子威王品，五子普王儼，六子吉王保，七子壽王傑，八子睦王倚。全是後宮妃嬪所出，原不分什麼嫡庶，若照立嗣以長的道理說來，那魏王佾是懿宗的長子，更該立為太子；只以劉行深、韓文約二人，欲立用幼君，便於專權起見，竟趁懿宗病勢昏憒的時候，擁立懿宗第五子普王儼為太子。

那普王的母親王氏，出身也甚是微賤；當時他母子二人，勾結著這兩個閹豎，所有禁衛軍的兵權，全握在劉韓二人手中。那郭淑妃一生不曾得兒子，平日只知道迷戀著一個韋保衡；那王氏在背地裏謀畫的大事，她卻睡在夢中，一點兒也不知道。直至懿宗崩了駕，劉、韓二人便矯著遺詔，傳立普王；在柩前即位，稱為僖宗。

這僖宗登位之初，便把郭淑妃幽禁起來；一面貶韋保衡為賀州刺史。從來說的，人情反覆；所有從前趨奉韋保衡的一班官員，如今見韋保衡失了勢，便又搶著上奏彈劾他。那僖宗看了眾人的奏章，又降

韋保衡為澄邁令，接著又下諭賜他自盡；好好的一個風流俊美的少年，只因貪戀女色，把自己的前程也毀了，性命也送了。

這時，朝廷大權全在劉行深、韓文約二人之手；又有田令孜，卻是僖宗皇帝最親密的人。僖宗即位之初，年紀只十二歲，童心未除，終日在宮中，只知和一班小太監遊玩追逐；遇有大臣奏議，均交與樞密田令孜處決。田令孜原是一個小馬坊使，平日讀書識字，頗有領悟；僖宗在王府時候，已與令孜朝夕相親，呼令孜為阿父，待僖宗即位以後，便使令孜入主樞密，平日倚如股肱。

那令孜也能取得僖宗的歡心，揀那僖宗愛吃的果實，常親自入宮進獻，把各種奇珍異果陳列榻前，君臣二人對坐暢飲；又引宮中小兒數百人侍奉僖宗，高興的時候，便與諸兒擊鞠拋球，賞賜萬錢。皇帝平日服用，十分豪華，再加上劉、韓二人暗中的剝削，早不覺庫藏空虛；那田令孜又代為計畫，勸僖宗下旨，沒收兩市商貨，統統輸入內庫，任皇帝使用。

那田令孜和劉行深、韓文約三人打通一氣，在外面招權納賄，照銀錢的多少，定官位的大小；少主童昏，權奸驕恣，人怨沸騰，天變交作，水旱頻仍，餓殍載道，盜賊到處橫行。

那時，有兩個大盜最是猖獗，劫奪州縣官軍不能控禦；一個是濮州盜王仙芝，一個是冤句黃巢。仙芝與黃巢都是販賣私鹽為生，出沒江湖，橫行無忌；黃巢又有一種防身的絕技，他袖藏彈弓，百發百

中，性愛豪俠，粗讀詩書，屢試進士不得一第，便與仙芝往來，結成生死之交。

仙芝在乾符元年，聚眾數千人，揭竿起事；次年得眾數萬，攻陷濮州、曹州等處，聲勢十分浩大。那黃巢聞仙芝得利，也糾眾響應，剽掠州縣，聲勢更是洶湧；不及一年，黃巢有眾數十萬人，東西馳突，銳不可當。轉眼半壁江山，已入黃巢之手；那黃巢竟殺入潼關，攻破華州，留黨目喬鈐居守，自率眾兵直趨長安。

僖宗連得警報，十分驚慌；便至南郊求天，默乞神佑。求神畢，回至朝中，再與眾大臣會議退賊之計；誰知宣召的詔書，接二連三的發出宮去，卻不見有一個大臣進宮來議事，僖宗愈覺慌張。正焦急的時候，忽見田令孜慌慌張張，三步併一步的搶進宮來，報說道：「萬歲爺，不好了！眾賊已殺進長安來了，萬歲爺速速準備出巡吧。」

僖宗聽了這句話，頓時嚇得目定口呆，連聲問道：「這叫朕到什麼地方去安身呢？」

田令孜大聲說道：「陛下還不如幸蜀吧。臣已召集神策兵五百人準備護駕，請萬歲爺趕速啟行。」

僖宗慌忙回至後宮，只帶得平日所最寵幸的妃嬪三四人，和福、穆、潭、壽四王，踉蹌出宮；田令孜在前面領路，五百名神策兵在後面保駕，奔出長安城，向西行去。

京城中失了主腦，軍士及坊士人民，一齊擁入府庫盜取金帛；到午後，百官始知車駕西行。有幾個

稍有良心的，便出城追隨而去；其餘多手足無措，不知所謂。原來這時黃巢還未入城，進城來的，原是鳳翔博野的救兵；如今救兵成了反兵，在京城中燒殺劫奪，橫行不法。

只因當時田令孜在外招募新兵，所穿的服裝盡是裘馬鮮明；恰巧有鳳翔博野的救兵到來，走到渭橋，見新兵如此華麗，眾兵士心中十分不服，大聲鼓噪道：「此輩有甚功勞，卻得如此享用，反叫我們在外面挨凍受餓。」大家一擁而上，剝奪新軍的衣服，反身出城，為賊兵嚮導。

直至靠晚，黃巢前鋒將柴存入都，金吾將軍張直方與群臣迎賊灞上；黃巢乘著黃金輿，戎服兜鍪，昂然入宮。徒黨全是華幘繡袍，乘著銅輿；隨後護衛、騎士數十萬，多半是被髮執兵。沿途掠奪得的輜重財帛，自東京至京師，千里相屬，都民夾道聚觀；賊眾見人民衣衫襤褸，便分給金帛，人民歡呼，稱為黃王。

黃巢進入春明門，升太極殿，有宮女數千人迎謁；黃巢見有這許多美女，不覺大喜，口中連稱天意。

第九十七回　黃巢入宮

黃巢入宮，霸佔了僖宗的數千宮女，在他眼中看去，個個是西施王嬙，終日終夜尋著歡樂；那班趨奉勢利的大臣，便今天上一表，明天上一奏，勸黃巢登位稱帝，黃巢原也早有這個心，便擇了吉日坐朝稱帝。

誰知黃巢一坐上龍位，經文武大臣呼了三聲萬歲，頓時覺得頭暈眼花，手足無措起來；慌得黃巢急急跳下龍位來，不敢再坐，一面派心腹人守住宮廷，自己卻出居田令孜宅中，改稱將軍，申明軍律，約束兵士。

過了數日，賊黨漸漸放肆，四出騷亂，焚毀都市，殺人滿街；見有富貴人家，便逞情搜掠，任意淫戮，黃巢亦不去禁止他。那文武大臣見黃巢不敢稱帝，辜負了他們一片攀龍附鳳之心，如何肯甘休；便又大家約著，不斷的上勸進表文。便是那黃巢，自從那日坐了一次龍位以後，覺得心驚膽戰；但過後思量，還覺津津有味，他每睡到夜半的時候，便跳起身來，在庭心裏走著，心中打著主意。

後來他主意決定了，便令手下兵士捕殺唐家宗族，便是三尺孩提也不能避免；又再擄眷入宮，受緝官朝賀，自稱大齊皇帝，即位含元殿。畫皂繒為袞衣，擊戰鼓數百權代音樂，列長劍大刀為衛，大赦天下，改元金統；改年號為廣明二字，是寓「唐去丑口」二字，易一「黃」字，當代唐之意，並立妻曹氏為皇后。

從此，黃巢專門與唐家官吏為難，凡有不肯降順他的官員，他便四處搜捕，殺人遍地；便是京師人民，也有大半慘遭殺戮的，弄得人民怨恨不堪。當時僖宗皇帝避難在蜀，一面調遣大將程宗楚、唐弘夫二人，統兵直攻京師；京師人民在城內暗地響應，黃巢聞知官軍大至，便也無心守城，即率眾向東出城而去。

程唐二軍自延秋門殺入，誰知官兵一入京師，見街市繁華，便一齊起了異心；到黃昏時候，人民還未安枕，一聲叫喊，大家掠取金帛婦女，恣意享樂，市中無賴少年也混入劫奪。黃巢兵離城不遠，打聽得官軍有變，便又引兵還擊，掩入都門；程唐二將未曾防備，手下兵士又四散尋樂去了，一時無法調集，可憐兩人相繼陣亡。

黃巢再入長安，恨人民響應官軍，便縱兵屠殺，流血成河，把城中人民殺得乾乾淨淨，稱為洗城；那兩班附逆的奸臣，齊上黃巢的尊號，稱為承天應運啟聖睿文宣武皇帝。黃巢自稱帝以後，前後共歷十年，攻城略地，所向無敵；被黃巢殺死的軍民，共有百萬人，是千古的一大浩劫。

後遇陳州刺史趙犨，用強兵守住要路，四面埋伏，專待賊兵到來厮殺；果然賊將孟楷，移兵進攻，趙犨伏兵四起，立斬孟楷。黃巢得了敗報，十分憤怒，便合兵十萬圍攻陳州，掘壕五重，百道攻撲；犨涕泣勸諭兵士，誓死固守，覷賊稍懈，即引銳卒開城襲擊，殺賊甚多。

巢愈憤怒，命兵士四處掠人為糧，活推在搗臼中舂死，連骨取食，稱為舂磨寨；幸得朱全忠引救兵到來，李克用又引漢蕃兵五萬，合攻黃巢。克用追賊至中牟，趁賊渡河之時逆擊中流，殺賊萬餘人；黃巢渡過汴河，向北遁去，克用窮追不捨，至封邱，殺賊數千，至袞州，又殺賊數千。

黃巢手下只有千人，走保泰山；他自知難免，便對他甥兒林言說道：「我本欲入清君側，洗濯朝廷；如今事敗，我亦無顏見天下人，汝可取我首級，獻與天子，保得一生富貴。」

林言不忍下手，黃巢急拔佩刀自刎，一時頸子不斷，氣已垂絕；黃巢只把兩眼望著他甥兒，林言無奈，便把黃巢首級割下。又斬黃巢兄弟妻子首級，及自己首級也割下來；唐將時溥，送各人首級至行在。

僖宗聞報大喜，即御大玄樓受俘，命將黃巢首級懸在都門；黃巢姬妾數百人，一齊跪在樓下。僖宗在樓上望去，只見個個花容暗淡、玉貌淒惶，不覺動了憐香之念；便傳為首的幾個女子上樓來，當面問

話，道：「汝等皆勳貴女子，世受國恩，如何甘心從賊？如有委屈之意，可從實奏聞，朕當恕汝已往之過。」

在僖宗，見那些女子個個都長得花容月貌，故意說這幾句話，原望她們叩首乞憐，便可以借此開恩，收沒在後宮，可以慢慢的召幸；誰知那幾個女子卻毫無乞憐之態，反侃侃的說道：「狂賊兇悖，國家動數十萬眾，尚不能立時消滅，竟至宗廟失棄，遠遷巴蜀；陛下君臨宇宙，撫有萬眾，尚不能拒一強賊，吾輩弱女子，有何能力抵抗？今吾輩有罪當誅，試問滿朝從賊將相，將如何處置！」

僖宗聽了，不覺老羞成怒，便喝令處斬；可憐數百花容玉貌的女子，到頭來難免身首異處。臨刑時，那劊子手反覺不忍，先與藥酒使之昏迷；那女子且泣且飲，形狀十分悽慘，只有為首那名女子，不飲亦不泣，毅然就刑。

僖宗退入內宮，細思滿朝從賊將相，如何處置的話；便立刻下旨，密令神策軍監，在京師地方搜捉從前從賊諸將相，所有親族一齊處斬。但那時，田令孜自居功高，在朝愈見驕橫；每遇朝會，只有田令孜一人的說話，卻不許天子有所主張。僖宗心中敢怒而不敢言，只能對著左右流涕；那將士們見田令孜如此驕橫，人人怨恨。

秦宗權便率兵反出長安，劫略外府州縣，朱全忠、李克用也紛紛逞兵；國內幾無寧日，人人以清君側為言，擾攘數年，才得大局粗定。僖宗啟駕回宮，沿途蒼涼滿目，觸景生悲；及入都城，更覺得銅駝荊棘，狐兔縱橫。趨至大內，只有幾個老年太監出來拜謁，所有前時宮女都失散不知去向；便是懿宗在日最寵愛的郭淑妃，此時也杳無下落了。

僖宗十分傷感，那田令孜又處處逼迫著僖宗，連行動也不得自由；京兆尹王徽，僱用人伕五萬人修治宮廷、整葺城垣，才得粗定。忽報李克用叛兵，又逼近京師，田令孜大驚；不由分說，立刻便要挾僖宗出走鳳翔。長安宮室復為亂兵所毀，蕩然無存；李克用見僖宗已出走，便還軍河中，上表請皇上還宮，仍乞誅殺令孜。

僖宗見表，亦有還宮之意；那田令孜偏又在夜間引兵入行宮，脅逼著僖宗轉幸興元。黃門衛士、衛從只數百人，太子少保孔緯，奉太廟神主出京，在中途遇盜，神主盡行拋棄；那宰相蕭遘，見令孜劫奪車駕，便令朱玫率兵五千，欲追還聖駕。令孜見後有追兵，又劫僖宗西走，令神策軍使王建，為清道斬斫使；沿途多係盜賊，王建率長劍手五百人前驅奮擊，才得殺退眾賊，開出一條道路來，迤邐前進。

看看走至大散嶺下，車馬不能通行，僖宗便取傳國璽，交與王建負著，君臣二人手拉住手，登大散嶺；一行人走著山中的崎嶇小道，甚是遲緩。行到傍晚，忽見朱玫兵馬追至，放火焚燒閣道，頓時煙燄

薰天，迷住去路；那棧道已焚去丈餘，勢將催折，王建肩負僖宗，向煙燄中一躍而過。幸得脫險，夜宿板下，君臣二人摟抱而眠；僖宗頭枕著王建膝上，略得休息一夜。

至天色微明，王建扶著僖宗，從草際起身，僖宗不覺大哭；哭罷，僖宗即解御袍賜與王建，道：「上有淚痕，留為他日紀念。」

到日午，一行人進了大散關，閉關拒住追兵；朱玫攻城，數日不下，只得退兵。路過遵塗驛，見肅宗玄孫襄王熅，病臥在驛舍中；朱玫即扶之上馬，同回鳳翔，召集鳳翔百官會議。朱玫厲聲說道：「我今立李氏一王，敢有異議的，立即斬首。」百官面面相覷，不敢發言；朱玫便奉襄王熅權監軍國事，朱玫自任左右神策十軍使，次年改立襄王為帝，改元建貞，獨攬大權。

他的部將王行瑜，朱玫原令他帶兵五萬，進攻大散關的；至此時，王行瑜忽然回至長安。朱玫見他擅自回師，不覺大怒，召行瑜入內；，朱玫怒目相視，大聲喝道：「汝擅自回京，欲造反耶？」

王行瑜亦厲聲答道：「我不造反，特來捕殺反賊。」說至此，便舉手一揮，門外擁進一群武士，擒住朱玫立刻斬首；又殺朱玫同黨數百人，又殺死襄王熅。

王行瑜一面迎僖宗返蹕鳳陽，一面奏請奪田令孜官爵，流為端州令；次年，僖宗又從鳳陽回京，人民流亡，城郭已墟，進得宮來，更是滿目荒涼，井敗垣頹。僖宗連年奔波，受盡恐嚇，吃盡辛苦，如今眼見著這淒涼景象，便終日悲傷；從來說的，憂能傷人，僖宗入宮的第二日便已抱病，勉強趨謁太廟，次日，疾病大作，臥床不起，不到一個月竟致不起。

群臣入宮會議大事，因僖宗子年幼，便欲立皇弟吉王保為嗣皇帝，獨楊復恭請立皇弟壽王傑；傑原是懿宗的第七子，為懿宗後宮王氏所出。僖宗一再出奔，傑隨從左右，常得倚重；至是，由楊復恭寫了壽王名字，趨至僖宗榻前，此時，僖宗口已不能言語，只略點首。僖宗當晚駕崩，遺詔命皇太弟傑嗣位；百官率禁軍，從壽王邸中迎新皇帝入宮，在柩前即位，稱為昭宗。

昭宗體貌雄偉，時露英氣，又喜文學，常與文學大臣親近；每與丞相孔緯，說起僖宗威令不行，朝綱日落，有恢復前烈的意思。又立淑妃何氏為皇后，立戒不得寵任宦官；但宦官專權已歷數代，一時積重難返。

當時，宮中有一宦官劉季述，最是奸險陰惡，數千太監都是他的同黨；如今昭宗的行為，處處與宦官為難，他心中十分憤恨，便與王仲仙、樞密王彥範、薛齊握等，陰謀推倒昭宗，立太子為嗣皇帝。

恰巧昭宗在苑中圍獵，多飲了幾杯酒，醉意甚濃，回至宮中，天色已是昏暗；一群小太監與三三宮女，在殿頭捉迷藏，不提防萬歲駕到，一個小太監箭也似的跑過來，與昭宗撞個滿懷。昭宗大喝一聲，那小太監慌得忙趴在地下，不住的叩頭；昭宗便拔下佩劍，親自去砍下太監和宮女的腦袋來，血染袍

袖，怒沖沖的跑到皇后宮中，責何皇后約束不嚴，何皇后也伏地請罪。

誰知昭宗殺死一個小太監，竟惹起宮中數千名太監的公怒；到了第二天一清早，那宮中太監相約不開宮門，盡把六宮鎖匙收藏起來。劉季述在外面帶領禁兵千人，把兩扇宮門打得應天價響；劉季述親拔佩刀，劈門而入。那宮中太監一齊圍住劉季述，訴說皇帝殺死小太監的情形；劉季述大怒，立時把在朝的文武大臣喚進宮去，對著眾大臣說道：「主上所為如此，豈可復理天下事？廢去昏君，另立明主，為社稷計，理之當然。」

眾大臣均諾諾連聲，不敢贊一詞；季述又召禁中將士，在殿前列成陣勢。樞密王彥範起草立表，章請太子監國，逼著百官皆署名在表章上；將士們大聲呼喚，一擁入思政殿。昭宗正在書房閱覽群臣奏狀，見眾將士紛紛奪門而入，不覺大驚；劉季述亦佩刀入宮，手持表章，擲與昭宗觀看，大聲說道：「此非臣等所為，皆南司主張，眾情不可遏也。」

昭宗見此情形，不覺長嘆起立，繞室而行；劉季述到此時，其勢不能罷休，便上去扶住昭宗。昭宗怒憤填胸，大聲喝罵；季述不作一語，扶皇帝走出書房來，一瞥眼，見眾太監亦扶著何皇后從內宮出來。可憐這何皇后，早嚇得玉容失色，珠淚交流；當階推過一輛御輦來，季述手持佩刀，逼著昭宗皇帝與皇后同上御輦，後面妃嬪十餘人涕泣相隨，直入少陽院中來。

季述餘怒未息，用刀尖畫地，歷數皇帝罪惡，親手鎖閉少陽院門；又溶鐵灌入鎖眼，使不能開，在牆上開一洞，以通飲食。季述轉身出外，矯天子詔，迎太子入宮，立為嗣皇帝，奉昭宗為太上皇，何氏為皇太后；加百官爵秩，優賞士卒，季述自為大將軍，凡宮人左右前為昭宗寵信者，一律治死。

可憐昭宗與何皇后二人，被幽禁在少陽院中；寫詔與劉季述，欲得錢帛使用、書籍誦讀，一概不與。其時天適大寒，嬪御公主俱無衣衾，號哭之聲直達戶外；司天監胡秀林，私取衣被，從牆穴中送入，便有人去報與季述知道。季述命捕胡秀林，用繩子捆綁，送入大將軍府中；胡秀林見了季述，大聲說道：「中尉幽囚君父，尚欲多殺無辜耶？」季述卻也無話可說，令鬆綁，任秀林自去。

劉季述又密遣養子希度至汴中，說朱全忠把唐室江山作為贈品；那崔胤卻又致書全忠，使興兵救駕。朱全忠得了兩面書信，便躊躇莫決；那副使李振，便在一旁進言道：「王室有難，便是助公成就霸業；今公為唐室桓文，安危所繫，在公一舉。季述閹宦敢於囚廢天子，今不能討，他日何以號令諸將；如今幼主定位，則他日天下之權，真屬劉宦了。」

全忠聽了這一番話，也恍然大悟，立刻囚住希度；一面特遣心腹蔣玄暉，偷入京師，與崔胤約定。又結合右軍都將董彥弼、周承誨一班忠勇將軍，說定於除夕舉事，伏兵安福門外掩捕逆黨。其時天色熹

微，雞聲初唱，一賊將王仲先馳馬入朝，至安福門外；當有神策指揮使孫德昭，從暗中突出，麾動將士，一擁上去擒住，趁手一刀砍作兩段。德昭提著人頭，逕至少陽院門外，叩門大呼，道：「逆賊已服誅，請陛下出勞將士。」

何皇后在院中，正與昭宗皇帝對坐而泣，驟聞門外呼聲，尚不敢信；令小太監隔門問道：「逆賊果誅，首級何在？」德昭令將首級從牆穴中送入，何皇后與昭宗視之，見果是仲先首級，不覺大喜。

其時，德昭已破門而入，崔胤從東殿趕來，奉昭宗御長樂門樓，自率百官稱賀；同時，周承誨亦擒住劉季述、王彥範一班賊首，押至樓下。昭宗見了，不覺眼中冒火；正欲詰問，逆賊已被各軍士一擁而上，用白梃亂擊，打成肉堆。

又有薛齊握，也是季述同黨，此時也投井而死；德昭分兵到四人家宅中去，搜捉親族同黨六百餘人，一齊斬首。這時，宦官奉太子匿在左軍，獻還傳國璽。

第九十八回　朱全忠

昭宗即得復位，便賜孫德昭、承誨、彥弼三人姓李；德昭充靜海節度使，承誨充嶺南西道節度使，彥弼充寧遠節度使，留住在宮中，賜宴十日始放還家，盡國庫所有，賜與他三人平分，時人稱為三使相。

德昭請定太子的罪，昭宗說：「吾兒年幼無知，被奸人所陷，不足言罪；可仍還居東宮，降為德王。」

德昭辭朝回鎮，昭宗令留兵三千人充作宿衛，暗地裏監督宦官；當時昭宗最親信的，要算丞相崔胤。崔胤每日在宮中劃策，外削藩鎮之權，內除宦官之黨，弄得內外怨恨；崔胤卻暗地裏結合朱全忠，抵抗德昭。

昭宗每日留崔胤在宮議論朝事，至晚不休；昭宗意欲盡誅宦官，崔胤亦在一旁慫恿。那宦官黨羽甚眾，耳目甚長，便在背地裏結成死黨，預備抵抗；崔胤先令人掌管內事，陰奪宦官事權。宦官中，

韓全誨對昭宗哭訴崔胤的陰謀大逆，又唆使禁軍，對皇帝喧噪起來，只說崔胤剋扣冬衣；昭宗是一個驚弓之鳥，見崔胤威權一天大似一天，深怕養成第二個劉季述，再鬧出逼宮的大事來，便撤崔胤為鹽鐵使。

崔胤心懷怨恨，便打發心腹人，秘密送信給朱全忠，令他入清君側；全忠此時，正取河中晉絳等州，擒斬王珂，復攻下河東沁澤、潞遼等州，威振四方，又奉皇帝詔，兼任宣武宣義天平護國節度使。既得崔胤私書，便自河中還大梁，刻日發兵；韓全誨亦有人在外面，探得朱全忠欲入清君側的消息，便急與三使相陰謀劫駕，先奔鳳翔。

在會議時候，獨德昭不肯；全誨見話已說出，勢在必行，無論德昭允否，他已決計先劫車駕。便立刻調動禁兵，分別把守宮禁諸門；所有文書來往、諸人出入，都令禁兵搜查盤詰，當有人去密報與昭宗知道。昭宗聽說禁兵已把守宮門，心中頓時慌張起來，忙召諫議大夫韓握；那韓握行至彰儀門口，便被守兵攔住，不得通行。

當日午時，全誨竟令承誨、彥弼二人勒兵登殿，請車駕西幸鳳翔；昭宗支吾對付，說是待晚再商，承誨暫退。昭宗密書手札，賜與崔胤，札上有數語，道：「朕為宗社大計，不得不西幸鳳翔，卿等但東行可矣。惆悵！惆悵！」

當晚便開延英殿，召全誨等議事；三更時候，德昭留下的三千兵士，已直入內庫劫奪寶物。全誨見了昭宗，只厲聲說：「速幸鳳翔。」四字，昭宗不答；全誨轉身出屋去，竟招呼禁兵，迫送諸王宮人先往鳳翔。昭宗一人坐在殿上，遣中使宣召百官，久待不至；只見全誨復帶兵登殿，厲聲奏說，道：「朱全忠欲入京劫天子，幸洛陽，求禪位；臣等願奉陛下幸鳳翔，一面下詔令諸將勤王。」

昭宗見全誨說話，聲色俱變，急拔佩劍在手，避登乞巧樓；全誨如何肯休，便也追至樓上，硬逼著昭宗下樓。昭宗才走至壽春殿，李彥弼便在內院縱火，煙焰四騰；昭宗不得已，與后妃諸王百餘人出殿上馬，且泣且行，沿途飽受飢寒，不得食宿。奔波一日夜，始到田家磑；李茂貞來迎，始得薄粥一盂，上馬再行，同至鳳翔城中安息。

朱全忠聞天子已蒙塵在外，便領兵入長安，自充大將軍，發號施令；朝中文武俱皆畏服。一面派康懷貞領兵數千，作為前驅；全忠自統大軍，向鳳翔進發。兩路兵馬直抵鳳翔城下，耀武揚威；昭宗令茂貞登城傳話，說：「天子係避災而來，並非宦官所劫，公勿輕信讒言。」

全忠在城下應聲道：「韓全誨逼勒乘輿，我今特來問罪，迎駕回宮。」

全誨見全忠如此說，便又逼著天子，親自登城去曉諭全忠，令他退兵；全忠暫不攻城，先去略取邠州，奪得邠寧節度使李繼徽的妻子，還至河中，淫樂享用。全忠手下的兵馬，四處攻城略地，所向無

敵；昭宗困守在鳳翔城中，天天受著全誨的逼勒。

那時，全誨和崔胤同在一城，彼此漸漸水火不容；昭宗受全誨逼迫，罷崔胤相位。崔胤夤夜奔至河中，泣求全忠發兵；全忠又發兵五萬，直至鳳翔城下，分設五寨，日夜圍攻。城中李茂貞出兵應敵，每次敗進城去，看看困守過了數十天，鳳翔城中食物已盡；時在隆冬，連朝雨雪，不知餓死、凍死了多少兵士。

城中殺賣人肉、犬肉，人肉每斤值錢百文，犬肉值錢五百文；昭宗也每天吃著人肉，又脫賣御衣及後宮諸王服飾，聊充日用。看看一天難支持一天，城中兵士多有絕城偷降全忠的；茂貞無法可施，便密謀誅殺宦官，以贖自己的罪惡。在半夜人靜的時候，寫就書信，縛在箭桿頭兒上，射出城外去；書上把劫駕的事情，全歸罪在全誨身上，請全忠保駕回都。

全忠把覆信射進城來，信上說道：「舉兵至此，原為保護聖駕；公能協力誅奸，尚有何言。」茂貞便獨入行宮，謁見昭宗，請殺韓全誨等，與全忠議和；昭宗也甚是歡喜，便密遣殿中侍御史崔構、供奉官郭遵訓，賚詔書出城，撫慰全忠，私訂和議，約以明年正月為期，盡殺全誨私黨。

到天復三年正月，李茂貞內變起來，關住宮門，搜捕韓全誨及繼昭彥弼等十六人，一併斬首；昭宗遣後宮趙國夫人、翰林學士韓握，囊全誨等首級出城，前赴全忠營中。且傳語道：「向來逼脅車駕，不欲議和，均出若輩所為；今朕已一體加以誅戮，卿可將朕意曉諭軍士，俾伸公憤。」

全忠拜受詔旨，遣判官李振奉表入謝；但兵圍依然不撤，茂貞疑是崔胤從中作梗，請昭宗飛詔召崔胤，令率百官赴行在。崔胤竟遷延不至，詔書連下至六七通，仍不見崔胤到來；再令全忠作書相招，全忠作書戲崔胤道：「我未識天子，請公速來辨明是非。」

崔胤始入城謁見昭宗，請立刻回鑾；茂貞無法挽留，只求著何皇后，願將平原公主賜為子婦，何后不願。昭宗嘆道：「但使朕得生還長安，何惜一女。」便將平原公主下嫁與茂貞之子侃為婦，一面啟蹕出城，幸全忠營。

崔胤搜殺護從宦官七十二人，全忠又密令京兆尹，捕殺退休諸閹人及留居京中各內侍九十餘人；全忠迎聖駕入營，素服謝罪，頓首流涕；昭宗命韓偓扶起全忠，且語且泣，道：「宗廟社稷，賴卿再安，朕與宗族賴卿再生，卿真功臣也。」說著，解下自己的玉帶來賜與全忠；全忠拜謝，便命兄子朱友倫，統兵保駕先行，自留部兵隨後，焚棄諸寨。

駕至興平，崔胤召集百官迎謁昭宗，及昭宗回宮，全忠亦至；當即上殿面奏，說宦官典兵干政，危害社稷，此根不除，禍害未已，請悉罷諸內司事務，統歸省寺諸道，監軍均召還闕下，昭宗當殿答應。

全忠、崔胤二人退朝出來，即麾動兵士，大索宦官；捕得左右中尉及樞密使等以下數百人，驅至內侍

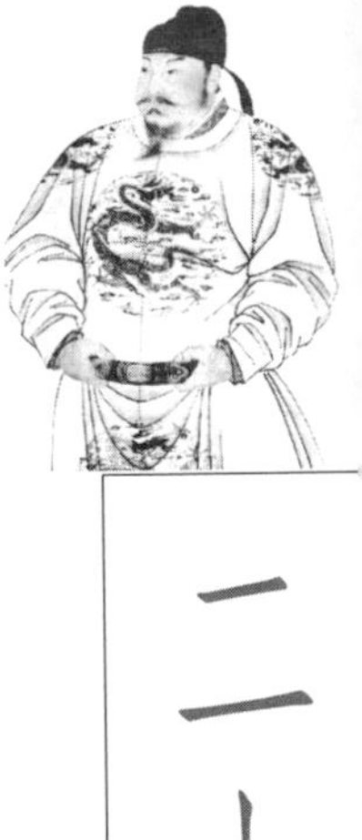

省，悉數斬首，呼號之聲，達於內外。

又命遠方賓客諸中使，不問有罪無罪，概由地方長官就近捕殺，只留幼弱黃衣三十人，司宮廷灑掃；從此詔命出入，均由宮女賚送，命崔胤總管六軍十二衛事。從此崔胤愈加專權自恣，忌害同僚，請令皇子祚為諸兵馬元帥，朱全忠為副元帥；那皇子祚年幼無知，兵權全在全忠掌中。次年加封崔胤為司徒，兼侍中；全忠進爵為梁王，賜號回天，再造竭忠守正功臣，全忠留步騎萬人，拱衛京師。

這年冬日，朱全忠辭行歸鎮，昭宗親御延喜樓，賜宴餞別；全忠謝宴啟行，百官送至長樂驛，崔胤更遠至灞橋。從此全忠心腹滿佈宮禁，他身雖在河中，卻無時無刻不想篡奪唐朝的天下，常常與崔胤秘密通著消息。

崔胤見全忠漸露反跡，便不覺良心發現，外面雖與親厚，暗中卻徐圖抵制。但崔胤手下兵馬甚少，便假說防衛茂貞，欲招募兵士；這計策被全忠窺破，佯為不知，暗中卻令部下的心腹壯士入京，投在崔胤部下，藉便偵察隱情。可笑崔胤全不知道，每日繕治兵甲，興高采烈。

恰當宿衛使朱友倫，因擊球墜馬，重傷身死；全忠疑是崔胤所謀害，便暗使刺客，把友倫擊球時的伴侶殺死十餘人，又奏請令兄子友諒，代掌宿衛。一面密表昭宗，說崔胤專權亂國，須加嚴懲；昭宗畏懼全忠威勢，不得已，罷免崔胤職司，只令他為太子太傅，留住京師。不料，友諒竟受全忠唆使，帶領長安留守軍士，突入崔胤宅第，將崔胤用亂刀砍斃；昭宗在宮中得了這個消息，便登延喜樓，宣召友諒問話。

忽接到全忠表章，請昭宗速速遷都洛陽，免得受制於邪岐；昭宗覽罷奏章，正彷徨無主見，那同平軍事裴樞，也昂然直入，後面跟隨一隊禁兵。他見了昭宗，也不行禮，也不說話，只立逼著皇帝下樓；又逼著百官一齊東行，又令軍士們驅迫著長安士民，搬向洛陽城去，可憐都中人士，沿途號哭，叫罵不絕。

車駕才離得長安城，那張廷範已奉了全忠命令，任為御營使，督率兵役，拆毀宮闕和官廨民房，取得造屋木料，命拋在渭河裏，浮水而下；好好一座長安城，頓時成為荒墟。在洛陽地方又大興土木，建造起宮殿來；全忠發兩河諸鎮工匠數萬人，令張全義治東都，日夜趕造。

此時，昭宗正行至華州，那夾道人民齊呼萬歲；昭宗在輿中不覺流淚，向道旁人民淒聲說道：「勿呼萬歲，朕恐不能再為汝等之主矣。」

當晚宿興德宮，眼前只有后妃、王子數人，景狀十分淒寂；昭宗顧語侍臣道：「朕久聞都中俚言道：『紇干山頭凍雜雀，何不飛去生處樂。』朕今漂泊，不知竟落何所。」說著，不覺淚濕襟袖，左右

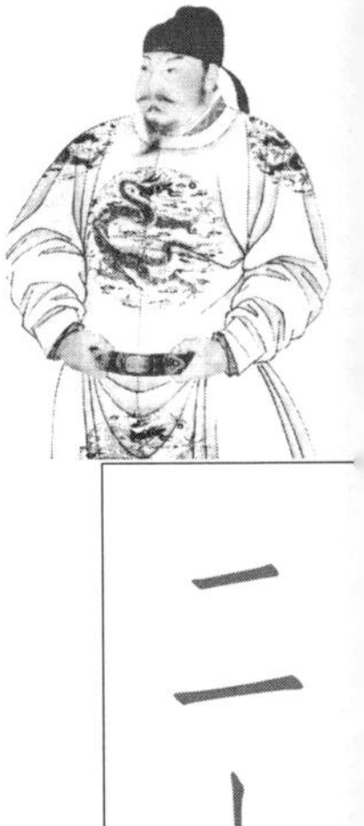

侍臣亦欷歔不能仰視。

至二月初旬，才到陝中，因東都新宮未成，暫作勾當；全忠帶領兵馬，從河中來朝，昭宗延見，又令何皇后出見。那何皇后見了全忠，不覺掩袖悲啼，嗚咽著說道：「自今大家夫妻，委身全忠了。」全忠談笑領宴，出居陝州私宅；昭宗命全忠兼掌左右神策軍，及六軍諸衛事。

次日，全忠置酒私第中，請皇上臨幸；昭宗畏全忠勢力，不敢不往，在飲酒之間，全忠請皇上先赴洛陽督造宮殿，昭宗亦不敢不從。又次日，昭宗大宴群臣，並替全忠餞行；酒過數巡，群臣辭出，獨留全忠一人在座，又有忠武節度使韓建一人陪坐，何皇后從內室出來，親捧玉杯，勸全忠飲。

正在這時候，偏偏那後宮的晉國夫人，從後屋出來，行至昭宗身旁，向昭宗耳邊低低的說了幾句；全忠看了，未免動疑。韓建原是全忠的同黨，見此情形，疑是宮中有了埋伏；要殺他二人，便伸過一隻腳去，暗暗的踼著全忠的靴尖。全忠託醉起去，昭宗再三挽留，全忠卻頭也不回的去了；昭宗見全忠如此倔強的樣子，更是憂急。

次日，全忠已赴東都，臨行時，上書請改長安為佑國軍，以韓建為佑國節度使；昭宗雖然准奏，心中卻懷著鬼胎，趁夜深人靜之時，昭宗扯下袖上白絹，悄悄的把詔書寫在上面。次日遞與心腹內侍，送至西川、河東、准南分投告急；他詔書上說道：「朕被朱全忠逼遣洛陽，跡同幽閉，詔敕皆出彼手；朕意不得復通，卿等可糾合各鎮，速圖匡復。」這一番話。

那內侍尚未回宮，昭宗又接全忠表文，說洛陽宮室已經建成，請車駕從速啟行；適有司天監王墀，奏言星氣有變，今秋不利東行。昭宗聽了王墀之言，便差宮人往諭全忠，推說是皇后新產，不便就道，欲遲至十月東行；又把醫官閼佑之診皇后的藥方，送至東都作證。

全忠更是疑惑昭宗有意推延，徘徊觀變；便打發牙官寇彥卿，帶兵直赴陝中，囑語速催官家發來。彥卿到了行宮，便狐假虎威，更是逼迫得兇；昭宗拗他不過，只得隨寇彥卿啟蹕，全忠至新安迎駕，陰使醫官許昭遠，告訐閼佑之、王墀，及晉國夫人謀害元帥，一併收捕處死。

自從崔胤被殺，六軍散亡俱盡，所餘擊球供奉內園小兒二百餘人，悉隨駕東來；全忠設食帳中，誘令赴飲，帳中預先埋伏下甲士五百人，待小兒飲啖時，甲士齊起，悉數縊死。另選二百餘人大小相類的，代充此役，昭宗尚不覺察；從此御駕左右，盡是全忠私人，所以帝后一舉一動，全忠無不預先聞之。

昭宗進全忠為護國、宣武、宣義、忠武四鎮節度使；皇帝幽居宮中，毫無主權。此時，只越王錢鏐、鄴王羅紹威，以及李茂貞、李繼徽、李克用、劉仁恭、王建、楊行密一班人，是唐室忠臣，他們移

檄往來，欲聲討全忠；那全忠見事機已迫，便與他的心腹李振、蔣玄暉、朱友恭、氏叔琮一班人，秘密議行大逆之事。

一晚，昭宗正夜宿內宮，玄暉率領牙官史太等百餘人，直扣宮門，託言有緊急軍事，須當面奏皇上；宮人裴貞一前往開門，史太等一擁而進，貞一嬌聲叱道：「何帶兵直入內宮？」言未了，那頸子上早已著了一刀，倒地而死；玄暉在宮廷中四面找尋，口中大呼道：「至尊何在？」

昭儀李漸榮披衣急起，推窗一望，只見刀光四閃，知是有變；不覺顫聲道：「寧殺我曹，勿傷大家。」

昭宗亦驚起，單衣跣足，跑出寢門來；正值史太手持利刃，對面昭宗，急避入西殿，繞柱而走。史太大喝站住，卻追趕不捨；李昭儀大哭，急搶去，以身蔽帝。史太竟舉刀直刺李昭儀乳間，只聽得一聲慘號，李昭儀便倒地而死；史太逼緊一步，直撲昭宗。

昭宗這時被史太逼住在牆角間，欲走無路，用手抱住頸子，渾身打顫；只覺得眼前刀光一閃，這位可憐的皇帝，便也斷頸而死。

何皇后聞變，被髮嚎哭而出；恰巧遇到玄暉，何后急跪地哀求，玄暉一時也不忍下手，喝令快避入後宮去。一面矯詔說：「李昭儀、裴宮人弒逆，立輝王祚為太子，在柩前即位。」那輝王是何后所生，年只十三歲，一切事權全無主意；次日御殿受朝，稱為昭宣帝。

全忠上朝，假作驚惶之狀，自投地上，道：「奴輩負我，使我受萬代惡名。」又奏稱友恭不能救駕，應加貶死。這友恭原是全忠養子，此時貶為崖州司戶，又矯旨賜自盡；友恭臨死時，向人大呼道：「賣我塞天下謗，但能欺人，不能欺鬼。」

昭宗皇帝每見全忠，便覺手足無措；何皇后稱全忠為相父。那全忠見孤寡可欺，便決意行篡奪大事。

第九十九回　五代殘唐

全忠大權在握，便決意舉行大事；唆使蔣玄暉，邀集昭宗諸子，共宴九曲池畔。一時，德王裕、棣王祤、虔王禊、沂王禋、遂王禕、景王祕、祁王祺、雅王禛、瓊王祥等九人，齊來赴宴；全忠在座，殷勤款待。待灌得諸王酩酊大醉，便舉箸在碗上扣一下，闖進一隊武士來，把諸王一一扼死，投屍池中；那昭宣帝和何皇后明明知道，卻也不敢查問。

全忠又恐朝廷將相不服，便揀那平素與自己疏遠的，如裴樞等三十餘人，盡行殺死，投屍河中；笑對他同黨的人說道：「此輩自稱清流，今便投之濁流。」一面令私黨玄暉等，在宮中矯皇帝詔命，晉封全忠為魏王，寵加九錫。全忠一心要做皇帝，如何肯受此虛名；接著，玄暉又矯造禪位詔書，迫令何皇后用璽印。

何皇后見大勢已去，自與昭宣帝退居積善宮中，終日以淚洗面；又懼母子性命不保，暗遣宮人阿秋、阿虔，出告玄暉，只求傳禪以後，保全母子性命。這時，王殷和玄暉爭權，得了此項消息，便誣稱

玄暉在積善宮，與何太后夜宴焚香，立誓興復唐室；全忠正疑惑玄暉，聽得此話，不覺大怒，便令王殷捕殺玄暉一行十餘人等，積屍都門外，焚骨揚灰。

王殷又誣告玄暉私通何太后，由宮人阿虔、阿秋從中牽合；全忠原也看中了何太后，今聽此話，不覺醋意勃發，密令王殷入積善宮，縊死何太后，又矯詔廢太后為庶人，阿秋、阿虔二人，活活的杖死。

昭宣帝此時孤苦零丁，幽居深宮，自知不久，便決計下詔禪位；令張文蔚為冊禮使，禮部尚書蘇循為副使，楊涉為押傳國寶使，翰林學士張策為副使，薛貽矩為押金寶使，尚書左丞趙光逵為副使；六個唐室大臣帶領百官，把唐朝二百八十九年相傳的天下贈與朱全忠。全忠接了冊寶，居然被服袞冕，稱為大梁皇帝。

昭宣帝被廢為濟陰王，徙居曹州，由全忠派兵監守著；次年，又將濟陰王鴆死，年只十七歲。全忠下了這個毒手，惹得各路節度使有所藉口，一齊反抗起來，不受全忠的號令，紛紛自立為王；把唐朝的天下，弄成四分五裂。

最大的是全忠的大梁，以下便是李克明的晉、李茂貞的岐、楊渥的吳、王建的蜀，共成五國；此外，尚有吳越王錢鏐、湖南王馬殷、荊南王高季昌、福建王王審知、嶺南王劉隱，當時稱為五大鎮。從此天下擾攘，強弱相爭；數年以後，便成了五代的天下，稱為梁、唐、晉、漢、周五國。

那梁太祖便是朱全忠，唐莊宗是李存勗，原是李克用的兒子；唐朝末年，李克用自封為晉王，存勗自稱唐帝。晉高祖原是北京留守石敬塘，漢高祖是劉智遠，原是沙陀部人，周太祖是鄴都留守郭威；他們這五位開國皇帝，成立了五個短期的國家，原也是從汗馬血戰得來的，待到一旦天下在手，安享富貴，各國皇帝都不覺露出風流本色來。

第一個大梁太祖皇帝，他登位之初，立張氏為皇后；那張氏莊嚴多智，太祖見了，也不覺畏懼三分。誰知稱后未久，張皇后便已去世；當時雖有一個淑妃吳氏，但太祖因她是娼妓出身，不十分寵愛她。吳氏生有一子，名友珪，封為郢王，為控鶴指揮使；太祖因賤視他母親，便也不寵愛這郢王，郢王心中嘗懷怨恨。

太祖有長子友裕，早死，次是假子友文，留守東都，幼子友貞為東都指揮使；說也奇怪，這四個子婦，個個都長成花容月貌。太祖自張皇后死後，內宮頗少得寵的人，以前見友文的婦人王氏，長得最是嫵媚動人，如今隨著丈夫留守東京；太祖便借著入侍翁父的名義，把四個媳婦一齊召喚進宮去，卻暗地裏與王氏勾搭上了。

那王氏得寵於太祖，居然與父翁雙宿雙飛；王氏趁枕蓆上歡愛的時候，便替丈夫友文謀立為太子，太祖滿口答應。過了一年光陰，太祖因房勞過度，便病倒在床；命王氏密召友文進宮，欲傳以太子之

位。

那友珪的媳婦張氏，同在宮中，打聽得了此事，便暗地裏通一個消息給她丈夫；友珪便把牙兵扮作控鶴軍士模樣，趁夜斬關直入。太祖大驚而起，只罵得一聲「賊子」，那友珪也回罵一聲「老賊」；當有僕夫馮廷諤，舉刀直刺入太祖腹中。友珪命用破氈裹屍，埋於寢殿階下；一面命友貞殺友文，友珪便在宮中即位。

那友貞出至東都，見友珪大逆無道，心中憤怒；便與姊丈駙馬都尉趙岩、表兄龍虎統軍袁象先，密謀誅友珪。象先領禁兵數千人，在午夜突撲入禁宮；友珪驚起，見宮外已圍得水洩不通，知不可逃死，便令手下僕夫馮廷諤，先殺死妻子張氏，後殺自己，馮廷諤也自刎而死。友貞便在大梁即位，便是梁末帝；在位十一年，為唐帝李存晟所滅。

那存勗見梁末帝昏庸無道，國內又自相殘殺，便帶領本部人馬直攻大梁；兵勢十分強盛，梁國滅在旦夕。那梁國左右大臣，在末帝臥內偷得傳國寶璽，出城去迎接唐軍；忽見宮中大亂，宮女太監被唐兵四處追殺，號哭之聲，慘不忍聞。末帝知不可保，便在寢宮中，與近臣皇甫麟雙雙縊死；存勗命漆末帝首級，裝入木匣，藏在太社，從此存勗也稱起帝來，便是唐莊宗。

莊宗生平最寵愛劉夫人，那劉夫人貌美善怒；莊宗欲使劉夫人歡笑，便自敷粉墨，與優人在庭前歌舞，劉夫人果作媚笑。莊宗原很懂得音樂，常常自譜新聲，登臺演唱；取優名為李天下，平日自呼亦稱為李天下。李天下一日與優人敬新磨，在臺上對唱，莊宗又自稱李天下；優人直批帝頰，厲聲喝道：「理天下者，只有一人，汝是優人，可理天下耶？」

莊宗更喜其敏慧，賞賜金帛無數；從此伶人出入宮禁，欺壓大臣，調弄妃嬪，群臣憤恨，敢怒而不敢言。宮廷如此穢亂，獨有皇太后曹氏，素惡劉夫人，常勸莊宗不可寵愛太甚；但莊宗正偏愛劉夫人，如何肯聽太后的話，更欲立劉夫人為皇后，只因尚有正妃韓夫人在，不便越禮。

那時，朝中最有大權的便是郭崇韜，他位兼將相，權傾中外；欲迎合皇上的意志，便率百官共奏，請立劉夫人為皇后，反廢正妃韓氏為庶人。那郭崇韜素與宦官為難，宦官便聯合伶人，諂事劉皇后；劉皇后因在莊宗跟前毀謗郭丞相，莊宗設計召崇韜入內，令僕夫李環出其不備，用大錘撾碎其頭，並殺其子廷誨、廷信。在外諸軍知大將軍被害，便四起叛變，圍攻京師；莊宗聞之，不覺神色沮喪，嘆曰：「吾不濟矣！」

當晚，兵攻興教門，莊宗正就食，聞變，便自率衛兵禦敵；亂兵放火燒興教門，攀城而進，近臣宿將盡棄甲而逃。莊宗在忙亂的時候，中亂箭而死，左右驚散；莊宗的屍身，被鷹坊人用火葬之。當時有李克用養子李嗣源，素得將士心，便入洛陽，禁兵焚掠，拾莊宗骸骨埋葬；百官環請嗣源即位，稱為明宗，立妃子曹氏為皇后，封子從榮為秦王，從厚為宋王。

秦王生性陰刻，驕縱不法；此時，石敬塘兼六軍諸衛副使，敬塘妻永寧公主，與從榮義屬姊弟，只因同父異母，姊弟二人積不相能。敬塘不願與從榮同列朝廷，欲外調以避從榮之鋒；恰巧有契丹入寇，明宗調敬塘坐鎮河東，從此石敬塘在外，聲勢一天強盛一天。

那明宗原是胡人，本名邈佶烈，是李克用養子，賜名李嗣源；他即位的時候，年已六十，每夜在宮中焚香禱天，默祝道：「某胡人因亂，為眾所推，願天早生聖人，為萬民之主。」

因明宗生性謙和，愛人如己，在位年穀屢豐，兵革不用；獨有秦王見石敬塘已外調，好似拔去了眼中之釘，便在京中勾結徒黨，稱兵作亂。幸有樞密使范延光、趙延壽早事防範，生擒秦王，明宗下詔斬首；不久明宗亦逝世，三子從厚即位，稱為閔帝。

閔帝年幼無知，一切朝廷大事，盡付之胥吏小人；明宗在時，有一養子名從珂，封為潞王。至此時，潞王見閔帝幼弱，便統兵謀反，直入長安；閔帝驚走，急幸魏州。朝中百官齊上表勸進，從珂入宮，謁見太后、太妃，由太后下令廢閔帝，迎潞王即皇帝位。這時，閔帝逃至衛州刺史王私贄的州廨中，從珂密令私贄之子王巒，進毒酒於閔帝；閔帝不肯飲，王巒便親自動手，縊死閔帝。

潞王在宮中享受著富貴美人，十分快樂；此時，適值千春節，潞王在宮中置酒高會，召各王公大臣

及公主命婦入宮飲宴。石敬塘妻，晉長公主入宮上壽畢，即欲辭歸晉陽；潞王此時大醉，即大聲曰：「何不且留，豈欲急歸與石郎謀反耶？」

此語傳入敬塘耳中，不覺大恐，盡收在洛陽之貨寶藏入晉陽；因之，外面沸沸揚揚，都說石敬塘有謀反之意。潞王得了這個消息，刻刻提防，問端明殿學士李崧；李崧勸潞王與契丹和親，結為外援，獨薛文遇以為不可，說道：「陛下以天子之尊，屈身夷狄，不亦大辱國體乎？且契丹若循故事，求尚公主，將何以拒之？」潞王左右無所適從。

敬塘欲試潞王之意，屢次上表，自請解除兵柄；那潞王聽信了左右的話，便下詔徙敬塘鎮太平，解除兵柄。石敬塘得詔，大怒道：「吾之坐鎮河東，主上面許終身不除不代；今昏主亂命，是欲殺吾，吾安能束手死於道路！」

謀士劉知遠進言曰：「明公久將兵，得士卒心；今據形勝之地，士馬精強，若稱兵傳檄，帝業可成。」書記桑維翰，亦勸敬塘力謀自全；又說：「契丹主素與明宗約為兄弟，公誠能推心，屈節事之，朝呼夕至，何患大事不成。」

石敬塘聽了這一番話，主意便決，上表稱潞王是先帝養子，不能承受天下，請傳位許王；潞王讀表大怒，手裂表文，擲於地下，盡奪石敬塘官爵，令張敬達、楊光遠將兵討之。

敬塘一面調兵抵敵，一面遣發使臣赴契丹求救，上表稱臣，又請以父事契丹之主；契丹主得表大喜，立發五萬騎兵入中國境，與唐將高行周、符彥卿合戰，唐兵大敗。石敬塘出兵與契丹兵合圍晉安寨，潞王大恐，逃至懷州，日夕酣飲悲歌；左右勸其北行，便搖首道：「卿等勿言石郎，使我心膽俱碎。」

石敬塘具臣子禮，進謁契丹主；契丹主諭之曰：「吾三千里來赴難，必有成功；今觀汝器貌識量，真中原之主也！吾欲立汝為天子。」敬塘辭謝再四，左右將吏又竭力勸進，敬塘才許之；由契丹主作策書，命敬塘為大晉皇帝，登壇即位，割中國十六州以獻與契丹，又許每歲獻帛三十萬匹，改國號稱晉。

晉帝驅兵直入洛陽，洛陽將校飛狀往迎；潞王聞晉帝入城，便與曹太后、劉皇后、雍王重美，一行人手捧國寶，登玄妙樓，縱火自焚而死。後唐立國十三年，共易四帝，至此亡於石敬塘之手。

石敬塘雖得了唐帝天下，但因帝位是契丹冊立的，那契丹主時時誅求無厭；又以新得天下，各路藩鎮多未服從，內而府庫殫竭，人民困窮。敬塘便勵精圖治，推心置腹以撫藩鎮，卑辭厚禮以奉契丹，訓練兵卒以修武備，務農課桑以實倉廩，通商行賈以豐貨財；數年之間，幸得稍安，但不久，四海又騷動起來，契丹兵又時時入寇。

當時，石敬塘因年老力衰，便把軍國大事委託於劉知遠一人，又重用馮道；一日，馮道進宮獨對，

晉帝喚幼子重睿出拜。重睿拜罷，便令宦官抱重睿，坐馮道懷中，原是希望馮道他日輔立幼主之意；六月，晉帝去世，稱為高祖。那馮道見重睿年幼無知，便與侍衛馬步都虞侯延廣議，國家多難，宜立長君；便立齊王重貴為嗣皇帝，便是出帝，重貴原是石敬塘兄敬儒之子。

石敬塘在位，重用劉知遠；今出帝即位，即罷撤知遠，知遠於是痛恨出帝。那出帝又是一個不爭氣的皇帝，他一旦得居內宮，見宮中三千粉黛，早把他樂得神魂顛倒，終日迷戀裙帶，佚蕩荒行；凡宮女略有姿色的，莫不受皇帝召幸。出帝原有正妃孫氏，在齊王府中，夫婦十分恩愛；後登皇位，遍幸後宮女子，便厭惡孫氏，說她不解行幸，帝后二人常因閨房韻事反目。

孫后有一叔母馮氏，雖在中年，姿色未衰；又因體態風騷，在家中，招惹得一班遊蜂浪蝶，背地裏做出許多偷香竊玉的事情來。嗣因帝后常在宮反目，馮氏便入宮去解勸；這也是前生的孽緣，誰知那出帝一見了馮氏，便好似蚊蚋吸住人血一般，迷戀不捨。那馮氏也企慕富貴，故意對這風流天子，放出許多艷聲浪態來；他二人眉來眼去，在無人之處便已成了心願。

出帝把馮氏留在宮中，朝夕歡娛，從此愈加不拿這孫氏放在眼中了；第二年，索性廢了孫氏，立叔岳母馮氏為皇后。這一件背逆倫常的事，傳遍天下，天下大嘩；大臣紛紛上奏，勸出帝速黜馮氏。這出帝自從得了馮氏，晝夜淫樂，把六宮粉黛俱丟在腦後；便是朝廷大事，他也不理，漸漸的奸臣弄權，人

心盡失。

那契丹便又大舉入寇，直驅至滹沱河邊，朝中大臣以國家危在旦夕，入朝求見出帝；那出帝方在深宮擁馮氏高臥，不得見。此時，契丹令張彥澤領二千騎兵，倍道疾馳，襲取京師，自封邱門斬關而入；京師中頓時大亂，宮廷被圍，出帝沒奈何，只得與太后及妻馮氏面縛出降，彥澤送出帝至開封府。此時，有河東節度使北平王劉知遠，部下兵精糧足；但因出帝平日甚是厭恨他，到此時，契丹兵已破京師，他便分兵把守四境。河東將士勸知遠自上尊號，皆曰：「天下無主，天下者非我王而誰！」一時，軍士齊呼萬歲，知遠便在軍中稱帝，一時中外大悅。

契丹主大掠晉宮室，擄文武軍吏數千人，宦官宮女數百人；金銀玉帛數百車，滿載而歸，相望於道。契丹主行至臨城得病，行至殺狐林病死，部下剖其腹，實鹽數斗，載之北去；時人稱為帝羓，因其似乾肉也。

劉知遠行至大梁，舊時晉室藩鎮相繼來降；知遠復以汴州為東京，改國號為漢，稱後漢高祖。高祖在位十二年，得一重病，自知不起；便召蘇逢吉入宮，託以輔佐幼主承祐，又說須慎防重威。

第一百回　天下歸宋

後漢高祖逝世以後，逢吉一班大臣，便商議處置重威的方法；先把高祖的屍身移入後宮藏起，秘不發喪，一面矯天子詔，稱重威父子因朕小疾，便造謠惑眾，應即棄市。當有禁軍，把重威家宅團團住，擒住重威父子二人，棄屍於市；市人爭食其肉，然後發喪，立皇子承祐為周王。時周王年只十八歲，史稱後漢隱帝；尊李氏為皇太后，朝廷大事一切託與郭威。

那郭威的威權一天強盛似一天，朝廷官吏以及外州節度，都怨恨郭威一人；同時河中、永興、鳳翔三鎮節度使，抗不奉命，齊起作亂。郭威代隱帝領兵討伐，一一征服；郭威班師入朝，隱帝在延壽殿設下筵宴，替郭大將軍洗塵。

飲酒中間，忽大風西起，推屋拔木，吹去殿前門窗，遠擲之十餘步以外；隱帝認為怪異，便召司天監趙延義，問以吉凶，趙延義奏稱，王者欲免災害，莫如修德。但承祐一旦登了帝位，享盡富貴，便有粉白黛綠的美女，終日在身旁獻盡妖媚；早把國家的正事拋在腦後，日夜與宮女們玩笑著，荒淫

日甚。

說也奇怪，這漢宮中，自從那日大風以後，常見怪異；有時聽得空室中大哭大笑，有時在庭院中，見人影幢幢。嚇得那班妃嬪，人人不敢居在室中；一群女子一到天晚，便大家擠在一處，不敢歸寢。隱帝是一個好色之徒，便以一身在眾妃嬪前周旋歡樂，日夜淫縱著；把個身體掏得枯瘦支離，把朝廷大事付與左右嬖臣。

此時，太后之弟李業權勢最大，那蘇逢吉、楊邠、史弘肇一班自命為託孤大臣，遇事便要干涉；李業怨恨日甚，與手下私黨約定，率甲士埋伏在殿頭，俟弘肇、楊邠一班人入朝，甲士齊起，亂刀殺死。蘇逢吉在家，也被亂軍闖入，割去首級；一面矯皇帝詔曰，至郭威營中，欲收除郭威兵權。

部下將士大憤，道：「天子年幼，此必左右群小所為。」郭威大悟，便留其養子榮鎮守鄴都，令部將崇威前驅，自將大兵長驅來京師，聲稱入清君側。那隱帝得了奏報，便遣慕容彥超等自將兵抵禦；軍屯七里居，隱帝坐小車，自出勞軍。當夜，彥超引輕兵夜襲郭威行營，郭威早已有了埋伏，用鐵騎直衝慕容陣地；一時軍士紛亂，死傷枕藉，彥超部下四散奔逃。

那郭軍大隊追殺，隱帝匹馬奔逃，行至趙村，追兵已近；左右扶隱帝上馬，避入民家馬廄中，被亂兵搜出殺死。此時郭威大軍已至長安城下，郭威約軍士在城外駐紮，獨自入迎春門，先歸私宅；便有丞相馮道，領朝廷百官入見。

郭威以禮拜見各官員，便帶領百官入宮朝見太后，奏請早立嗣君；太后面諭道：「如今河東節度使崇，忠武節度使信，皆高祖之弟；又有武寧節度使贇、開封尹承勳，都是高祖之子，令百官議立。」

郭威欲立贇，太后令郭威至徐州迎接新皇帝；在郭威，原也服從太后命令，誰知他回至營中，將士數萬忽然大嘩起來。郭威正坐在中軍帳中讀兵書，聽得帳外一片喧嘩之聲，正欲派人出去查問；只見十數個為首的大將，匆匆進帳來，說道：「天子須侍中自為之，將士已與劉氏為仇，不可立也。」

其中一位黃將軍，也不待郭威說話，即扯裂帳前黃旗，披在郭威身上；不由分說，十幾位將士把郭威一擁，推出帳外去。帳外已搭起一座高臺，眾將官把郭威擁至臺上，臺下數萬將士環立，齊呼萬歲；喊聲震地，立刻拔寨齊起，向南行去。

在半途上，郭威修表上漢太后，請奉漢室宗廟，事太后為母；又下詔遍貼大梁城廂，曉諭人民，勿有憂疑。軍行至七里居，竇貞固統領百官，出郊外十里迎接，又齊上勸進表文；太后下詔，廢贇為湘陰公。那四方節度使也齊上表文，勸郭威上尊號稱帝；郭威見臣下都歸向自己，便自立為帝，改國號為後

周，史稱周太祖。

周太祖入居漢宮室，力求節儉，凡四方有貢獻珍美寶物的，命一律罷去，搜集漢宮中舊有珍寶玉器，便一齊擲碎在庭前；諭群臣道：「凡為帝王，安用此物。」又發放宮女萬人，一一使歸父母，上下安寧，人民大悅。

郭威少不讀書，及至身為帝王，頗喜詩書，常就首相李穀問字；這一年冬月，太祖拜謁孔子祠廟，欲下拜，左右大臣勸道：「孔子陪臣也，天子不當拜之。」

太祖道：「孔子為百世帝王之師，豈可不敬，便行跪拜禮。」又謁孔子墓，禁在墓旁樵採；又親訪顏淵、孔子的子孫，拜為曲阜令。

周太祖年輕的時候，出身甚是微賤，只在堯山腳下，替人看守牛羊；又上山去砍柴，在街市上叫賣。那和他早晚在一處街的同伴，大家每人在臂兒頸上，刺一個魚兒或是鳥兒玩耍；周太祖便在頸上刺了一個飛的雀兒，用墨塗上，當時同伴們，都喚他為郭雀兒。

待郭雀兒長大成人，有一個柴姓老人見他體格魁梧，性情忠厚，便把女兒柴氏配給他做妻子；這柴氏天性靈敏，治家有條。後來周太祖官至樞密使，柴夫人內權甚重；待太祖稱帝，立柴氏為皇后。后性十分嚴厲，妒念甚深，太祖愛幸後宮，不能隨時宣召，凡有舉動，必先在皇后處告明；太祖因敬畏皇后，便也無可如何。

太祖登位時，年已五十，后年不相上下；但夫婦三十年，尚無子息，太祖與皇后都深感憂慮。同時，有妃子金氏、董氏、那生有皇子，皇后卻不願繼嗣妃嬪之子，只欲在皇室子弟中立為養子；柴皇后常對太祖說道：「從來母以子貴，今日吾若以他妃之子接嗣統，則他日太皇太后之權，將讓與他人矣。」

柴皇后有一兄子，名榮，深得皇后歡心，皇后欲收為養子，屢與太祖言及；太祖不忍違后意，便令榮改姓郭氏，封為晉王，朝廷百官皆知晉王將立為太子。次年，太祖忽大病，群臣都不得進見，人心惶惶；深宮傳出詔書，令晉王聽政，不久太祖逝世，榮立為世宗皇帝。

此時，忽有北漢後代子孫劉鈞自立為王，舉兵直犯周朝京城；世宗大怒，自統大軍至高平迎敵。兩方兵士大戰，未數合，那周朝右軍將樊受能，先領騎兵逃亡；右軍兵一齊潰散，紛紛投降劉鈞。世宗看了，更是憤恨；便躍馬當先，親冒矢石，領兵血戰。

世宗身旁有宿衛將趙匡胤，見皇帝如此奮勇，便回顧同伴道：「主危如此，吾等豈可坐視？」便自統二千人前進，奮勇殺敵。士卒亦喊殺助威，立敗敵將，殺敵兵萬人，劉鈞趁夜逃去；當夜，世宗與趙匡胤露宿營中，君臣甚是歡樂。

皇后符氏，聞天子陳兵在外，便帶領宮中女兵數百人，出至郊外，迎皇帝回宮；那符皇后，原是符彥卿之女，初嫁與李守貞子李崇訓為婦。有一相士見符氏面貌，嘆為天神，說當為天下之母；李守貞大喜，便自言道：「吾婦尚能母儀天下，況吾一堂男子乎？」便稱兵反亂，被周太祖攻破城池，李守貞夫婦自焚而死。

守貞之子崇訓，先持刀殺死弟妹，又欲殺符氏；符氏躲在夾幔中，崇訓四處尋覓不得，外面兵已破門而入，崇訓也自刎而死。亂兵闖入內堂，符氏按劍危坐，大聲叱退亂兵，道：「吾父與汝主為兄弟，何得無禮！」太祖聞之，便令人送回母家。後柴后收世宗為養子，太祖便娶符氏為世宗歸，世宗為帝，符氏亦立為皇后；那相士的話，果然大驗。

這符皇后生成剛強性格，在宮中，每日教練女兵，教成個個精熟勇敢，世宗甚是看重她；遇有國家大事，必與符皇后商議，帝后愛情極深。今聞知皇帝露宿在外，便親自去把皇帝接進宮來；皇后每日幫助皇帝，在宮中管理國家大政，國勢便日見興盛。

獨有北漢劉鈞，固守晉陽，自稱漢王，不肯降服；當時戰將中，惟趙匡胤最是有勇有謀，世宗便命趙將軍，帶領六萬人馬，出清流關，倍道進攻。直攻至滁州城下，守將皇甫暉斷橋死守；趙匡胤躍馬過河，猛力攻城。皇甫暉在城上高喊，道：「人各為其主，請退三舍，俟我兵飽食而戰。」匡胤笑而許之，待城中兵士開城出戰；匡胤兵齊進，生擒守將，奪得滁州城池。

世宗慮匡胤獨力難支，便令匡胤之父趙弘殷，統領一萬人馬在後策應；當夜，弘殷兵至滁州城下，傳呼開門，匡胤在城中傳話，道：「父子雖至親，城門則王事，不敢亂啟。」待至天明，始放他父親入城。

趙匡胤這次立了大功，世宗拜為大將軍；趙將軍得勝回朝，世宗常郊迎十里勞軍，趙將軍與世宗並轡入城。

當時朝廷中，惟柴守禮十分跋扈，官為光祿卿，而權壓百官；這柴守禮，原是世宗的生父，子為人君，父為人臣，已是大失倫常之禮。守禮也自恃為皇帝生父，與當時將相王溥、王晏，在各處遊樂，依勢凌人；京師地方人人側目，呼之為十阿父。

十阿父嘗至京師酒家，酒醉，殺死店中夥計，地方官不敢過問；獨趙匡胤直言敢諫，在世宗前奏稱，光祿卿柴守禮在外依勢凌人，殺戮無辜。世宗明知守禮有罪，但因彼此是父子之親，便也不忍過由殊求，只暗地令人勸守禮辭官回家；世宗為守禮建造深院大宅，又為廣置姬妾，使守禮安居享受，亦略盡人子之孝意。

當時，世宗因北方契丹常入寇中國，卻因道路阻塞，無法追擊；便先命親軍都虞侯韓通，將水陸軍

先行，從滄州開掘河道，直通入契丹地界。開游口三十六道，四通八達，隨處可以攻契丹境地；那契丹主卻還睡在夢中，以為滄州地處荒僻，平日無人留意。

河成之日，世宗隨統步騎兵數萬，直入契丹境地；那契丹寧州刺史王洪，便舉城投降，世宗下詔，以韓通為陸路都部署，趙匡胤為水路都部署。世宗自坐龍舟，沿流北渡，舳艫相接，蔓延數十里；水軍至獨流口，益津關，契丹守將獻城納降。趙匡胤統陸路軍馬，攻出瓦橋關，契丹守將姚內斌、莫州刺史劉楚信，齊獻納城池；世宗軍行四十二日，盡得燕南之地，便在行宮中大宴功臣，當然是趙匡胤居首功。

世宗又欲再振兵威，攻取契丹幽州的地方；諸將皆勸道：「契丹重兵，均聚幽州，不當深入。」世宗心中不樂，當時回鑾至大梁行宮；世宗病甚，不能行動，各路軍馬均駐在大梁城外。

在五代之世，只周世宗為最英明之主！他在即位之初，便能留心農事，令匠人刻木為農夫蠶婦，置之殿廷，早晚敬禮之；又欲均定天下賦稅，先以唐元稹均田圖賜諸道，詔散騎常侍艾穎等三十四人，分行諸州，均散田租。

平日在宮中，敬禮符皇后，夫妻甚是恩愛，不肯輕易召幸妃嬪，六宮粉黛備而無用；但符皇后顏色漸衰，又無子息，常時令別宮妃嬪為皇帝薦枕，均彼世宗斥退。符皇后自慚形穢，每伴睡至夜午，趁世宗熟睡，便換一少年妃嬪；世宗醒覺，亦一笑置之，因此漸生王子四人。

此番北征回來，因路上遭受風寒，病倒在行宮中；丞相奏請速立太子，世宗下詔，立長子宗訓為梁王。梁王奉父皇回京，看看世宗的病勢，一天沉重似一天，竟至神志昏迷；世宗也自知不久於人世，便召親信大臣范質等，入宮託孤，立梁王為太子。

又對太子道：「汝父辛苦一生，以馬上治天下，當高平一戰，攻城死戰，矢石落汝父左右，汝父略不動容；平日應機定策，出人意表，在朝又於政治，發奸摘伏，明察如神，有暇便召儒者課讀經史，商略大義。汝父性不好絲竹珍玩之物，平日不因喜賞人、因怒刑人；群臣有過，則面質責之，服則赦之，有功則厚賞之。文武參用，各盡其能，人無不畏汝父之明，而感汝父之惠；汝今後須處處效法汝父，親賢人，遠佞人，是治國的要道。」世宗說罷，便瞑目長逝；梁王崇訓便在柩前即位，稱為恭帝。

恭帝年幼無知，一切軍國大權，都在殿前都點檢趙匡胤之手；此時，加匡胤為檢校太尉，除歸德節度使。匡胤勇略勝人，處事明決，天下兵馬大半都出於趙將軍部下；只因主上幼弱，大權旁落，各路藩鎮暗地都和趙將軍通聲氣，四方都有擁戴趙將軍之意。

匡胤原是涿州人，父親殷弘娶妻杜氏，父為周檢校司徒，岳州防禦使，在夾馬營中生子匡胤；當時

只見紅光室寶，異香撲鼻。幼年便覺容貌雄偉，器度豁達；二十歲，便在周朝補東西班行首。累官至殿前都指揮使，管理軍政；前後六年，從世宗皇帝，經大小戰陣百數十次，無不建立大功，部下甚是愛戴。

世宗嘗讀書，於文書囊中得一木尺，長三尺餘，上面題著一行字道：「點檢作天子。」世宗心中不樂；此時，張永德為殿前都點檢，便疑張有異心，即命匡胤代張，為都點檢。

恭帝初立，人心浮動，趙匡胤聲望日隆，各軍都有推戴之意；此時，北漢又會合契丹人馬，入寇中國，恭帝令趙匡胤統兵抵敵。當時有殿前副都點檢慕容延釗，與部下各將士秘密定計，欲以出軍之日，擁立趙點檢為天子；那內廷官員，卻還都睡在夢裏。

癸卯日，大軍出發，軍校苗訓深知天文，見日下又生一日，黑光摩盪，歷久不滅；便指示部下諸將，道：「此天意也。」

當夜大軍駐紮陳橋驛，將士相聚談天上二日之變；有都押衙李處耘，大聲說道：「主上幼弱，我輩出死力破敵，誰則知之；不如先冊立趙點檢為天子，然後北征未晚也。」眾將士聽了，便齊聲歡呼，當去把匡胤之弟光義、書記趙普，邀至帳中商議；又打發牙隊使郭廷贇，飛騎潛入京師，報殿前指揮使石守信、都虞侯王審騎，二人皆素歸心趙點檢。

甲辰日，天色黎明，光義、趙普二人，與部將進逼匡胤帷中；匡胤此時醉臥帳中，起視，見諸將已拔劍圍立，齊聲說道：「諸將無主，願擁太尉為皇帝。」匡胤不及答言，當有李處耘奉黃袍，加諸匡胤之身；眾將羅拜帳下，齊呼萬歲，擁匡胤出帳上馬，回軍至汴中。

匡胤停轡，回顧眾將道：「汝等貪富貴，能從我命則可，不然，我不能為若輩之主矣。」

眾將皆下馬，齊聲說道：「願受命。」

匡胤即諸將約曰：「太后主上，我北面事者，不得驚犯；公卿皆我比肩，不得侵害；朝市府庫，不得劫掠。聽命者有重賞，不聽命者斬首。」眾軍士齊聲應諾，即排隊徐行。

乙巳日，入汴中；匡胤先遣楚昭輔，往私宅安慰家中細小。匡胤進明德門，命甲士各歸營伍，自亦退居公署；忽見將士擁丞相范質至階下，匡胤見之，流涕曰：「吾受世宗皇帝厚恩，今為六軍所迫，一旦行此大逆，慚負天地，丞相將何以教我。」

質未及答言，眾將皆拔劍厲聲道：「我輩無主，今日必得天子。」范質與文武各官均倉皇下拜，口稱萬歲；便請匡胤登崇元殿，行受禪禮。

百官分列殿下，候至日暮，有翰林陶穀，從袖中出詔書宣讀；范丞相引匡胤就殿庭北面拜受之，又扶之升殿，服袞冕，即皇帝位。冊周恭帝為鄭王，符太后為周太后，遷居西宮，大赦天下；因匡胤所領

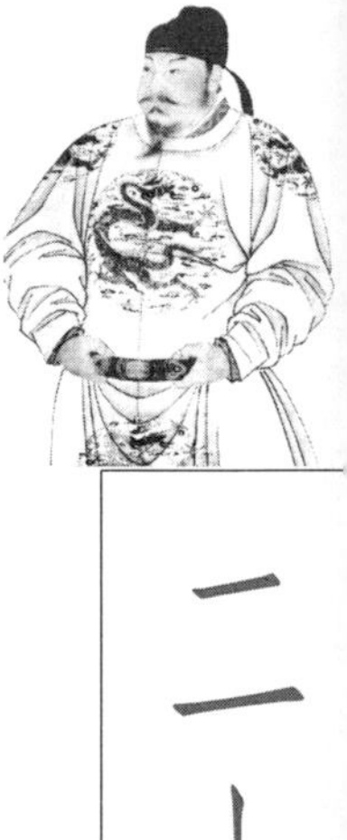

歸德軍在宋州，改國號稱宋。

當時有華山隱士陳搏，騎驢經過陳橋；聞宋主代周之事，便仰天大笑道：「天下自此定矣。」

自唐室亡後，梁太祖代立，歷後唐、後晉、後漢、後周，共五代，五十五年；至此而天下一統，為趙宋所有。

全文完，請續看《大明十六皇朝》

新大唐二十皇朝（四）旋乾轉坤 完

作者：許嘯天
發行人：陳曉林
出版所：風雲時代出版股份有限公司
地址：10576台北市民生東路五段178號7樓之3
電話：(02) 2756-0949
傳真：(02) 2765-3799
執行主編：朱墨菲
美術設計：吳宗潔
業務總監：張瑋鳳

新版一刷：2024年8月
ISBN：978-626-7464-25-0

風雲書網：http://www.eastbooks.com.tw
官方部落格：http://eastbooks.pixnet.net/blog
Facebook：http://www.facebook.com/h7560949
E-mail：h7560949@ms15.hinet.net
劃撥帳號：12043291
戶名：風雲時代出版股份有限公司

風雲發行所：33373桃園市龜山區公西村2鄰復興街304巷96號
電話：(03) 318-1378
傳真：(03) 318-1378
法律顧問：永然法律事務所 李永然律師
　　　　　北辰著作權事務所 蕭雄淋律師

行政院新聞局局版台業字第3595號 營利事業統一編號22759935

定價：380元

國家圖書館出版品預行編目資料

新大唐二十皇朝 / 許嘯天著. -- 初版. -- 臺北市：風雲時代出版股份有限公司, 2024.07　面；　公分

ISBN 978-626-7464-25-0 (第4冊：平裝)

857.4541　　113006786